Monica Masi

Ich heiratete meinen Ex-Mann

BRUNNEN BASEL

Bibliografische Information der Deutschen Nationalbibliothek
Die Deutsche Nationalbibliothek verzeichnet diese Publikation in der
Deutschen Nationalbibliografie; detaillierte bibliografische Daten sind im
Internet über www.dnb.de abrufbar.

Umschlag: Spoon Design, Olaf Johannson, Langgöns
Fotos Umschlag: Monica Masi & Stefan Imoberdorf
Fotos im Innenteil: Monica Masi & Stefan Imoberdorf
Satz: InnoSet AG, Justin Messmer, Basel
Druck: Finidr
Gedruckt in der Tschechischen Republik

ISBN 978-3-03848-079-2

Inhalt

Kapitel 4
Der Tag, der alles veränderte

Es war der 18. August 2003, ein heißer Tag. Ich verließ mein Büro in Zürich bereits um 16.00 Uhr, da bei mir zu Hause, auf meinem schönen, von roten Rosen umgebenen Balkon im Hochparterre, ein Grillabend mit meinen Freunden Tony und Sarah stattfinden sollte und ich noch letzte Vorbereitungen treffen musste.

Tony und Sarah waren nicht nur meine Freunde, sie waren auch meine Arbeitskollegen. Zwei Jahre zuvor hatte ich in der Finanzabteilung eines großen Reiseunternehmens ein Team von fünf Mitarbeitern übernommen, und mit zweien von ihnen war auch außerhalb des Geschäfts eine schöne Freundschaft entstanden.

Oft frage ich mich, wie die beiden mich in der Zeit von Anfang 2002 bis zu diesem Tag überhaupt aushalten konnten: Obwohl ich meine Arbeit gut und pflichtbewusst erledigte und ich von meinem Team als Vorgesetzte sehr geschätzt wurde, war mein heftig durchwühltes Privatleben in dieses Großraumbüro eingedrungen. Ich war sozusagen auf einer Achterbahn der Gefühle gewesen – von tiefen «Downs» mit vielen Tränen über meine kaputte Ehe zu übertriebenen «Ups», wenn es um meine neue Liebe ging. Das war nicht professionell von mir, und ich versuchte mich stets zu beherrschen. Doch in dieser Zeit hat das leider nicht immer geklappt.

An diesem Abend wollte ich ihnen also eine wichtige Entscheidung mitteilen. Eine Entscheidung, die sie wahrscheinlich nicht nur schade gefunden hätten, sondern gleichzeitig auch hätte aufatmen lassen. Ich hatte mich nämlich entschlossen, meinen Job zu kündigen und auszuwandern. Ich wollte weg von dem Ort, wo auch Stefan, mein Ex-Mann, lebte.

Gewollt oder ungewollt traf ich ihn ab und zu, und das war nicht leicht für mich. Wir hatten uns noch gern, und ich dachte, dass wir nach der Scheidung ein wenig distanzierter über unsere kurze Ehe hätten reden können, aber dies war leider unmöglich. Die Wunden schienen bei uns beiden nicht zu heilen, und ich zerbrach mir richtiggehend den Kopf, wenn ich mir die Frage stellte, wieso wir uns überhaupt so hatten verletzen können. Ich war mir vor unserer Hochzeit wirklich sicher gewesen, dass er die große Liebe meines Lebens war. Wir waren sehr verliebt, und ich fühlte mich bei ihm immer geborgen.

Im Zug unterwegs nach Aarau, meinem wunderschönen Wohn-, Geburts- und Heimatort, erhielt ich einen Anruf von meiner Mama.

«Wir kommen dich am Bahnhof abholen.»

«Okay, danke», antwortete ich. Da ich seit der Trennung im selben Mehrfamilienhaus wie meine Eltern wohnte, dachte ich nur an einen netten Abholdienst und nichts weiter. Sie waren immer sehr fürsorglich zu mir, obwohl ich schon 28 war. Dies galt übrigens auch für meine zwei älteren Brüder, die längst verheiratet und selber Papis waren.

Meine Eltern sind ausgewanderte Sizilianer und wohnen

nun seit mehr als fünfzig Jahren in der Schweiz. Demzufolge habe ich auch einen italienischen Pass, und das können die Leute nicht nur an meinem Vornamen erkennen, «Monica mit c», sondern auch an meinem Aussehen. Ich habe die charakteristischen Merkmale einer Südländerin: dunkelbraune Haare, dunkelbraune, große Augen und eine mediterrane Hautfarbe, die bei der ersten Sonne schön braun wird.

Auch in meinem Wesen und meinem Benehmen liegt viel von «Bella Italia»: Ich muss immer gepflegt, geschminkt und top angezogen sein, auch wenn nur der Postbote vor der Haustüre steht. Ich lache sehr gerne, habe eine ausgeprägte Selbstironie, zeige sehr viel Mitgefühl, bin hochsensibel und harmoniebedürftig. Im Gegenzug habe ich aber auch mal einen sturen Kopf, bin meist ungeduldig, und mein Temperament ist nicht immer einfach auszuhalten. Ich liebe gutes Essen, Menschen, Ferien, interessante Bücher, schöne Städte, Musik, das Meer, die Sonne und hohe Temperaturen.

Die Hitze im schwarzen Auto meiner Eltern und die fehlende Klimaanlage machten mir an diesem Nachmittag also nicht zu schaffen. Ich freute mich, dass meine Mama und mein Papa so hilfsbereit waren, und erzählte ihnen während der kurzen Fahrt, dass ich Gäste zum Abendessen eingeladen hatte und alles schön vorbereiten wollte. Seltsamerweise waren sie sehr ruhig und wirkten nachdenklich.

Als mein Vater vor unserer Haustüre parkte und ich aussteigen wollte, traf mich sein Satz wie ein heftiger Schlag:

«Dein Bruder Giuseppe ist im Spital, er hat Leukämie.»

Wie erstarrt blieb ich sitzen und hoffte, gleich aus einem Traum zu erwachen, aber dies geschah leider nicht. Ich beugte mich nach vorne, schaute meine Eltern an und sah den Schmerz in ihren Gesichtern und in ihren verweinten Augen. Dies hatte ich vom Rücksitz und vor lauter Aufregung über den bevorstehenden Abend gar nicht bemerkt. In diesem Moment fühlte ich, dass nichts mehr so war wie vor einer anscheinend noch sorglosen Minute.

Mein Herz schlug mir bis zum Hals, und ich brachte vor Schock keinen Ton mehr heraus.

Mein Vater unterbrach schließlich die Stille und sagte: «Es ist wohl besser, du sagst deinen Gästen ab und gehst deinen Bruder besuchen.»

Er erzählte mir noch, wie mein Bruder am Vormittag kraftlos und mit Schmerzen zum Arzt gegangen sei. Er war einer, der – wie so manche Männer – erst dann zum Arzt aufbrach, wenn's eben gar nicht mehr anders ging, und das war an diesem Morgen der Fall gewesen. Nach einem schnellen Bluttest schickte ihn sein Hausarzt sofort für weitere Untersuchungen ins Krankenhaus. Am Nachmittag kam dann die endgültige Diagnose: ALL, akute lymphatische Leukämie.

Ich konnte es immer noch nicht fassen und stieg wie gelähmt aus dem Auto, ohne etwas zu sagen. Nicht einmal umarmen konnte ich meine Eltern.

In meiner Wohnung versuchte ich, mich irgendwie von dieser Hiobsbotschaft zu erholen und ins Handeln zu kommen: Ich musste meinen Termin absagen und mich mental auf diesen nicht leichten Krankenhausbesuch vorbereiten.

Das erste befreiende Schluchzen kam am Telefon, als ich mit Tony sprach. Er kannte mich und meine Familie gut; auch Tony reagierte schockiert und war voller Mitgefühl. Wie dankbar war ich um seine Freundschaft und auch um die von Sarah. Wieder einmal waren sie stark gefordert, und wieder mal war ich mit meinen Problemen der Grund dafür.

Aber dies überstieg alle meine bisherigen Katastrophen – das ganze Leid, das ich selbst die letzten Monate erlitten hatte, schien nichts dagegen zu sein. Jetzt hatte ich immer wieder meinen lieben Bruder mit seiner wunderbaren Familie vor Augen. Wie sollte nun das Leben für seine Ehefrau und seine vier süßen Kinder im Alter zwischen acht Monaten und elf Jahren weitergehen?

Und Gott, wieso trifft es gerade ihn, wieso muss seine Familie jetzt so leiden? Sie, die perfekte Familie, die jeden Sonntag in die Kirche geht und Dich so liebt! Ich verstand Gott nicht mehr. Überhaupt schien er mir in der letzten Zeit ganz weit weg zu sein und nie einzugreifen, wenn es um mich ging, nicht einmal, wenn ich ihn verzweifelt darum bat. So viele Male hatte ich ihn angefleht, etwas an Stefan und unserer Situation zu verändern, aber es war alles nur noch schlimmer geworden. Und jetzt hatte er diese furchtbare Krankheit bei meinem Bruder, einem 36 Jahre jungen, tief gläubigen Mann, zugelassen.

Giusi, wie die meisten ihn nannten, war der Älteste von uns drei Kindern. Zwei Jahre nach ihm kam Claudio und dann, erst acht Jahre später, ich. Für meine Brüder war ich immer das zu behütende Schwesterchen. Als Kind durfte ich aber nicht viel mit ihnen spielen. Die beiden waren ein echtes Team, dachten sich den ganzen Tag jede Menge Streiche aus und spielten am liebsten Cowboy und Indianer in der freien Natur.

Wie stolz war ich, wenn ich mal, nach langem Insistieren, auch mitspielen durfte! Sie gaben mir immer die Rolle der Gefangenen, fesselten mich dann an einen Baum und vergaßen mich meistens dort, bis unsere Nonna, also die Oma, nach mir fragte. Unsere Großeltern lebten auf einem Bauernhof in Suhr, und wir liebten es, die Zeit bei ihnen zu verbringen. Meine Brüder und ich durften wirklich eine schöne und unbeschwerte Kindheit erleben. Wir waren eine typische süditalienische Familie; oft laut, aber voller Liebe, Hingabe und mit guten Werten.

Meine Beziehung zu meinem Bruder Giusi war aber nicht immer leicht gewesen. Mit 23 war er durch seine Freundin, die ein Jahr später seine Ehefrau wurde, Christ geworden. Er war, wie wir alle, katholisch erzogen worden, und meine Eltern verstanden nicht, wieso er plötzlich den Glauben so ernsthaft zu leben begann. Er fing an, intensiv, fast auf fanatische Weise, von Jesus zu reden. Die ganze Familie befürchtete, dass die christliche Gemeinschaft, die er jetzt jeden Sonntag besuchte, eine Sekte war.

Jesus war das Zentrum seines Lebens geworden, alles andere kam nach ihm. Auch seine große Leidenschaft, nebenberuflich als DJ zu arbeiten, gab er auf, und er ersetzte seine ganze Schallplattenkollektion durch ein einziges Buch: die Bibel. Diese nahm er überallhin mit, sogar am Strand auf dem Liegestuhl las er darin freudig und voller Interesse.

Ich fand das merkwürdig, doch zugleich faszinierte mich sein neu angeeignetes Wissen über Gott und diese Welt sehr. Manchmal war es für mich richtig spannend, ihm zuzuhören. Doch ich war noch ein Teenager und hatte keine Lust, wie er jeden Sonntag in die Kirche zu gehen. Zudem dachte ich, dass ich auf alle Freuden im Leben verzichten müsste, sollte ich auch so glauben wie er.

Unsere Eltern hatten uns sehr streng erzogen, und ich konnte es kaum erwarten, endlich frei zu sein und die Welt zu bereisen. Genau deshalb entschied ich mich nach der Matura, dem Abitur, als Flight Attendant bzw. als Stewardess zu arbeiten. Endlich hatte ich einen Grund, eine eigene Wohnung in der Nähe des Flughafens zu beziehen, ohne dass meine Eltern etwas dagegen haben konnten.

Meine erste Beziehung hatte ich mit achtzehn, was meiner Mutter große Sorgen bereitete. Sie, die mir immer eingetrichtert hatte, dass man mit Sex bis zur Ehe warten muss. Für mich waren meine Eltern in Sachen Mentalität im alten Sizilien stecken geblieben, deshalb nahm ich ihre Gebote oder Verbote nicht mehr ernst. Ich hatte eine Jugend wie viele andere Katholiken auch, die Sex vor der Ehe hatten und sich deswegen keine großen Sorgen machten. Ich war der Überzeugung, dass meine Taufe als Baby und die Zugehörigkeit zur katholischen Kirche sowieso ein Freipass für den Himmel waren und dass Gott diese Sünde nicht mehr so ernst nahm, da wir ja längst in einer fortschrittlichen, aufgeklärten Welt lebten.

Aber Angst vor dem Tod hatte ich dennoch ständig, da mein Gewissen sich trotzdem meldete und ich instinktiv wusste, dass ich mit unbereinigten Sünden nicht vor Gott würde bestehen können. Ich erinnere mich, dass ich in der ganzen Zeit als Stewardess bei jedem Start und bei jeder Landung auf dem Jumpseat, meinem Klappsitz im Flugzeug für Start und Landung, meine «Unterredung» mit Jesus hatte. Ich bat ihn um Vergebung für alle meine Sünden, falls etwas schiefgehen und ich sterben sollte. Immer wenn ich dann aber sicher den Zielort erreicht hatte, vergaß ich meine Frömmigkeit bis zu meinem Gutenachtgebet, falls ich nicht auch dafür zu müde war.

Mein Bruder, den ich nun als «extremen 24-Stunden-Gläubigen» bezeichnete, ließ häufig negative Bemerkungen zu meinem – für ihn zu freien – Leben fallen. Das ärgerte mich sehr, denn ich fühlte mich von ihm verurteilt. So diskutierte ich oft heftig mit ihm und griff dabei immer sein für mich viel zu radikales Christsein an. In Wahrheit wollte ich ja auch nichts sehnlicher, als die große Liebe in meinem Leben zu finden: Seit meiner Kindheit träumte ich von einer schönen Ehe und einer glücklichen Familie. Genauso, wie er es hatte.

Als ein paar Jahre später endlich mein traumhafter Hochzeitstag kam, war Giusi so glücklich, als würde er selber noch einmal heiraten. Er sah in Stefan einen seriösen, einfachen Mann, der mich sehr liebte – und Giusi freute sich riesig mit uns. Dass nur wenige Tage nach unserem überzeugten und emotionalen «Ja, ich will!» in einer wunderschönen kleinen Kirche Venedigs für mich die Hölle auf Erden beginnen würde, konnte niemand erahnen.

Ein Jahr und fünf Monate später war unsere katastrophale Ehe bereits wieder geschieden, und jetzt, wenige Monate danach, nachdem ich mich gerade auf der Suche nach mehr Frieden für einen neuen Start im Ausland entschieden hatte, schlug dieses neue grausame Schicksal zu. Wenn Gott schon jemanden strafen musste, wieso dann nicht eine Sünderin wie mich – ohne Familie?

Trotz aller Fehler, die ich in meiner Ehe gemacht hatte und

für die ganz viele Finger auf mich zeigten, war mir mein Bruder die ganze Zeit nahe gewesen. Er fand es auch nicht cool und litt sehr unter unserer Ehekrise, hat mich aber niemals verurteilt. Er versuchte, mein inneres Leid zu verstehen, und stand mir mit seiner christlichen und brüderlichen Liebe bei. Auch suchte er immer wieder das Gespräch mit Stefan und bemühte sich sehr, uns zu helfen, denn er hoffte, dass es nicht zur Scheidung käme, und war überzeugt, dass Gott noch einen guten Plan mit unserer Ehe hätte. Er und seine ganze Familie beteten für uns, doch ich musste sie alle enttäuschen.

An diesem fürchterlichen 18. August war es für mich also schnell klar, dass ich nun auch in seiner Not für ihn da sein sollte. So rückten meine Pläne in den Hintergrund, denn ich wollte in dieser schlimmen Zeit für ihn und seine Familie in der Schweiz bleiben. Auch meine lieben Eltern brauchten jetzt unbedingt meine Nähe.

Kapitel
Eine Scheidung, die noch weh tut

Bevor ich mich auf den Weg ins Krankenhaus machte, wollte ich auch meinen Ex-Mann über das informieren, was geschehen war. Er war bis vor kurzem ein Teil meiner Familie gewesen, und er hatte meinen Bruder sehr gern. Außerdem war ich sicher, dass er mir in dieser kommenden schwierigen Phase noch als Freund beistehen würde.

Drei Monate zuvor war ich auch die Erste gewesen, die er aufsuchte, nachdem sein jüngerer Bruder einen schweren Verkehrsunfall gehabt hatte und dessen Leben nur noch an einem seidenen Faden hing. Noch nie hatte ich Stefan so verzweifelt gesehen. In dieser Zeit konnten wir sogar ein paar Mal gemeinsam für seinen Bruder beten. Es freute mich sehr, dass er mittlerweile wieder auf dem Weg der Besserung war.

So rief ich Stefan an und erzählte ihm, was passiert war. Er reagierte sehr bestürzt und fragte mich gleich: «Soll ich mit dir ins Spital kommen?»

«Nein», antwortete ich, «ich will zuerst alleine zu ihm. Giusi freut sich aber bestimmt, wenn du ihn auch mal besuchen kommst.»

«Das werde ich sicher machen. Ich bin auch jederzeit für dich da, wenn du mich brauchst. Es tut mir so leid!», antwortete er. Seine Anteilnahme an meinem Leid und seine Hilfsbereitschaft trösteten mich sehr – es war wie selbstverständlich, dass wir in solchen Situationen noch füreinander da waren. Und so kannte ich Stefan auch: als hilfsbereiten Herzensmenschen.

Wenn ich aber mit meinem Ex-Mann gut auskommen wollte, durfte ich nichts mehr von unserer Vergangenheit als Ehepaar erwähnen. Mit dem Thema «wir» wollte er sich endgültig nicht mehr auseinandersetzen. Das war etwas, das mir sehr viel Mühe bereitete, denn es standen durchaus noch einige unbereinigte Dinge zwischen uns. Zudem gab mir das Scheitern unserer Ehe, obwohl ich den größten Mist gebaut hatte, immer noch Rätsel auf. Und ich wusste, spätestens seit dem Tag unserer Scheidung, dass es für ihn nicht anders war.

Im großen Gerichtssaal waren wir nur vier Personen: die Richterin, die Gerichtsschreiberin, Stefan und ich. Wir hatten keine Anwälte dabei, weil wir kinderlos waren und gegenseitig keine Ansprüche stellten. Es war mir zum Weinen zumute, doch ich hatte mir fest vorgenommen, an diesem Morgen stark zu sein.

Stefan sah ebenfalls sehr traurig aus. Ich denke, dass er erst an diesem Tag wirklich realisierte, dass es mit uns endgültig zu Ende sein sollte. Als die Richterin uns begrüßte und die Verhandlung eröffnete, bemerkte ich, dass mein Noch-Ehemann Tränen in den Augen hatte. Als ich das sah, begann auch ich zu schluchzen.

Was hatte das alles für einen Sinn?, fragte ich mich. Es war offensichtlich, dass wir noch Gefühle füreinander hatten, doch wieso konnten wir bereits nach unserer Hochzeit nichts mehr auf die Reihe kriegen? Und warum war jeder Versuch, diese Ehe zu retten, gescheitert? Nur Gott weiß, dass wir mit den besten Absichten geheiratet hatten, doch wir haben genau das Gegenteil gemacht von dem, was wir uns vor ihm versprochen hatten: «Willst du, Monica, Stefan in guten und in schlechten Zeiten lieben, achten, respektieren und ihm treu sein, bis dass der Tod euch scheidet?»

Ich hatte mit Freudentränen mit einem überzeugten «Ja» geantwortet, und Stefan tat auf die gleiche Frage hin genau dasselbe. Doch wenige Monate später hatten wir uns bereits sehr verletzt, beleidigt, gedemütigt und betrogen. Unser Ego, unser Stolz und unsere Sturheit waren stärker gewesen als unsere Liebe. Als Eheleute hatten wir beide versagt, und als Katholiken sahen wir diese Scheidung als große Niederlage an. So heißt es doch: «Was Gott zusammengefügt hat, das soll der Mensch nicht trennen.»

Die beiden Frauen schauten uns mitleidig an, und die Richterin fragte uns, ob wir wirklich sicher seien, dass diese Ehe geschieden werden solle. Wir antworteten beide mit einem klaren Ja. Wir hatten schon alles versucht und wussten, dass wir uns gegenseitig nur noch mehr kaputt machen würden. Wir hatten genug gelitten, und unsere Kräfte waren am Ende.

Als wir draußen waren, fragte mich Stefan, ob ich nicht noch mit ihm am Hallwilersee etwas essen möchte. Ich war einverstanden, denn ich spürte, dass er sich nach diesem schweren Termin genauso schlecht von mir würde trennen können wie ich mich von ihm. Wir wussten jedoch beide, dass diese Gegend genau an diesem Tag ein Tränenbad auslösen würde, aber irgendwie wollten wir uns das dennoch antun. Dieser See war eine der vielen wunderbaren Kulissen unserer schönen Liebe gewesen, und es war so, als wenn wir dort den Schmerz über das Ende unserer gemeinsamen Zeit noch rausheulen wollten.

Die zwanzig Minuten bis zum See fuhren wir schweigend nebeneinander sitzend. Ab und zu nahm Stefan meine Hand zärtlich in die seine. Das waren wieder die Momente der totalen Ohnmacht. Unsere große Liebe, dank der wir glaubten, den Sinn unseres Lebens gefunden zu haben, war zerstückelt. Die Teile waren noch da, doch wir konnten sie unmöglich wieder zusammenbringen. Und selbst wenn wir es irgendwann einmal geschafft hätten, hätte es immer noch Stücke gegeben, die an die großen Enttäuschungen und Verletzungen erinnert hätten. Es wäre nie mehr dasselbe gewesen.

Als wir ankamen, gingen wir zuerst am Seeufer spazieren. Es war ein kalter Märztag, die Sonne kam und ging, und es wehte ein starker Wind. Trotz meiner warmen Jacke zitterte ich vor Kälte und innerer Traurigkeit. So nahm mich Stefan fest in seine Arme und streichelte mir zärtlich über die Haare. In diesem Moment schien die Welt für mich wieder völlig in Ordnung zu sein. Ich fühlte mich so wunderbar geborgen in seinen Armen, doch die Realität unseres Alltags sah ganz anders aus, und dies sollte nun unser Abschied sein. Wir begannen wieder zu weinen, denn der Schmerz war unbeschreiblich groß. Ich hätte niemals gedacht, dass eine Scheidung, selbst ohne Kinder, so weh tun könnte. So stark hatte ich noch nie gelitten.

Ich schaute Stefan in die Augen und dachte, dass diese freundlichen Minuten zwischen uns genau die richtigen wären, um schlussendlich zu verstehen, was in meinem Mann – oder schon Ex-Mann – wirklich abging. So bat ich ihn in diesem Moment, mir seine Gefühle ehrlich mitzuteilen. Sicher, es war ein später Zeitpunkt, um Stefans Empfindungen begreifen zu wollen, aber die meiste Zeit in unserer Ehe wusste ich gar nicht, was Stefan wirklich fühlte. Er hatte mir gegenüber all die Zeit eine defensive Kampfhaltung eingenommen.

In Wirklichkeit erhoffte ich mir, dass er auch endlich sein falsches Verhalten einsah, dies bereute und sich dafür entschuldigte. Von mir hatte er abermals mein flehendes «Vergib mir» und mein reuevolles «Es tut mir leid» gehört.

Er sagte zu mir: «Ich verstehe selber auch nicht, warum es so weit kommen musste, und es tut mir leid, dass ich für dich kein guter Ehemann sein konnte. Wir sind wirklich zu verschieden, und ich hätte dir niemals das geben können, was du dir wünschst. Du wirst glücklicher sein mit einem Mann, der besser zu dir passt. Aber ich werde dich immer in meinem Herzen tragen.»

Ich spürte, dass er seine Worte ehrlich meinte, doch seine allgemeine Entschuldigung tröstete mich nur zu einem Teil, denn seine Sätze hatten den Unterton eines Opfers, und das gefiel mir gar nicht. Immer wieder spielte ich von neuem den ganzen Film unserer Ehe im Kopf durch, und immer wieder sah ich seine unerklärlichen Reaktionen vor mir.

Gleich nach unserer Hochzeit fing es an, dass ich Stefan immer weniger verstehen konnte. Ich stand seiner Passivität und seinen Ablehnungen die ganze Zeit machtlos gegenüber.

Immer wieder hatte ich gehofft, er würde mir einmal eine Erklärung dafür geben können, doch er hatte sie offenbar selber nicht. Und eine dafür zu suchen, hätte für ihn bedeutet, dass er sich zuerst einmal mit seinem eigenen inneren Ich hätte auseinandersetzen müssen, aber das wollte oder konnte er nicht.

Ich war mir sicher, dass das Problem für sein beziehungsunfähiges Verhalten in seiner nicht einfachen Kindheit lag. Für mich hätte er dies schon längst mit Hilfe eines Fachmanns verarbeiten sollen, doch er wurde wütend, wenn ich nur schon das Wort «Psychologe» erwähnte. Er tat mir leid, wie so viele andere Male auch, aber er ließ sich nicht helfen, und ich konnte es auch nicht. Meine Nerven lagen nach eineinhalb Jahren blank.

Dass Stefan und ich verschieden waren, wussten wir eigentlich schon, bevor wir heirateten, doch wir waren der Überzeugung, dass unsere Liebe, die auf gegenseitiger Annahme und Treue gründete, stärker sein würde als unsere Unterschiede.

Doch wir täuschten uns. Wir waren totale Gegensätze, die sich anfangs mit einer riesigen Faszination anzogen, sich irgendwann mal nach den ersten Schmetterlingen im Bauch in Liebe annahmen und sich aber gleich nach dem ersten Ehekonflikt unheimlich auf den Wecker gingen.

In unserer dreieinhalbjährigen Freundschafts- und Verlobungszeit hatten wir uns nie gestritten. Wir waren trotz unserer Verschiedenheit sozusagen ein Herz und eine Seele gewesen. Ich bedauerte oft, dass es in der Zeit vor unserer Hochzeit nie zu einem heftigen Streit gekommen war. Die Alarmglocken hätten bei mir so sicher schon vorher geläutet.

Unsere ersten Auseinandersetzungen waren für mich noch absolute Kleinigkeiten, die in jeder Ehe mal vorkommen und die man einfach hätte lösen können. Vor allem war ich immer der Meinung, dass man mit der Liebe alles wiedergutmachen könne, aber auch das lief mit meinem Mann ganz anders. Er stieß mich oft zurück, was für mich unerträglich war, denn dieses Verhalten verletzte mich zutiefst. Ständig suchte ich die Fehler bei mir. War ich eine so unmögliche Frau? Fand er mich nicht hübsch genug? Hatte ich wirklich keine Geduld mit ihm? Was könnte ich besser machen?

Und stimmte es, dass er mich nie glücklich hätte machen können? Nachdem sich die Situation in den ersten Monaten unserer Ehe so dramatisch verändert hatte, war es wirklich so: Ich konnte mich mit seiner Andersartigkeit einfach nicht mehr zurechtfinden und wurde sehr unzufrieden. Aber diese jüngste Aussage nervte mich trotzdem sehr, denn ich hatte diesem Mann nie etwas Unmögliches abverlangt.

Mich interessierten Geschenke nicht: Ich trug außer unserem Ehering keinen Schmuck. Ich hatte ihn, einen ganz einfachen und auch keineswegs wohlhabenden Mann, geheiratet, weil mir eben wahre Liebe und Treue wichtiger waren als alles andere, und er behauptete jetzt, dass er mir nie das hätte geben können, was ich mir wünschte? Ich wollte doch gar nichts anderes als nur ihn und seine Liebe, aber er verstand mich nicht. Seit meiner ersten Kritik an ihm verhielt er sich mir gegenüber, als ob ich seine größte Feindin wäre. Mit seiner Ablehnung konnte ich so wenig klarkommen wie er mit meiner Kritik.

Nach diesen stillen Gedankengängen fühlte ich, wie in mir langsam wieder die Wut aufstieg, und so sagte ich zu ihm:

«Mein einziger Wunsch war nur der, mit dir glücklich zu sein! Wieso hast du mich die ganze Zeit so weggestoßen? Ich war deine Ehefrau, und du hast mich einfach gehen lassen! War ich dir nichts wert? Ich hätte nie, nie diesen Fehler gemacht, wenn du mir deine Liebe gegeben und mich beschützt hättest! Du hast deine Verantwortung als Ehemann doch nie richtig wahrgenommen.»

Stefan blieb kurz still, aber ich erkannte in seinem Gesicht, dass ich wieder die falsche Taste gedrückt hatte. Er ließ mich los und sagte in einem distanzierten Ton: «Es tut uns beiden nicht gut, noch weiter darüber zu reden. Wir müssen damit aufhören und es jetzt einfach so annehmen. Ich will definitiv nicht mehr über uns reden. Du hast mich in unserer Ehe nie wirklich verstanden, und meine Reaktionen waren nur logische Konsequenzen auf deine Fehler. Du hast keine Geduld gehabt und warst ständig nur am Motzen. Und schlussendlich hast du mich betrogen. Ich habe dich jedenfalls nicht dazu bewogen.»

Das war wieder eines der vielen Schwerter in meinem Herzen, und wütend und verletzt erwiderte ich: «Du hast mir nie zugehört und hast meine Bedürfnisse doch gänzlich ignoriert. Ich habe dich vor der Gefahr eines anderen Liebhabers gewarnt, und du hast nichts, aber auch wirklich gar nichts dagegen unternommen!»

Da waren sie beide wieder – seine kühle Distanz und mein temperamentvoller Ärger. Es hatte keinen Sinn mehr, mit ihm zu diskutieren, und ich musste einfach beginnen, zu akzeptieren, dass ich auf meine Fragen nie eine Antwort bekommen würde.

Ich bat Stefan, mich nach Hause zu fahren. Wir konnten unmöglich mit diesen Gefühlen im Bauch noch zusammen zu Mittag essen. Im Auto war die Stimmung still, distanziert, verärgert und traurig. Beim Aussteigen verabschiedeten wir uns wie zwei gute Freunde, mit drei Küsschen auf die Wangen.

Wie hätten wir jemals aus unserem Teufelskreis herauskommen können? Indem jeder für sein eigenes falsches Verhalten die Schuld beim anderen sah und immer an seiner eigenen Haltung festhielt? Nein, so eben gar nicht. Ich sah meine Fehler ein, gab aber immer seinem für mich unverständlichen Verhalten die Schuld dafür. Er sah seine Fehler dagegen nie ein und gab mir immer die Schuld für alles. Unser erster Konflikt nach der Hochzeit war wie ein kleiner Schneeball, der begann, ganz unspektakulär vom Gipfel herunterzurollen, und der irgendwann in der Mitte des Berges so groß wurde, dass er eine Lawine auslöste, die uns beide begrub.

Die Lawine war mein Ehebruch. Die schweren Konsequenzen trugen wir nun beide. Wie hätte mir mein Ehemann, der schon mit der kleinsten Kritik von mir nicht klarkam, mein Fremdgehen vergeben können? Ich konnte mir diese Tat selber nicht vergeben, und auch ich litt unglaublich darunter. Die Schuldgefühle waren für mich unerträglich, und gleichzeitig war ich wütend auf Stefan. Für mich trug er ganz klar eine Mitschuld, und solange er dies nicht einsah, konnte ich ihm auch nicht vergeben. Gehasst habe ich ihn aber nie.

Das Ende unserer Ehe schmerzte in meinem Herzen wie ein unerklärlicher Tod, über den man sich Tausende Gedanken macht, ob und wie er hätte verhindert werden können. Aber es war nun mal passiert. Es war zum Desaster gekommen, und jetzt gab es kein Zurück mehr.

Welche Gefühle ich im Moment wirklich noch für meinen Ex-Mann empfand, wusste ich nicht genau. War es Liebe, Mitleid oder Verantwortung? Oder waren es mein verletzter Stolz und mein schlechtes Gewissen, die mir so viel Kummer machten? Ich glaube, letztlich war es eine Mischung aus alledem.

Während Stefan mich locker einem anderen Mann überlassen konnte, war ich aber immer noch sehr eifersüchtig auf jede seiner potenziellen neuen Bekanntschaften. Schon allein der Gedanke daran machte mich wahnsinnig. Ich hätte es nicht ertragen können, dass er seine Liebe, die ich so dringend in unserer Ehe nötig gehabt hätte, einer anderen Frau geben würde. Daher war ich froh, bald weit wegziehen zu können, um ihn nie mit einer neuen Partnerin sehen zu müssen.

Als ich einmal einem sehr guten Freund meine Eifersucht beichtete, sagte dieser zu mir: «Was willst du eigentlich? Du betrügst deinen Mann, du lässt dich scheiden, dein Liebhaber ist jetzt dein offizieller neuer Partner, du hast Zukunftspläne mit ihm auf der anderen Seite der Welt, und Stefan darf keine Neue haben? Dein Stolz ist verletzt, das ist alles, aber das hat nichts mit Liebe zu tun! Es ist einfach zu viel schiefgelaufen, und ihr seid nun geschieden. Basta. Denke nicht mehr daran, und nimm die Sache so an, wie sie ist.»

Wenn das die ehrliche Sicht eines Freundes war, wollte ich gar nicht mehr wissen, was völlig Außenstehende über mich dachten. Von außen schienen die meisten meiner Gespräche und viele meiner Taten sehr paradox zu sein, denn in mein

Herz und in meine Seele sah schlussendlich niemand hinein. Ich fühlte mich von vielen verurteilt, und es tat mir extrem weh. Zudem wurde ich sehr unsicher und begann sogar zu stottern. Das war in meinem Job, zu dem immer wieder Geschäftsmeetings gehörten, äußerst ungünstig.

Manchmal dachte ich, dass es vielleicht die Strafe dafür war, dass ich früher selbst andere untreue Eheleute verurteilt hatte. Menschen können nicht wissen, was andere in jedem Moment ihres Lebens in ihren eigenen vier Wänden durchmachen, wie sie fühlen, welche Verletzungen sie bereits mit sich tragen, welche familiären Hintergründe sie haben, welchen Lügen sie glauben ... Wären wir in genau derselben Situation wie diese anderen sogenannten «schlechten» Leute, wären wir doch alle imstande, auch genau dieselben Dinge zu tun wie sie. Das hatte ich nun selber am eigenen Leib erfahren müssen.

Ich denke nicht, dass meine besten Freunde die Absicht hatten, mich zu verurteilen, aber sie waren mit meiner Situation einfach überfordert. Sie versuchten, mich zu verstehen, und spürten meine Not, doch viele meiner Handlungen waren für sie schwierig nachzuvollziehen. Sie kannten mich eigentlich anders und wussten, dass mir die Ehe heilig und die Treue oberstes Gebot war. Ich konnte nicht erwarten, dass die anderen mich verstanden, denn ich war sehr konfus und verstand mich häufig selbst nicht mehr.

Mein äußeres Leben war wieder einmal im ständigen Konfliktkampf mit dem inneren. Ich hatte alle meine Werte zertreten, nur um mein lebensnotwendiges Bedürfnis nach Liebe stillen zu können und mich als Frau wertvoll zu fühlen. Dies war für mich der einzige Grund für meine unglaublichen Aktionen, doch gab es auch Leute in meinem Umfeld, die der Meinung waren, ein normales und zu sesshaftes Leben würde sowieso nicht meiner Natur entsprechen und ein Ausbruch meinerseits wäre so oder so mal gekommen.

An dieser Stelle muss ich etwas mehr von mir erzählen …

Kapitel
Jugend zwischen Schweiz
und Italien

«Du bist zwar hübsch und intelligent, aber du bist für mich einfach zu naiv und zu unerfahren! Es wird Zeit, dass du weltoffener wirst und dich endlich von deinen Eltern löst! Ansonsten wirst du nie eine selbstbewusste und eigenständige Frau werden. Ich will diese Geschichte jetzt beenden, ich habe nämlich keine Zeit für kleine Mädchen.»

Mit diesen Worten und nach einem Jahr Beziehung verließ mich mein erster richtiger Freund, für den ich meine Eltern mit allen möglichen Lügen wahnsinnig gemacht hatte. Ich war achtzehn, wohnte zu Hause und musste mich ihrem Reglement unterordnen. Mein Freund, der meine Eltern nie persönlich kennen gelernt hatte, belächelte sie und behauptete immer, dass sie «hinter dem Mond» leben würden.

Obwohl ich volljährig war und mir meine Eltern theoretisch nichts mehr zu sagen hatten, zahlten sie meinen ganzen Unterhalt und meine Privatschule, ein italienisches neusprachliches Gymnasium in Zürich. Ich konnte mich unmöglich einfach so von ihnen lösen, auch weil ich sie, trotz meiner Rebellion und all der Probleme, sehr liebte.

Außerdem war ihre Sorge ja nicht ganz unberechtigt, denn sie ahnten, dass ich mich in jemanden verliebt hatte, der nicht zu mir und meinem Elternhaus passte. Ich hatte ihn ein Jahr zuvor in Zürich kennen gelernt, als ich am Abend ausging.

Er war elf Jahre älter als ich, wohnte in Mailand und bewegte sich in der italienischen Musikszene. Das war alles andere als eine heile Welt, und ich war als junges, überbehütetes Landei teilweise richtig entsetzt über die Unmoral, die in seinen Kreisen vorherrschte.

Ich selber war schüchtern und konnte mich in seinem Umfeld schlecht zurechtfinden. Aber ich war in ihn verliebt und träumte immer noch von der großen, treuen Liebe.

Seine Freunde jedoch machten sich, wie auch er selbst, über meine Naivität lustig. Dabei war ich in meinem normalen Umfeld, unter meinen gleichaltrigen Freundinnen von damals, nicht die Einzige mit strengen Eltern und mit dieser typischen romantischen Einstellung. Es war das Jahr 1993.

Nach dieser Geschichte war es nicht so einfach, mit meinen Eltern wieder gut auszukommen, und dies tat mir zu allem Liebeskummer zusätzlich weh. Ich war am Boden zerstört, denn ich hatte diesem Mann, um ihn nicht zu verlieren, meine Unschuld geschenkt. Jetzt fühlte ich mich leer, verletzt, gedemütigt und dumm, sprach aber mit niemandem darüber, schon gar nicht mit meinen Eltern.

Ich weiß, dass mein Dad mich immer sehr geliebt hat, nur fühlte ich seine Liebe in dieser Zeit nicht mehr wirklich. Sein Ton mir gegenüber war meistens hart, und dies ertrug ich nur sehr schlecht. Als ich ein Kind war, bekam ich all seine Zuwendung und Zärtlichkeiten, aber als ich dann langsam ein Teenie wurde, begann er sich zu distanzieren und überließ alle heiklen Themen meiner Mutter. Mein Vater machte zwar auch weiterhin noch alles für mich, aber mir fehlten seine spontanen Umarmungen, seine Komplimente und sein Lob. Ich hatte das Gefühl, dass ich ihm immer etwas beweisen musste, um in seinem Gesicht ein wenig Zufriedenheit sehen zu können.

Nur von anderen erfuhr ich immer wieder, dass er mich rühmte und stolz auf mich war, weil ich in der Schule stets gute Noten hatte. Nach der Enttäuschung mit meinem ersten Freund war ich aber nun wirklich nicht mehr das brave Mädchen, wie er sich das gewünscht hätte.

Die Beziehung zu meiner Mutter war besser und liebevoller, doch Mamma hielt letztendlich immer zu meinem Vater.

Als ein paar Monate später meine Tante Lina, die ledige Schwester meiner Mutter, in Jesolo bei Venedig eine Lehrerinnenstelle bekam, sah ich meine Fluchtchance gekommen. Meine Tante hatte ich bis dahin jeden Tag meines Lebens gesehen, und so war sie für mich wie eine zweite Mutter. Und auch zu Jesolo hatte ich bereits einen guten Bezug.

Sie hatte sich fünfzehn Jahre zuvor ein großes Haus auf einem ebenso großen Grundstück gekauft, das nur fünf Minuten vom Meer entfernt lag, und ich durfte fast alle Schulferien mit ihr dort verbringen. So wollte ich nach Jesolo, um der schlechten Stimmung bei mir zu Hause entfliehen zu können und noch die letzten zwei Jahre Gymnasium in Italien fertigzumachen. Anschließend hatte ich vor, die Universität in Venedig zu besuchen. Meine Tante war einverstanden und nahm mich mit. Gleichzeitig zogen auch meine Großeltern mit uns nach Italien zurück. Zu ihnen allen hatte ich eine wunderbare Beziehung.

«Lido di Jesolo», das Herzstück von Jesolo und der Stadtteil, in dem ich wohnte, mit seinem wunderschönen, fünfzehn Kilometer langen goldgelben, feinen Sandstrand, war im Sommer ein sehr belebter Ort. Tagsüber gab es fast keine freien Strandplätze mehr, und am Abend war die berühmte, sehr lange Via Bafile mit ihren vielen Shops, Cafés, Restaurants und Clubs mit Tausenden von Touristen überfüllt.

Doch das stresste mich überhaupt nicht, im Gegenteil, ich liebte dieses pulsierende Leben und freute mich nun riesig, dass dies mein neuer Wohnort sein würde. Sobald aber die Touristen ausblieben, die unzähligen Hotels ihre Saison beendeten und die Lokale ihre großen Fensterrollläden schlossen, wurde der Lido trostlos. An kalten, grauen Tagen hätte man nackt durch die Via Bafile gehen können, wahrscheinlich hätte dies niemand bemerkt.

Meine Freundinnen, die ich dort im Sommer traf, waren ebenfalls Feriengäste und kamen aus verschiedenen Regionen Italiens. In Jesolo selber hatte ich keine Freundin, und der Neustart mit meinem noch frischen Seelenkummer war dort nicht leicht.

Wenigstens lernte ich Giulia bald besser kennen. Sie war eine Klassenkameradin von mir, mit der ich jeden Tag zweimal eine vierzigminütige Busfahrt von Jesolo nach Mestre unternahm, wo sich unser Gymnasium befand. Sie war immer fröhlich und guter Dinge und hat mich dort mit vielen Einheimischen in Kontakt gebracht. Meine Tante, die sich für mich verantwortlich fühlte, war auch streng, doch ließ sie mich am Samstagabend mit Giulia ausgehen; Giulia und ich nannten sie, unter uns, deshalb liebevoll «Frau Rottenmeier».

Unser Abend begann oft in einem Karaoke-Pub. Dort sangen wir uns jeweils die Kehle aus dem Leib und amüsierten uns prächtig. Danach ging es meistens in eine Latino-Disco, wo wir für unser Leben gern die halbe Nacht lang durchtanzten.

In dieser Zeit lernte ich einen sehr sympathischen venezianischen Komponisten namens Massimo kennen. Er wurde mein bester Freund. Er führte mich in seinen Freundeskreis ein, und wir waren immer eine lässige, harmonische Clique von acht Frauen und Männern, die sich wirklich nur als Freunde trafen. Ich war die Jüngste, alle anderen waren etwa zehn Jahre älter als ich, aber das störte niemanden. Ich sah älter aus als neunzehn und passte mich immer ihren Gesprächen an; schließlich wollte ich kein «kleines Mädchen» mehr sein. Zwei von uns waren ein Paar, alle anderen waren Singles und wohnten noch im «Hotel Mama».

Wir hatten alle den gleichen katholischen Hintergrund, doch die Mentalität in Norditalien war deutlich offener als im Süden, meine Freunde hatten allgemein mit ihren Eltern weniger Kämpfe um ihre Freiheit ausgefochten als ich. Sex vor der Ehe war bei ihnen zu Hause kein Skandal. Ich dagegen hatte auch in Jesolo anfänglich noch meine sizilianischen Moralregeln, von denen ich mich jedoch immer mehr löste. Das führte dazu, dass ich mich so nach und nach der nordischen Weltanschauung anpasste.

Gott sei Dank war meine Tante von meinen Freunden begeistert und fand sie sehr sympathisch und anständig. So waren sie bei uns immer herzlich willkommen, und Tante Lina stellte uns sogar oft das große, im venezianischen Stil eingerichtete Wohnzimmer für unsere Treffen zur Verfügung. Sie hatte zu allen großes Vertrauen, speziell zu Massimo, den sie wie einen großen Bruder für mich ansah.

Es war eine wunderbare Zeit, in der die schönsten Freundschaften meines Lebens entstanden, die auch bis heute noch Bestand haben. Außer Giulia, ein paar anderen Schulfreunden und meiner Clique hatte ich noch weitere gute Freundinnen, wie beispielsweise meine Nachbarin Anna und meine abenteuerlustige Freundin Debora.

Debora hatte ihre Kindheit auch in der Schweiz verbracht, so konnte ich mit ihr ab und zu Schweizerdeutsch sprechen. Sie war zehn Jahre älter als ich und hatte bereits viel von der Welt gesehen. Ihre weltoffene und erfahrene Art faszinierte mich. Ich wollte auch mehr von dieser Welt sehen, aber ich musste mich noch eine Weile nur mit Venedig begnügen, was aber zu dieser Zeit völlig in Ordnung ging.

Ab und zu durfte ich bei meinen venezianischen Schulfreundinnen übernachten, und das war immer ein besonderes Highlight. Alle hatten sie fantastische Wohnungen, die – jede mit ihrer speziellen Architektur – entweder mit Sicht auf die Lagune, die Kanäle oder auf eine kleine Piazza aufwarten konnten. In Erinnerung ist mir vor allem die Wohnung von Sabrina geblieben, die mit ihren hohen Räumen, dem vielen Marmor, der Luxuseinrichtung mit prachtvollen, orientalischen Vasen und Teppichen, den Murano-Glas-Leuchten und den vielen Gemälden eher wie ein Museum wirkte.

Oft ermahnte sie mich, ich solle vorsichtig mit allem sein, doch das machte mir nichts aus. Sie war mir sympathisch, und ich hatte sie, obwohl sie so vornehm war, wirklich sehr gern. Heute ist sie eine elegante Schuhdesignerin.

Venedig mit seiner byzantinischen Kunst umgab meinem Empfinden nach immer ein mystischer und märchenhafter Zauber. Unserer bereits 80-jährigen Kunstgeschichte-Lehrerin, der Signora de Luigi, gelang es, mir nebst ihrem Wissen auch ihre Liebe für diese Stadt zu vermitteln. Sie war die Tochter eines berühmten venezianischen Kunstmalers und lehrte ihr Fach mit viel Leidenschaft. Deshalb konnte sie, selbst mit Gehhilfe, einfach nicht aufhören, zu unterrichten.

Mit meinen Freunden traf ich mich oft auch am Nachmittag. Wir hatten unsere Lieblingscafés oder machten auch in den kalten Monaten lange Spaziergänge am Strand. Von Mai bis September dagegen belegten wir immer die gleichen Strandplätze und verbrachten unvergessliche Sommer mit viel Spaß, Sonne, Meer und feinen «Gelati».

Für mich war es ein Vorteil, dass wir damals noch keine Handys und Social Media hatten. Wir konnten so viel kostbare Zeit in persönliche Freundschaften investieren, und der Gesprächsstoff ging uns, selbst nach vielen intensiven Stunden, nie aus.

Die letzten Worte, die meine erste große Liebe zu mir gesagt hatte, hatten tiefe Spuren hinterlassen. Ich wollte von niemandem mehr als naiv abgestempelt werden und war so eine sehr extrovertierte junge Frau geworden. Meine Freunde und ich redeten offen und ehrlich über alle möglichen Themen dieser Welt und diskutierten teils auch heftig, wenn wir nicht gleicher Meinung waren.

Ein sehr heikles Thema unter uns war das Thema «Treue». Dieses Ideal war, wie auch der Glaube an die wahre Liebe, tief in mir verankert. Ich war geprägt von der Ehe meiner Eltern, die sich auch manchmal stritten, aber dennoch immer treu zusammenhielten. Auch überzeugte mich das Zeugnis über die Ehe meines gläubigen Bruders. Ich sah diesen Bund als göttliche Institution, in dem zwei Menschen vor Gott eins würden und sich in guten wie in schlechten Zeiten treu blieben.

So verurteilte ich jede außereheliche Beziehung und konnte es nur schwer akzeptieren, wenn sich eine Freundin von mir mit einem verheirateten Typen einließ. Auch konnte ich verheiratete Männer nicht ausstehen, die außerhalb ihrer Ehe ein Abenteuer suchten.

Meine Freunde sahen das nicht so eng; unglückliche Ehen waren ringsumher überall zu beobachten, und da könne es halt auch passieren, dass es außerhalb mal funkt. Vor allem die Männer sahen Seitensprünge nur als reinen Sex an, den man von der wahren Liebe in der Ehe unterscheiden musste. Schon allein solche Gedanken empfand ich als äußerst respektlos.

So war ich überzeugt, dass ich unter den südländischen, leidenschaftlichen Männern nie einen treuen Ehemann würde finden können, und das jesolanische Ambiente war diesbezüglich auch nicht gerade vielversprechend. Die meisten Jugendlichen waren verwöhnte Neureiche – Söhne und Töchter von Eltern, die mit ihren Hotels, Geschäften und Firmen Erfolg hatten. Die meisten jungen Männer, die mir dort gefielen, konnten sich schöne Autos, teure Ferien und sonst noch vieles leisten. Sie waren von Frauen begehrt, und sie erweckten nicht wirklich den Eindruck, als würden sie nach einer echten und verbindlichen Liebe Ausschau halten. Jeder Einzelne von ihnen wollte so viele Erfahrungen wie nur möglich sammeln und sich im Leben so richtig amüsieren.

Wenn wir abends weggingen, flirtete ich zwar auch sehr gerne, doch ich konnte mich nicht näher mit solchen Typen einlassen. Ich wollte nicht einfach ein Objekt ihrer Lust sein, und sicher war ich zu stolz, um nur eine Nummer unter vielen zu sein. Die Erinnerungen an meinen ersten Freund waren zwar verblasst, doch die Verletzungen konnte ich nicht vergessen.

Es gab durchaus aber auch einfache, liebe Männer, die sicher ehrliche Absichten hatten. Doch wenn mir einer gefiel, dann schreckte ich ihn mit meinem mittlerweile zu sicheren, starken und weltoffenen Auftreten ab. Ich machte kein Geheimnis daraus, dass ich, wenn ich mal die Schule beendet hätte, die weite Welt bereisen wollte. Die Universität konnte warten. So war es für die meisten klar, dass ich nicht in Jesolo bleiben würde und sich eine feste Beziehung mit mir deshalb auch nicht lohnen würde.

Während einer Wohltätigkeitsveranstaltung lernte ich einen fünfzehn Jahre älteren attraktiven Geschäftsmann aus der Lombardei kennen. Seine Reife und Selbstsicherheit faszinierten mich, und ich verliebte mich Hals über Kopf in ihn – und er sich auch in mich. Wir telefonierten täglich eine Stunde miteinander, egal, auf welchem Erdteil er sich gerade befand, und er kam mich auch oft in Jesolo besuchen.

Meine Familie durfte allerdings nichts von dieser Beziehung erfahren, weil sie selbstverständlich dagegen gewesen wäre. Er war seit ein paar Jahren geschieden und hatte einen zehnjährigen Sohn. Ein Geschiedener war für meine Familie ein zusätzliches Tabu, und so eine Liebe entsprach auch nicht wirklich meinen Jugendvorstellungen.

Ihn heimlich zu treffen, war nicht immer einfach, und ich musste auch diesmal wieder zu Hause viele Lügen erzählen. Es war mir nicht wohl dabei, aber ich war regelrecht süchtig nach seinen Liebesbestätigungen. Dadurch fühlte ich mich wichtig, wertvoll und zum ersten Mal von einem Mann wirklich geliebt. Gleichzeitig hatte ich aber auch Angst, erneut leiden zu müssen, und war mir sicher, dass es irgendwann einmal eine reifere, schönere und interessantere Frau auf diesem Globus für ihn geben würde.

Und er vermittelte mir ganz offen, dass er es gar nicht toll fand, dass ich mich für einen Job in der Airline-Branche mitten unter den vielen Piloten entschieden hatte. Aber ich wollte reisen, meinen Lebensunterhalt selber verdienen und von niemandem mehr abhängig sein. Um nicht leiden zu müssen, ließen wir uns langsam frei, bis der Kontakt immer weniger wurde. Keiner von uns beiden hat die Beziehung je offiziell beendet.

Nebst dieser Liebe, meinem großen Freundeskreis und all meinen Freizeitaktivitäten war ich eine sehr gute Schülerin und habe das Abitur mit super Noten abgeschlossen. Anschließend bekam ich von ein paar Hotelmanagern der Gegend interessante Jobangebote, denn meine vier Sprachen waren sehr begehrt. Doch ich hatte mich bereits entschlossen, meinem Traumberuf nachzugehen. So ging meine wunderbare Zeit in Jesolo zu Ende, und ein neuer Lebensabschnitt begann.

Kapitel
Traumberuf Flight Attendant

Im Oktober 1995 begann ich meine Berufskarriere als Stewardess bei der ehemaligen Crossair. Ich war außer mir vor Freude! Da ich sehr gut Italienisch sprach und die Fluggesellschaft noch Personal in Lugano benötigte, wurde ich in Agno stationiert. Das kam mir sehr gelegen, denn endlich konnte ich eine eigene Wohnung beziehen und meine Freiheit so richtig genießen. Meine Eltern, mit denen ich – Gott sei Dank – wieder gut auskam, freuten sich auch sehr für mich.

Die Distanz hatte uns richtig gut getan. In den zwei Jahren, die ich in Jesolo verbrachte, kamen sie mich ein paar Mal besuchen, und auch ich ging ein paar Wochen im Jahr zurück in die Schweiz. Wir hatten uns zeitweise richtig vermisst. Über die Geschichte mit meinem ersten Freund haben wir nie mehr gesprochen, und an ihrer Liebe, die ich wieder deutlich spüren durfte, merkte ich, dass sie mir vergeben hatten. Jetzt waren sie doch sehr beruhigt, dass ich das Gymnasium gut abgeschlossen hatte, wobei sie hofften, dass ich irgendwann mal studieren würde.

Das habe ich ein Jahr später mit einem Jurastudium in Mailand auch versucht. Jedoch ging ich im 1. Semester nur in ein paar wenige Vorlesungen und merkte schnell, dass dies neben meinem beruflichen Arbeitspensum, das ich wiederum nicht reduzieren wollte, und meiner sonst noch verplanten Freizeit unmöglich zu bewältigen war. So schob ich die Idee eines Unistudiums auf unbestimmte Zeit hinaus, die bis heute noch nicht angebrochen ist.

Im Tessin halfen mir meine Eltern bei der Wohnungssuche und gaben mir einen Teil des für mich gesparten Geldes von meiner Oma für die Einrichtung. Mein neues Zuhause, eine entzückende Zweizimmerwohnung mit Terrakotta-Steinböden und einer kleinen amerikanischen Küche, lag im ersten Stock einer kreisförmigen, im mediterranen Stil gebauten Wohnanlage. In der Mitte befand sich ein kleiner, sehr gepflegter Park mit ein paar prächtigen Palmen, schönen Blumen und einem mittelgroßen Swimmingpool. Ich freute mich bereits auf den nächsten Sommer!

Mit meinem Vater ging ich damals in ein Einrichtungshaus und bestellte die ersten Möbel. Alles modern in dunkelblau und schwarz. Ich fand sie damals wunderschön, doch wenn ich mich mit meinem heutigen ausgeprägten Innendekorationsflair zurückerinnere, passte die Einrichtung überhaupt nicht zu dieser südländischen Wohnung. Gut, auch der eigene Geschmack darf mit der Zeit reifen!

Nebenan wohnte Kathrin, eine 60-jährige liebe, fröhliche und sympathische Bernerin, die bald bemerkte, dass ich ziemlich unbeholfen war, was das Waschen und Bügeln meiner Uniformblusen anging. Ich muss zugeben, dass ich bis dahin doch sehr verwöhnt worden war. Zu Hause und bei meiner Tante in Jesolo hatte ich im Haushalt nie einen Finger rühren müssen.

So half mir Kathrin gerne, und ich war froh um ihre Unterstützung. Sie passte auch auf meine Wohnung auf und goss meine einzige Pflanze, wenn ich unterwegs war. Damals machte es nicht den Anschein, dass aus mir jemals eine gute Haus- und Familienmanagerin werden würde. Eher sah es so aus, dass mein armer zukünftiger Mann und unsere Kinder wegen mir einmal verhungern würden. Ein Vorteil war, dass ich meistens bei der Arbeit essen konnte; das Catering war auch für die Crew immer lecker und abwechslungsreich.

Die Crossair war eine Linien- und Charterflug-Gesellschaft für Kurz- und Mittelstrecken. Die bekanntesten Markenzeichen dieser Airline waren die schönen blauen Ledersitze in der ganzen Kabine, erlesener Champagner für alle Fluggäste, nur weibliches Kabinenpersonal und feine, große, goldene Schokoladentaler. Das gute Essen auf Porzellangeschirr und der prachtvolle Service an Bord waren wohlbekannt.

Verglichen mit heutigen Verhältnissen war das damals purer Luxus. Ich war stolz, für diese Airline zu arbeiten, und der Chef, Moritz Suter, den man am Hauptsitz in Basel oft persönlich antreffen konnte, war zu allen immer sehr höflich. Dieser Mann hatte für mich wirklich extrem viel Charisma.

Das Arbeitsklima in Lugano war sehr familiär und freundlich. Meine Kolleginnen waren eine schöner als die andere und wiesen allesamt einen starken Charakter auf. Sie zeigten sich erfahren, selbstsicher und konnten selbst in heiklen Situationen mit den Passagieren an Bord stets ruhig und geschickt umgehen.

Anfangs fühlte ich mich ihnen gegenüber richtig minderwertig, aber das änderte sich schnell. Der dreiwöchige intensive theoretische Grundkurs am Hauptsitz und die sechs Wochen praktische Schulung auf der Route mit so viel verschiedener, internationaler Kundschaft hatten mich auf meine spannende und abwechslungsreiche Arbeit hervorragend vorbereitet. Nach ein paar Monaten machte ich auf die neuen Flight Attendants denselben sicheren Eindruck wie zu Beginn meine Kolleginnen auf mich.

Ich kann mich aber noch sehr gut an meinen ersten Arbeitstag im Flugzeug erinnern. Ich war vorher in meinem Leben nur sechs Mal und auch nur für kurze Strecken als Passagierin geflogen. Die Route an diesem Tag war die Stecke «Lugano–Zürich–Turin» mit Übernachtung in Turin. Auch wenn ich Rummelplätze und Achterbahnfahrten liebte, war mein erster Arbeitstag, fast nur stehend und mit leichten Turbulenzen, ein wahrer Albtraum, denn es wurde mir schrecklich übel. Als wir in Turin ankamen, war ich fix und fertig und hatte die größten Bedenken, ob ich für diesen Beruf überhaupt geeignet war.

Doch meine Instruktorin meinte, dass es erfahrungsgemäß am zweiten Tag schon viel besser gehen würde, und sie hatte recht damit. Auch der «Nightstop» Turin wurde einer meiner Favoriten. Wir hatten dort nur den Abend zur Verfügung, und die ganze Crew verbrachte ihn meistens mit Karaoke in einer lustigen Trattoria. Was wollte ich noch mehr, als mein Hobby mit meiner tollen Arbeit zu verbinden und dabei italienisches Ambiente zu genießen?

Wir hatten verschiedene Nightstops in Europa, und nicht immer reichte die Zeit für eine Stadtbesichtigung. Meistens kamen wir erst am Abend nach einem anstrengenden Arbeitstag mit mehreren komplett ausgebuchten Flügen in einem Hotel an und waren einfach nur froh, schlafen gehen zu können.

Doch gab es auch coole Nightstops wie Paris, Nizza, Marseille, Oslo, Kopenhagen und Berlin. Dort hatten wir fast den ganzen Tag die Gelegenheit, als komplette Crew etwas zu unternehmen. Wir jungen Stewardessen gingen mehrheitlich shoppen und trafen die Piloten danach wieder zum Essen in einem Restaurant. Es gab aber auch mal gemeinsame Ausflüge wie in die fabelhaften mittelalterlichen Städtchen der Provence oder in das berühmte St. Tropez, wo man auf der schönen Promenade locker eine ältere, unauffällige Dame namens Brigitte Bardot antreffen konnte.

Mir gefiel mein Job sehr, und Fliegen wurde meine größte Leidenschaft. Für mich waren auch die kleinen Dinge des Alltags oft große Höhepunkte. Ich genoss es, wenn ich mal im Flughafen von Florenz kurz etwas Zeit hatte für einen feinen Cappuccino oder in Venedig auf dem Flugplatz für ein paar Minuten die salzige Lagunenluft einatmen durfte. Auch kurze Flüge nach Zürich oder Genf mit dem atemberaubenden Panorama über den Alpen und auf das Matterhorn fand ich einfach nur fantastisch.

Die abwechslungsreichen Monatspläne mit den unregelmäßigen Arbeitszeiten gefielen mir auch sehr gut. Oft begann meine Arbeit erst in Zürich, Basel oder Genf. Mehrmals durfte ich von Lugano aus zu meinem Arbeitsort im Cockpit mitfliegen. Das war für mich ein absolutes Gefühl von Freiheit. Ich liebte Flugzeuge und wusste – spätestens nach dem ersten Emergency-Kurs –, dass diese großen Maschinen selbst beim Ausfallen beider Motoren noch segeln konnten. Dies war für mich, zusammen mit dem guten Ruf unserer Piloten, sehr beruhigend, auch wenn man trotzdem auf alles vorbereitet sein musste.

Meine größte Hoffnung setzte ich aber darauf, dass Gott meine Gebete um Bewahrung erhören würde. Das war, denke ich, auch für meine Mama, meine Oma und meine Tante nicht anders. Ich hatte mit ihnen jeden Abend kurzen telefonischen Kontakt, auch wenn ich mich gerade in einer europäischen Stadt befand. So waren sie alle beruhigt.

Egal, mit welcher Crew ich flog, ich hatte mit allen immer eine gute Zeit und alles lief stets respektvoll und korrekt ab. Klar gab es hin und wieder mal nervöse Zicken, übertriebene Perfektionistinnen oder nicht kommunikative Piloten, aber das Gute daran war, dass man sie höchstens zwei Tage aushalten musste und dann vielleicht nie wiedersah.

Am liebsten flog ich mit meinen Arbeitskolleginnen von Lugano aus. Wir kannten uns alle, und die Atmosphäre war während der ganzen Route locker und sympathisch. Mit ihnen hatte ich auch den größten Spaß, wenn wir nach mehreren Stunden und Hunderten von «Guten Tag und Auf Wiedersehen» müde waren.

Dann fing es erst richtig an, lustig zu werden: Es reichten nur ein paar ironische Blicke oder ein komischer Name auf der Passagierliste, damit wir uns kaputtlachen konnten. Häufig mussten auch die Passagiere schmunzeln, wenn sie zusahen, wie wir uns amüsierten. Die Italiener waren die Neugierigsten und wollten immer wissen, was wir denn so lustig fänden, um auch mitlachen zu können. Für mich waren sie eh die sympathischsten Passagiere, aber vielleicht auch nur deswegen, weil ich italienisches Blut in den Adern habe. Für französische Stewardessen waren natürlich die Franzosen der Hit.

Wir waren uns aber alle einig, dass die unkompliziertesten Passagiere die immer freundlich nickenden Japaner waren. Aber auch mit einer ganzen Gruppe von amerikanischen Senioren war es einmal herrlich zu fliegen. Etwa vierzig niedliche Omis und Opis, die während des Kaffeetrinkens über den Apenninen unisono und wunderschön «I love coffee, I love tea» sangen. Und ich musste mitsingen, was ich natürlich sehr gerne tat. Oh, ich hätte sie alle umarmen können! Ich freute mich immer, ältere Menschen an Bord zu haben. Sie erinnerten mich an meine Großeltern, die ich so sehr liebte.

Ich behandelte alle Menschen gleich, egal welcher Nationalität, ob einfache Leute oder ganz wichtige. Wir hatten manchmal auch Schauspieler, Sänger, Politiker, Sportler und sogar Adelige an Bord.

Mit ehemaligen Kolleginnen könnte ich ein Buch nur mit den lustigsten und verrücktesten Sachen füllen, die wir an Bord erlebt haben. Manche Situationen kosteten uns viele Nerven und Selbstbeherrschung, doch im Nachhinein mussten wir vor Lachen fast weinen, wenn wir uns diese Storys erzählten. Ich habe oft gedacht, dass irgendwo bestimmt eine versteckte Kamera eingebaut sein müsste, denn gewisse Szenen reichten wirklich an die Grenze des Surrealen. Und oftmals war es die Flugangst, die auch ganz normalen Personen einen Streich spielte, wie einmal einer Frau während eines Fluges von Genf nach Rom:

Eine italienische Passagierin war vor dem Flug sehr nervös. Sie stand auch während der Sicherheitsdemonstrationen ständig auf und kam zu mir. Ich musste ihr mehrmals – zuerst lieb, dann streng – zureden, sie solle sich bitte wieder hinsetzen.

Nach dem Start stand sie irgendwann plötzlich wieder auf und legte sich mit einer Selbstverständlichkeit in der Kabinenmitte auf den Boden und sagte, sie wolle nun schlafen. Sie fügte noch hinzu, dass sie ihren Kater aus der Tierbox befreit hätte, weil sie ihn nicht gerne einsperre.

Ich sah das Szenario schon kommen und schaute sofort nach, aber ihr Garfield war bereits irgendwo in der Kabine unterwegs, und plötzlich sprang er mit lautem Miauen, wie ein verrückter Ping-Pong-Ball, über alle Sitze. Zum Glück hatten wir bei diesem Flug nur wenig Passagiere. Wir konnten mit dem Service lange Zeit nicht beginnen, da die Frau einfach nicht aufstehen wollte und der Kater, auch mit Hilfe der anderen Passagiere, die das Ganze übrigens sehr lustig fanden, einfach nicht einzufangen war.

Nach erreichter Flughöhe kam der Pilot höchstpersönlich nach hinten, um die Frau mit seinem Charme in Uniform wieder an ihren Platz zu führen. Wahrscheinlich war sie deshalb so schockiert, als sie sah, dass der Pilot, der eigentlich die Maschine hätte fliegen sollen, nicht im Cockpit war. Er hingegen hatte das Kommando seinem Kopiloten übergeben, der das ebenso gut im Griff hatte ... Aber diese Möglichkeit ist einem Laien eben nicht unbedingt so bewusst. Es war ebenfalls der Kapitän, der den armen, terrorisierten Kater wieder zurück in die Box brachte. Alles nahm ein gutes Ende, und das Ganze ging Gott sei Dank ohne Kratzer über die Bühne.

Natürlich gab es auch mal unzufriedene oder verärgerte Passagiere, aber nichts Gravierendes, das man nicht hätte lösen oder wiedergutmachen können. Auch hatte ich keine großen medizinischen Fälle und auch nur eine einzige Situation, in der ich echt große Angst vor einem Crash hatte:

Es geschah am Morgen des 26.12.1999 auf dem Retourflug von Göteborg. Der Orkan «Lothar» stürmte so stark, dass wir ständig auf unserem Jumpseat wie auf einem Snow-Jet-Fahrgeschäft unerwartet heftig mal nach rechts und mal nach links geschleudert wurden. Der Flugkapitän befahl uns, sitzen zu bleiben, und sagte, dass sie vorne alles tun würden, um eine Notlandung zu vermeiden. Wir hatten alle Abläufe genau im Kopf und wussten, was zu tun wäre, wenn der Notfall eintreffen sollte.

Nun saßen meine Kollegin und ich dicht nebeneinander auf dem Jumpseat und hielten uns ganz fest an den Händen. Die Not brachte uns dazu, intensiv zu beten. In der Kabine gab es unter den Fluggästen keine Panikattacken, auch wenn die Reisenden natürlich Angst hatten. Als wir dann die Landepiste schon unter uns sahen, wurde es noch heftiger. Die Flügel hätten schnell vor den Rädern die Piste berühren und kaputtgehen können. Doch das Wunder geschah, und wir setzten sicher auf der Piste auf. Die Menschen an Bord weinten, klatschten und dankten Gott für diese Rettung. Es war ein sehr emotionaler Moment, und ich bin heute Gott so dankbar für alle Bewahrung während dieser Jahre.

Der Beruf als Flight Attendant passte perfekt zu meinem offenen, kommunikativen Charakter. Meine (wie man mir sagte) sympathische Art und mein freundliches Lächeln wurden aber ein paar Mal auch missverstanden. Mir ist nicht bewusst, dass ich jemals mit einem Passagier geflirtet hätte, und doch bekam ich mehrmals am Ende eines Fluges sehr wichtige Visitenkarten in die Hand gedrückt.

Als wir einmal spät abends in Genua landeten, sagte mir ein Geschäftsmann:

«Sie übernachten doch heute sicher auch hier! Hinten auf der Karte steht das Hotel, in dem ich wohne. Es würde mich freuen, Sie später wiederzusehen», und zwinkerte mir zu.

Obwohl ich innerlich zu kochen anfing, verabschiedete ich ihn trotzdem höflich und warf die Visitenkarte später in den Abfalleimer.

Ein obszönes Angebot mit allem Luxus rundherum war auch dabei, aber ich bin nie in meinem Leben auf solche faulen Kompromisse eingegangen. Mir waren das Bankkonto oder die berufliche Position eines Mannes nie wichtig. Aber diese Nebenwirkungen gehörten zu meinem Job, denn solche Vorurteile über das Flugpersonal hat es wohl schon immer gegeben.

In Lugano waren die meisten Crewmitglieder verheiratet oder lebten in festen Beziehungen. Die Singles hüteten sich davor, an so einem kleinen Ort zum Mittelpunkt des Geschwätzes zu werden. Die meisten Sympathie-Bekundungen waren gut überlegt und wurden wahre Liebesbeziehungen, die noch heute Bestand haben. Anders war es an größeren Standorten, da schien mir allgemein alles oberflächlicher und anonymer zu sein.

Dort kam es schon mal vor, dass man etwas von dem reichlichen Klatsch und Tratsch über Airline-Affären mitbekam. Ich vergesse nie, wie eine sehr hübsche Hostess einmal vor mir zu einem Piloten sagte: «Was, du bist schon verheiratet? Gut, eine Frau ist zwar ein Grund – aber kein Hindernis!», und lächelte ihn sehr charmant an.

Ich sah dem Typen gleich an, dass er ihre Aussage keineswegs toll gefunden hatte. Doch es gab auch solche, denen so deutliche Avancen willkommen waren. Ich war auch kein Engel, aber ich blieb meinen Idealen immer auch in der Airline-Branche treu, und so interessierten mich verheiratete Männer grundsätzlich nicht.

Nach drei Monaten in der Airline konnte ich von den Freiflügen und allen Vergünstigungen profitieren. Da wir von Lugano aus drei Verbindungen pro Tag nach Venedig hatten, überraschte ich gerne ein paar Mal im Monat meine Großmutter, die vor Freude jedes Mal richtig ausflippte. Auch mit meinen Freunden war es immer ein wunderbares Wiedersehen.

Meine Freundinnen wollten natürlich wissen, ob ich mich schon in einen charmanten Piloten verliebt hätte. Doch ich war in den ersten Monaten mit Schulungen, Wohnungseinrichtung, Arbeit und neuen Freunden so beschäftigt, dass ich für solche Gedanken noch überhaupt keinen Freiraum gefunden hatte. Und ehrlich, es war auch nicht mein Plan gewesen, als ich in diesen Beruf eingestiegen bin. Ich war einfach nur begeistert von diesem Job und fühlte mich rundum happy.

Klar, dass ich mir irgendwann einmal wieder wünschte, von einem Mann geliebt zu werden, aber die Piloten, die ich bis dahin getroffen hatte, waren nette, anständige Typen, denen ich mit hohem Respekt begegnete. Sie hatten für mich schon ihren gewissen Reiz in ihren Uniformen, doch vielmehr faszinierten mich ihre wunderbare Begabung und ihre außerordentliche Professionalität bei so viel Verantwortung.

Zudem war ich noch sehr jung und fühlte mich von den meisten richtig beschützt, vor allem, wenn ich in der Saab 340 mit 33 Sitzplätzen alleine mit ihnen flog. Sie waren stets sehr freundlich zu mir und fragten mich bei jeder Gelegenheit, wie es mir ginge, denn es war manchmal durchaus eine gewaltige Herausforderung, eine volle Kabine alleine zu bedienen. Mein Ziel war wirklich nur, meine Arbeit korrekt zu erledigen und mich jedermann gegenüber richtig zu verhalten. Die Liebe kam dann aber trotzdem schnell und ganz unerwartet.

Ein paar Monate nach meinem Einstieg flog ich den ganzen Tag mit einem überaus attraktiven Piloten zusammen, und er redete jede freie Sekunde mit mir. Für mich war es Liebe auf den ersten Blick. Er war der Gentleman in Person und fing an, mir den Hof zu machen. Ich sah die ganze Welt nur noch durch eine rosarote Brille. Zusammengefasst: Es war eine kurze, intensive Liebe, für die er sogar einen Wechsel nach Lugano in Erwägung zog. Meine Eltern wussten diesmal, dass ich mich verliebt hatte, doch ich hatte ihnen meinen Traumpiloten noch nicht vorgestellt.

Im Nachhinein bin ich sehr froh, dass ich die meiste Zeit bei ihm verbracht habe und ich diese Geschichte nicht öffentlich in Lugano auslebte, denn von einer Stunde auf die andere kam von ihm kein Telefonat, keine Message und überhaupt gar nichts mehr. Er nahm auch meine Anrufe nicht mehr entgegen. Ich war total verzweifelt!

Drei Tage später sah ich ihn am Hauptsitz von weitem mit

einer Neuen. Er sah mich, tat aber so, als hätte er mich gar nicht bemerkt. Ein paar Wochen später hatte er wieder eine andere. Und da die Welt ja so klein ist, gab es immer wieder Stewardessen, die wegen ihm mit zerbrochenem Herzen herumliefen.

Diese Enttäuschung nahm mir erneut das ganze Vertrauen in die große Liebe, und die alte Ur-Angst, niemals die Einzige für einen Mann sein zu können, kehrte zurück. Ich war so verletzt, dass ich mich in der ersten Woche den ganzen Tag mit heruntergelassenen Jalousien in meiner Wohnung verbarrikadierte. Ich hatte mich krankschreiben lassen, denn meine roten, geschwollenen Augen hätte ich keinem Passagier zumuten können; zudem hätte ich in diesem jämmerlichen Seelenzustand meine Arbeit unmöglich professionell erledigen können. Ich fühlte mich so richtig mies, und auch mein Stolz war sehr verletzt. Wie konnte ich mich so täuschen lassen? So naiv wie früher war ich doch nicht mehr, oder eben doch?

Meine Eltern waren beunruhigt und kamen einige Tage zu mir, weil ich einfach nicht mehr schlafen konnte. Auch mochte ich nichts essen und war nur noch am Heulen. Die ganze Situation, dass ich wegen eines Mannes so elend drauf war, war mir, vor allem vor meinem Vater, sehr peinlich. Aber diesmal zeigte er echtes Mitleid und war äußerst lieb zu mir. Das wiederum tröstete mich sehr.

Als meine Eltern wieder abreisen mussten, übernahmen Kathrin und meine zwei liebsten Arbeitskolleginnen, Michelle und Pamela, die Trösterrolle. Die beiden waren genauso alt wie ich und kamen immer abwechselnd zu mir.

Michelle hatte in ihrem Leben noch keinen richtigen Freund

gehabt und war vor solchen Verletzungen bisher bewahrt worden. Wie gerne hätte ich mit ihr getauscht! Sie war immer sehr herzlich zu mir, und ich schätzte ihre Freundschaft enorm.

Auch Pamela hatte ich sehr lieb, sie hingegen war ziemlich direkt zu mir und sagte:

«Hey, Frau! Du kannst dir doch nicht von so einem Typen dein schönes junges Leben ruinieren lassen! Du bist nicht die Erste, die auf so einen Piloten reinfällt, und du wirst leider auch nicht die Letzte sein. Ich will dich wieder strahlen sehen! Lass ihn doch ziehen und genieße dein Leben!»

Kathrin sagte mir auch: «Ach, wenn ich nochmals so jung sein könnte wie du und deinen Job hätte, ich würde nur noch das Leben genießen, und die große Liebe könnte warten. Die kommt dann irgendwann einmal sowieso, wenn die Zeit dafür reif ist.»

So habe ich mir die Worte meiner Freundinnen zu Herzen genommen und mich wieder voll in meine schöne Arbeit gestürzt. Wenigstens schien die Sonne *über* den Wolken immer.

Nach dieser Enttäuschung verbrachte ich so viel Zeit wie möglich außer Haus und suchte Ablenkung, wo ich nur konnte. Für mich war es in dieser Phase das Schlimmste, alleine in meine leere Wohnung zurückzukehren, denn ich fühlte mich schrecklich einsam. Bei der Arbeit war ich immer von Menschen umgeben, die mir Wertschätzung entgegenbrachten, aber alleine, wenn es um mich herum ganz still war, musste ich mich unausweichlich mit mir und meiner Seele beschäftigen, und das schmerzte. Dann fühlte ich mich leer und wertlos.

Würde es jemals auf dieser Erde einen Mann geben, der mich von ganzem Herzen lieben und für den ich auf ewig die einzige Frau sein würde? Dieses Vertrauen hatte ich nun für immer verloren.

Außer Kathrin hatte ich außerhalb der Crossair im Tessin keine Freunde. Dies war auch kein Wunder, denn ich war ja nicht viel zu Hause, und wenn, dann war ich auch in meiner Freizeit meistens mit den Arbeitskolleginnen zusammen. Flugangestellte konnten besser mit Flugverspätungen, Flugannullationen und Last-Minute-Crewplan-Änderungen umgehen.

Doch die Tage und Nächte, die ich in Agno verbrachte, wurden immer weniger. Ich hatte der Fluggesellschaft mitgeteilt, dass ich gerne mehr Nightstops im Monat fliegen wollte. Der Grund dafür war, dass ich zu Hause sehr schlecht schlief und ich deshalb sehr übermüdet war.

Da die Sommersaison begonnen hatte und in Zürich mehr Personal für die vielen Charterflüge benötigt wurde, bekam ich mindestens fünf Übernachtungen pro Monat allein in Zürich, die ich, statt im Hotel, bei meinen Eltern verbrachte. Dort konnte ich mich gut erholen und fühlte mich rundum geborgen. Meine freien Tage verbrachte ich in dieser Zeit entweder auch bei ihnen, in Jesolo oder in einer europäischen Stadt mit einer Freundin. Ein dreitägiger Trip nach New York stand auch auf dem Programm.

Äußerlich war ich wieder fröhlich, unbeschwert und konnte auch wieder flirten. Nur verlieben konnte ich mich nicht mehr und wollte es auch nicht. Mein Herz stand irgendwie wie unter Narkose. Während der Arbeit beachtete ich die Piloten nur so viel wie unbedingt nötig und wusste, dass ich mich nie wieder am Arbeitsplatz verlieben wollte, so groß und anonym dieser auch sein mochte. Auch hatte ich keine Energie, branchenfremde Männer näher kennen zu lernen, denn die waren bereits überfordert, wenn ich mit ihnen über meine Arbeit und meine Freizeit sprach. Sicher, mein Beruf war für viele sehr reizvoll, aber gleichzeitig war ich offensichtlich auch eine sehr unruhige Frau.

Rumjetten, Städte besichtigen und Shoppen waren zu dieser Zeit also meine Hauptbeschäftigungen. Am Ende eines Monats blieb mir mit allen Rechnungen, Reisen und allem Drumherum in der Regel nicht viel Geld übrig. Meine Wohnung war mir bei so viel Abwesenheit zu teuer geworden, und ich spielte immer mehr mit dem Gedanken, meinen Arbeitsstandort nach Zürich zu verlegen und wieder zu meinen Eltern zu ziehen, was ich dann im Dezember 1996 auch tat.

Michelle verliebte sich in einen Piloten aus Genf und wechselte auch die «Base». Pamela ging später ebenfalls nach Genf. Ich habe bis heute noch einen wunderbaren Kontakt zu beiden. Heute sind sie verheiratet, und jede von ihnen hat zwei Kinder. Kathrin, die Bernerin, lebt immer noch in Agno und wird dieses Jahr achtzig Jahre alt.

Die kleine Base Lugano hätte für mich kein besserer Anfang in der Airline-Branche sein können, und ich werde die wunderbare und respektvolle Kollegialität in diesem kleinen Flughafen nie vergessen.

Meine Eltern wohnten immer noch in unserer ehemaligen großen Fünfeinhalb-Zimmer-Wohnung in Aarau, obwohl wir Kinder bereits alle ausgeflogen waren. Meine zwei Brüder, die mittlerweile beide bereits verheiratet waren und wunderschöne kleine Kinder hatten, wohnten ebenfalls in der Nähe. Ich war froh, wieder zu meinen Eltern zurückkehren zu können. Für sie war dies selbstverständlich, und sie gaben mir zwei freie Zimmer für all meine Möbel.

Bei meiner Familie konnte ich wieder ein wenig zur Ruhe kommen, zumindest innerlich. Ich schlief viel besser und hielt mich in meiner Freizeit mehr zu Hause auf. Mein Arbeitsweg war jetzt länger, und ich kaufte mir mein erstes Auto auf Raten. Ich ging zur Arbeit, absolvierte meine Flüge und fuhr anschließend wieder nach Hause. In der Deutschschweiz hatte ich nicht mehr so viele Freunde.

Meine freien Tage verbrachte ich nun mehrheitlich in Rom. Bevor ich nach Zürich wechselte, begann ich nämlich eine Fernbeziehung mit einem Arbeitskollegen von der Alitalia, den ich zu Beginn meiner Crossair-Zeit auf einem Flug kennen gelernt hatte. Immer wieder hatten wir telefonischen Kontakt, und er war mir sehr sympathisch. Bei einem Rom-Besuch zeigte er mir seine wunderschöne Stadt, die ich früher bereits ein paar Mal als Touristin bewundert hatte, von der Insider-Optik aus, und so begann meine Geschichte mit ihm und mit der Ewigen Stadt.

Rom wurde mein zweites Zuhause. Vor zwanzig Jahren hatte Rom für mich immer noch diese assoziative Nähe zu dem legendären Film «Ein Herz und eine Krone» mit Audrey Hepburn und Gregory Peck. Es war noch die Zeit der alten Lire, und die Römer waren Menschen, die andere mit ihrer überbordenden Art, mit ihrem herrlichen Dialekt und ihrer Lebensfreude anstecken konnten. Jeder Einheimische war stolz auf seine prächtige Stadt, die er als die schönste der Welt bezeichnete.

Und ich musste ihnen recht geben. Alle paar Meter gab es atemberaubende Monumente, Kirchen mit ihrer überwältigenden Kunst, Ruinen des antiken Roms, majestätische Piazze mit ihren prächtigen Brunnen, blumige, romantische Gassen und wunderschöne, große Parks – wie das grüne Herz der Stadt, die Villa Borghese – zu bestaunen.

Ganz ehrlich: Ich war mehr in die Stadt verliebt als in meinen neuen Partner. Ich hatte ihn sehr gern, wir lachten viel miteinander und verstanden uns auch dank unserer Arbeit sehr gut, aber Liebe war es gewiss nicht, und das stresste mich innerlich doch sehr. So eine Affäre ohne wahre Liebe als Fundament war nie in meinem Sinne gewesen, doch ich konnte einfach nicht alleine sein und brauchte die körperliche Nähe. Ich erkannte mich selbst kaum noch, dass ich jetzt in der Lage war, eine offene Beziehung ohne Verpflichtungen einzugehen und einfach nur die gemeinsamen Tage mit ihm genießen zu wollen. Dabei dachte ich nur an meine Bedürfnisse als Frau.

Auch war ich nicht eifersüchtig, und es interessierte mich nicht, was er machte, wenn ich nicht bei ihm war. Dies alles zu meinem Schutz, weil ich nicht wieder leiden wollte, denn mein Herz konnte sich immer noch nicht wirklich öffnen.

Nach einem halben Jahr redete er offen mit mir über eine gemeinsame Zukunft und wünschte sich mehr Gefühle von meiner Seite. Doch die konnte ich ihm nicht geben, auch nach einem Jahr nicht. Irgendwie konnte ich mir unser abenteuerliches Leben mit ständigem Kofferpacken auf Dauer nicht real vorstellen, und irgendwann, so meine Überzeugung, hätte er sich dann vielleicht in eine hübschere Arbeitskollegin verliebt.

An einem grauen, kalten Novembertag, in einem Café in Paris, beendete er unsere Beziehung. Er sagte mir, dass es für ihn keinen Sinn mache, diese Geschichte so weiterzuführen. Ich hätte mit ihm nie an einem gemeinsamen Fundament bauen wollen, und er müsse sich von mir lösen. Als er diese Worte aussprach, tat es mir sehr weh, denn ich realisierte, dass aus mir eine Frau geworden war, die ich nie hatte sein wollen. Wo waren meine Ideale geblieben? Er hatte recht, und es tat mir alles furchtbar leid.

Nach dem Ende dieser Geschichte begann ich, ernsthaft über mein Leben nachzudenken, denn seelisch ging es mir wieder sehr schlecht. Ich wusste, dass ich mit meinen Ängsten so nicht würde weitermachen können. Ich wollte nie wieder die Gefühle anderer verletzen und meine eigenen derart unterdrücken, nur damit sie nicht verletzt würden. Auf die Art war ich nicht erzogen worden, und so wollte ich auch nicht sein. Mein äußeres Leben stimmte nicht mit meinem inneren überein, und unter dieser fehlenden Authentizität litt ich am meisten.

Was hatte mein Leben auf diese Weise für einen Sinn? Eine Ehe und eine eigene Familie waren mir seit der Kindheit wichtig gewesen, und daran wollte ich wieder glauben. Ich hatte eine derart tiefe Sehnsucht nach Ruhe und Stabilität, und ich wünschte mir wieder ein freies, offenes Herz, das vertrauen konnte und keine Furcht hatte, zu lieben und eventuell auch verletzt zu werden. Der nächste Mann würde für mich der Richtige sein.

Ich war 23.

Kapitel
Mr. Right

Weihnachten 1997 verbrachte ich mit meinen Eltern, meiner Tante und meinen Großeltern in Jesolo. Bei uns war es Tradition, dass wir diese Tage eigentlich immer alle zusammen – also auch meine Brüder mit ihren Familien und einem geschmückten Weihnachtsbaum – in der Schweiz verbrachten. Diesmal fehlte aber diese weihnachtliche Atmosphäre mit den typisch nordischen Dekorationen und den kleinen Kindern, die sich mit leuchtenden Augen riesig auf die Geschenke freuten.

Dafür war ich mal wieder die Jüngste im Haus, und das hatte zur Folge, dass ich die vielen Aufmerksamkeiten meiner «drei Mütter», wie ich sie nannte, also Mamma, Zia und Nonna – meiner Mutter, meiner Tante Lina und Oma – so richtig genießen konnte. Sie überschütteten mich mit Liebe und verwöhnten mich mit ihren hervorragenden sizilianischen Weihnachtsspezialitäten.

Ich schaute ihnen bei den Vorbereitungen gerne zu, half ihnen jedoch nur beim «Schnausen», also beim Naschen, denn die Leidenschaft fürs Kochen hatte mich immer noch nicht gepackt. Wenn ich etwas kochen musste, dann nur aus dem bekanntesten Kochbuch der Schweiz, das alle Schüler in der Oberstufe erhalten. Aber auch diese Versuche misslangen mir meistens. Pasta mit selbst gekaufter Sauce gelang mir noch am besten.

Es war eine sehr ruhige Zeit. Ein paar Monate vorher hatte ich mein Arbeitspensum reduziert, um eine kaufmännische Weiterbildung beginnen zu können. Außerdem gab es seit ein paar Wochen auch keine Reisen nach Rom mehr. Ich flog höchstens noch zehn Tage im Monat, und das war völlig okay für mich. Im Laufe des letzten Jahres hatte ich zwei Mal eine heftige Mittelohrentzündung gehabt, und schon nur mit der kleinsten Erkältung zu fliegen, wurde für meine Ohren zum erneuten Risiko.

Eine Büroarbeit innerhalb der Fluggesellschaft passte nun eher in meine Zukunftsplanungen, auch wenn ich mir echt nicht vorstellen konnte, die Fliegerei ganz aufzugeben. Zu dieser Zeit begann ich auch als Dolmetscherin für Italienisch an den Gerichten im Aargau zu arbeiten. Es handelte sich um einige wenige Einsätze im Monat; meistens Trennungen oder Scheidungen, deren gravierende Folgen mit doppelter Armut, Hass und traurigen Kindern einem sensiblen Wesen wie mir oft lange nachgingen.

Ein ganz anderer, zusätzlicher Nebenjob war der, als Fotomodell für allerlei Werbeaufnahmen zu arbeiten. Eine Freundin aus der Airline, die dies auch seit Jahren machte, führte mich in ihre seriöse Modelagentur ein. Das älteste Fotomodell, das sie dort in der Kartei hatten, war ein superherziges 83-jähriges Grosi, ein Großmütterchen! Es gab keine Garantie, jeden Monat für ein Shooting gebucht zu werden, aber wenn ich arbeiten konnte, genoss ich das Ambiente der Werbebranche sehr – und das überdurchschnittliche Honorar natürlich ebenso.

In dieser Weihnachtszeit in Jesolo war es schwierig, Freunde zu treffen. Alle hatten ihre Familienfeiern oder waren sonst irgendwo unterwegs. Nur Silvia aus meiner Clique, die meine beste Freundin geworden war, stand ganz zur Verfügung. Ihre Beziehung war auch erst frisch auseinandergegangen, und sie war genauso in Partystimmung wie ich – natürlich ironisch gemeint. Wir beschlossen, am Stephanstag nach Venedig zu fahren. Es war ein sehr nebliger, kalter Tag, man sah nicht viel, denn alles schien in einem weißgrauen Dunst zu versinken.

Aber das machte uns nichts aus. Hauptsache, wir hatten Zeit, um uns gegenseitig unsere Herzen ausschütten zu können und um zu reden, zu reden und nochmals zu reden. Mit 33 Jahren wünschte sie sich von Herzen, auch endlich den Mann fürs Leben zu finden und eine Familie zu gründen. Ich hatte noch keine Torschlusspanik, doch ich wollte genau wie sie keine Zeit mehr in Beziehungen investieren, die nicht auf eine gemeinsame, verbindliche Zukunft abzielten. Fernbeziehungen hatte ich ebenso satt. Ich wünschte mir jetzt einfach einen Mann, mit dem ich täglich zusammen sein und ein solides Fundament für eine von echter Liebe getragene Beziehung aufbauen konnte.

Als wir uns, so ein wenig desillusioniert, über Männer und die große Liebe austauschten, standen wir mitten auf dem Sankt-Markus-Platz. Die feuchte Kälte durchdrang langsam unsere Mäntel. Da forderte ich Silvia spontan auf:

«Komm, lass uns doch in die Basilica gehen und für den richtigen Ehemann beten. Ich denke, dass Gott uns sicher helfen kann, den passenden zu finden.»

Wir schauten uns etwas zweifelnd mit einem halbherzigen Lächeln an, setzten uns dann aber in Bewegung.

Es waren recht viele Touristen in der Kirche, doch ich bemerkte sie kaum, denn ich war, auf meiner Bank sitzend, tief in mein Gebet versunken. Als ich einmal den Blick kurz zur Seite wandte, sah ich auch Silvia ernsthaft beten.

Wieder draußen angelangt, sprachen wir kein Wort über unsere jeweiligen Bitten an den Allmächtigen, doch bereits im darauffolgenden Juni erkannten wir, dass sich wahrscheinlich die ersten Anzeichen einer Gebetserhörung zeigten: Ich hatte mittlerweile meinen Walliser, Stefan, kennen gelernt – und sie ihren Mailänder, Gianni. Damals waren wir beide erst noch in der Kennenlernphase. Heute ist Silvia mit ihrem Gianni sehr glücklich verheiratet und Mutter von zwei wunderbaren Töchtern.

Kennen gelernt habe ich Stefan Anfang März 1998 in einem Fitnesscenter. Die meisten schmunzeln, wenn sie das hören, weil es vielleicht nicht gerade der Ort ist, an dem man die Liebe seines Lebens suchen würde. Dieses Vorurteil hatte ich genauso und auch nicht die Absicht, meinen zukünftigen Ehemann gerade dort zu suchen.

Mittlerweile war ich in dieser ganzen Frage der Partnerwahl auf wundersame Weise zur Ruhe gekommen und konnte darauf vertrauen, dass Gott mir zur rechten Zeit den richtigen Mann schenken würde. Erstaunlicherweise konnte ich nun auch gut alleine sein, und Fitness wurde meine neue und zudem noch gesunde Freizeitbeschäftigung.

Meistens ging ich am frühen Nachmittag trainieren, wenn

am wenigsten Leute da waren. Ich schminkte mich nicht, was bei mir sonst nie vorkam, und zog weite Trainingskleidung an, um unnötige Annäherungsversuche zu vermeiden. Ich wollte mich nur auf das Training konzentrieren und bereits an meiner Bikini-Figur für den nächsten Sommer arbeiten. Meine Eitelkeit sollte im Fitnesscenter unerkannt bleiben, und niemand sollte zu viel von mir zu sehen bekommen.

An Stefan, diesem attraktiven Typen mit südländischem Touch, kam ich allerdings nicht vorbei, da er der Fitnesstrainer im Center war und ich das erste Probetraining bei ihm absolvierte. Bereits bei diesem ersten Termin war ich beeindruckt von seiner Professionalität und seinem freundlichen Wesen. Er hatte überhaupt keine Macho-Allüren und auch keine übertriebenen Muskelpakete, doch er hatte für mich etwas sehr Charmantes und Männliches an sich. Seine schwarzen Haare, seine braunen Augen und sein dunkler Teint passten eher zu einem Stefano als zu einem Stefan, und ich erinnere mich, dass ich bei dieser ersten Stunde, obwohl es hauptsächlich nur um mein Trainingsprogramm ging, meine Neugier nicht bremsen konnte.

«Du siehst nicht wirklich wie ein Schweizer aus, hast du vielleicht italienisches oder spanisches Blut?»

Er antwortete mit einem süßen Lächeln: «Das fragen mich viele, aber nein, ich bin vom Wallis, und die Mutter meines Vaters war Deutsche.»

Nach einem weiteren Probetraining bei ihm entschied ich mich begeistert für ein Abo, denn ich fühlte mich, unabhängig von seinem ansprechenden Äußeren, optimal betreut. In den nächsten Wochen beobachtete ich aufmerksam, wie respektvoll er mit jedem Einzelnen, egal ob jung oder alt, umging und wie sehr er im Gegenzug von jedem Mitglied geschätzt wurde.

Stefan war fast immer dort, wenn ich trainieren ging, und kam oft auf mich zu, um ein wenig mit mir zu reden. Mittlerweile stylte ich mich auch ein wenig mehr.

Wir merkten bald, dass wir uns sympathisch waren, nur wagte keiner von uns, den anderen etwas Privates zu fragen. Ich wusste nur, dass er acht Jahre älter war als ich, doch ich hatte auch nach zwei Monaten immer noch keine Ahnung, ob er Single war oder nicht.

Ende Mai ging ich für ein paar Tage nach Jesolo. Als ich mit meinen Freundinnen zum Strand ging, sagte eine:

«Wow! Was hast du denn mit deinem Body gemacht, dein Bauch sieht ja wie ein Waschbrett aus!»

«Praktischerweise habe ich in meinem Fitnesscenter einen superguten und sehr netten Trainer. Um ihn zu sehen, gehe ich schön brav drei Mal die Woche trainieren, und das ist wohl der positive Nebeneffekt!», erwiderte ich grinsend.

Silvia, der ich bereits ein paar Dinge erzählt hatte und die cool auf ihrem Liegestuhl lag, meinte dann scherzhaft in ihrem venezianischen Dialekt: «Schatz, du solltest dem Typen ein Denkmal in deiner Stadt errichten lassen, der ist ja ein Phänomen!»

Wir mussten alle lachen, und so begannen wir, zwischen einer Abkühlung im Meer und einem Eis lange über unsere neuen Bekanntschaften zu reden. Ich muss zugeben, mittlerweile war ich doch schon sehr in Stefan verliebt, und ich hoffte inständig, dass er noch nicht vergeben war.

Als ich nach einer langen Woche wieder ins Fitnesscenter

ging, kam Stefan freudestrahlend auf mich zu und sagte: «Ich habe dich schon vermisst ...»

Das war Musik in meinen Ohren, und ich erzählte ihm ein wenig über meine Tage in Jesolo.

Schließlich sagte er: «Grundsätzlich habe ich mit keinem Mitglied hier privaten Kontakt, aber dich würde ich doch sehr gerne näher kennen lernen. Was meinst du, könnten wir uns auch mal außerhalb treffen?»

Erfreut antwortete ich: «Ja, gerne!»

Ein paar Tage später, an einem schönen Sommerabend, gingen wir an den See, um etwas zu trinken, und so kamen wir auch auf unser jeweiliges Beziehungsleben zu sprechen. Er erzählte mir, dass er gerade aus einer zweijährigen Beziehung käme und in den nächsten Tagen aus der Wohnung, die er noch mit seiner Ex-Freundin teilte, ausziehen wolle. Es hätte zwischen ihm und ihr seit einem halben Jahr nicht mehr funktioniert, und er könne sich definitiv keine Zukunft mehr mit ihr vorstellen.

Gleichzeitig fügte er aber noch hinzu, dass er sie respektiere und sich nicht in eine neue Beziehung stürzen wolle, bevor diese Geschichte nicht richtig abgeschlossen sei. Ich war sehr erstaunt: So eine Haltung hatte ich außerhalb frommer Kreise bisher höchst selten angetroffen.

Auch redeten wir offen über unsere Ansichten zum Thema Treue, und es freute mich sehr, dass er genauso darüber dachte wie ich. Er wirkte auf mich auch absolut glaubwürdig. Dafür, dass ich bei diesem ersten Rendezvous gar nicht die Absicht hatte, über Ehe und Familie zu reden, waren wir erstaunlich schnell bei diesen Themen angekommen.

Und so erzählte er mir, dass er sich irgendwann mal Kinder wünsche, doch er müsse sich dreihundertprozentig sicher sein, dass er die richtige Frau dafür habe. Er sei ein Scheidungskind, und er wolle nie, dass seine Kinder dasselbe Leid erleben müssten wie er. Er wisse bereits jetzt, dass er seine Kinder mit Liebe regelrecht überschütten würde. Er selbst hätte dieses Vorrecht als Kind leider nicht gehabt.

Sein leiblicher Vater habe sich nach der Trennung von seiner Mutter, als er gerade mal zwei Jahre alt war, nie mehr für ihn interessiert. Und dies, obwohl er im gleichen kleinen Dorf im Wallis wohnte. Seine Mutter zog kurz danach in den Kanton Aargau, um sich dort eine neue Existenz aufzubauen, und ließ ihn bei den Großeltern zurück, die ihn liebevoll bei sich aufnahmen, bis er sieben Jahre alt war.

Im Wallis wurde er streng katholisch erzogen und hatte im Kindergarten sogar Nonnen als Erzieherinnen. Stefan sagte mir, dass er kein praktizierender Katholik mehr sei, doch der tiefe Glaube seiner Großmutter habe ihn sehr geprägt. Und so bete er täglich und habe auch große Ehrfurcht vor Gott. Er zweifle keine Minute, dass es ihn gäbe, weil er sein Eingreifen schon ein paar Mal in Notsituationen erlebt hätte und vor vielem bewahrt worden sei. Dass Stefan auch in religiösen Anschauungen gleich tickte wie ich, beruhigte mich ungemein.

Nachdem seine Mutter in der Nordschweiz wieder geheiratet hatte, holte sie Stefan zu sich. Sein geliebtes Wallis zu verlassen, war sehr schlimm für ihn, und er konnte sich am neuen Wohnort nur schwer zurechtfinden. Zu Beginn wurde er sogar auf dem Pausenhof wegen seines Walliser Dialekts von intoleranten Kindern regelrecht verprügelt, auch weil er damals, Anfang der 70er-Jahre, wie ein Ausländer ausgesehen hat. Um irgendwie zu überleben, passte er sich innerhalb von vier Monaten perfekt dem Aargauer Dialekt an.

Da er in dieser Zeit seine Großeltern, die ihm immer bedingungslose Liebe gegeben hatten, sehr vermisste, verbrachte er alle Schulferien in seinem Heimatort. Er bekam im Laufe der Zeit noch zwei Geschwister, die er sehr liebte. Mit zunehmendem Alter hatte er aber immer mehr das Gefühl, dass alle elterlichen Aufmerksamkeiten mehr ihnen galten, und er begann darunter zu leiden.

Als Teenager flüchtete er so immer mehr in den Sport und verbrachte sehr viel Zeit mit seinen Kollegen. Er spielte leidenschaftlich gerne Fußball und hätte die Möglichkeit gehabt, weit zu kommen, doch aus familiären und zeitlichen Gründen musste er sich von dem Gedanken, Profi-Fußballer zu werden, verabschieden. Er beendete seine Lehre als Gärtner, konnte dann aber wegen eines plötzlich auftretenden Heuschnupfens nicht mehr in diesem Beruf arbeiten.

So kam es dazu, dass er sich zum Fitnesstrainer umschulen ließ; diese Arbeit machte er nun leidenschaftlich gerne. Sein Traum war sogar, sich irgendwann einmal im Fitnessbereich selbständig zu machen. Fußball sei aber immer noch sein größtes Hobby.

Aus seinen Erzählungen spürte ich, dass er in seiner Kindheit wirklich sehr gelitten hatte. Dass er trotz der großen Ablehnung seines Vaters nie Drogen genommen hatte und auch weder rauchte noch Alkohol trank, sah ich als eine große Stärke an. Auch dies passte perfekt zu meinem gesunden Lebensstil. Dass Sport in seinem Leben eine größere Bedeutung gehabt hatte als Frauen und Autos, gefiel mir zusätzlich. Und seine Einstellung zu Ehe und Kindern beeindruckte mich natürlich ebenso.

Was bei mir aber unbewusst aufkam und was ich vorher bei keinem Mann empfunden hatte, war ein sogenannter «Helfer-Instinkt». In mir stieg der Wunsch hoch, die beste Frau für ihn zu werden; die, die ihn unendlich glücklich machen und ihm den ganzen Mangel an Liebe im Überfluss stillen könnte. Typisch Frau!

Vielleicht wäre die Frage: *Und, hast du deine Vergangenheit schon ganz verarbeitet?,* auch eine sehr wichtige und entscheidende gewesen, doch zu diesem Zeitpunkt konnte ich nicht ahnen, dass sich die Auswirkungen dieser alten Verletzungen später in unserer Ehe derart stark zeigen würden.

Nachdem Stefan seine neue Wohnung in der Nähe von Aarau bezogen hatte, trafen wir uns außerhalb des Fitnesscenters auch noch an zwei weiteren Abenden, bevor es zum ersten Kuss kam. Wir hatten uns immer nur mit Handschlag verabschiedet, und auch an diesem Abend machte er keine Anstalten einer Annäherung, obwohl ich sehr genau spürte, dass er total verliebt in mich war.

Es war eine ungewohnte Situation für mich, und so wagte ich, ihn im Auto vor dem Aussteigen ganz lieb zu fragen:

«Sorry, magst du mir vielleicht ein Küsschen geben?»

Er lächelte sehr charmant zurück, war aber sichtlich aufgeregt und gab mir endlich den langersehnten Kuss. Wow, ich war wirklich verliebt wie noch nie, und zum ersten Mal hatte ich das Gefühl, dass alles stimmte: Nichts stand unserer Liebe im Weg, und ich war bereit, diesem Mann so viel Liebe zu geben, wie ich nur konnte.

Er gefiel mir, so einfach, wie er war, denn ich spürte sein ehrliches Herz und fühlte, dass ich ihm vertrauen konnte. Auch gestand er mir, dass es für ihn Liebe auf den ersten Blick gewesen sei, dass er aber aus Angst, irgendetwas falsch zu machen, sich nicht weitergetraut hätte.

Wir haben unsere Liebesgeschichte sehr langsam begonnen. Nach dem ersten Kuss sind wir nicht gleich ins Bett gehüpft, auch da haben wir uns Zeit gelassen. Dieses langsame Kennenlernen, Schritt für Schritt, war wunderschön und hat uns beiden gut getan. Es folgten dann drei Jahre voller Liebe, Hingabe und Leidenschaft. Ich fühlte mich von Stefan wirklich über alles geliebt, und wir wurden das Wichtigste füreinander.

Wir wussten, dass wir verschieden waren, doch da ich ihm stets die Anerkennung gab, die er brauchte, und er mir alle Zärtlichkeit schenkte, die ich nötig hatte, konnten wir problemlos damit umgehen. Zu Beginn unserer Beziehung war er noch sehr eifersüchtig und konnte es nur schlecht ertragen, wenn andere Männer mich auch nur anschauten, doch er gewöhnte sich daran und wurde sich meiner Liebe immer sicherer.

Da wir uns blind vertrauten, ließ ich ihn problemlos zu Fußballspielen nach München fahren oder einen Abend mit Freunden verbringen. Auch hatte er nichts dagegen, wenn ich ab und zu für ein paar Tage alleine nach Jesolo oder mit einer Freundin in eine neue Stadt flog. Stefan konnte mich nicht für seine Lieblingsmannschaft begeistern, und er, tja er ... er hatte Flugangst! Nicht unbedingt das Wahre für eine Stewardess ...

Leider bemerkte ich dies erst bei unserem ersten Flug von Lugano nach Rom. Er hatte mir vorher nie etwas davon erzählt. Ich las entspannt in meiner Zeitschrift, als eine gute Arbeitskollegin, die gerade im Einsatz war, ihn noch vor dem Start beim Vorbeilaufen besorgt fragte:

«Stefan, geht's dir nicht gut?»

Blitzartig drehte ich mich zu ihm um und sah in seinem kreideweißen, von kaltem Schweiß feuchten Gesicht gleich, was los war.

Oh nein! Nicht das!, dachte ich enttäuscht und versuchte, ihn liebevoll zu beruhigen.

Nach diesem ersten Versuch konnte ich ihn später nur noch einmal dazu bewegen, für ein Wochenende auf Mallorca in ein Flugzeug einzusteigen, ansonsten machten wir überall dort Ferien, wo wir alles problemlos mit Auto und Fähre erreichten. So konnte ich ihm die Liebe zu meinem Herkunftsland nahebringen, und meine Lieblingsorte wurden auch seine. In diesen Jahren verbrachten wir sehr schöne Tage in den romantischsten Ecken Italiens, und Sardinien wurde unser Lieblingsziel.

Leider war Stefan nicht so sprachbegabt wie ich und konnte auch nach zwei Sprachkursen nur leidlich Italienisch sprechen. Er behauptete immer, es läge daran, dass ich ihn ständig korrigieren würde und er so Hemmungen hätte. Aber was sollte ich denn machen, wenn er zur «Tomate» statt «pomodoro» nach dem vierten Mal immer noch «tomata» sagte? Diese Tatsache war nicht immer so toll für mich, vor allem, wenn wir uns mit meinen Freunden in Jesolo trafen. Ich musste dauernd übersetzen, und er konnte nicht spontan mit uns mitlachen.

Meine Freunde versuchten aber trotzdem, ihn immer miteinzubeziehen. Sie nahmen ihn so an, wie er war, und äußerten sich stets positiv über ihn, auch wenn sie nur wenig Austausch mit ihm haben konnten. Meine Eltern nahmen Stefan auch herzlich an, nur waren sie nicht wirklich darüber begeistert, dass sie ihr gebrochenes Italo-Schweizerdeutsch mit ihm reden mussten. Bei meiner Tante und meinen Großeltern war er ebenfalls immer sehr willkommen, doch bis wir nicht verheiratet waren, bekamen wir dort separate Schlafzimmer.

Meine Familie machte sich aber dennoch Gedanken darüber, ob mir mit Stefan nicht irgendwann einmal die Decke auf den Kopf fallen würde. Sie fanden ihn, im Gegensatz zu mir, viel zu ruhig und zu wenig spontan. Des Öfteren erwies er sich als der etwas zu bequeme und langsame Schweizer.

Doch ich stand immer zu meinem Freund und war dankbar, dass mein Leben mit ihm in ruhigere Bahnen gefunden hatte. Noch nie hatte ich mich bei einem Mann so geborgen gefühlt. Auch wenn er manchmal vor anderen kühl und distanziert wirkte, war er zu mir, wenn wir alleine waren, der zärtlichste Mensch.

Für mich zählten vor allem seine inneren Werte mehr als das, was er für andere hätte ausstrahlen oder machen sollen. Stefan war nicht der mitreißende Typ, er konnte auch keine ganze Gruppe zum Lachen bringen, doch wir hatten trotzdem viel Spaß zusammen, und mein italienischer Humor gefiel ihm sehr.

Die Kommunikation zwischen uns stimmte einfach, und wir hatten keinerlei Geheimnisse voreinander. Auch wenn wir bis kurz vor der Hochzeit nicht offiziell zusammenwohnten, übernachtete ich viel bei ihm.

Stets war er um mich besorgt und fuhr mich, wenn ich arbeiten musste, er jedoch frei hatte, mehrmals zum Flughafen und kam mich auch wieder abholen. Manchmal stand er dafür sogar freiwillig um 3.00 Uhr morgens auf. So lebten wir rundum glücklich in unserer kleinen Welt.

Ab und zu verabredeten wir uns auch mit anderen Pärchen, nur gemeinsame Freunde hatten wir eigentlich nie. Heute weiß ich, dass das sicher nicht optimal war. Während ich einen großen Freundeskreis hatte, konnte man Stefans Freunde an einer Hand abzählen; auch traf er sie meistens alleine. Seine Familie sahen wir ebenfalls deutlich weniger als meine.

Um für ihn die beste Frau zu werden, erlernte ich peu à peu auch das Kochen. Als ich meinem Walliser Schatz mal Kartoffeln und Karotten aus der Dose vorsetzte, schaute er mich zärtlich an und sagte freundlich, dass es vielleicht gut wäre, auch im Hinblick auf eine Familie, wenn ich mal meiner Mutter oder meiner Tante beim Kochen über die Schulter schauen würde.

Das nahm ich mir sehr zu Herzen und begann, mir von da an ganz viel Mühe zu geben. Ich verpasste auch fast keine Kochsendung im Fernsehen, und das Ganze lief immer besser. Wir liebten aber auch feines Essen im Restaurant, das wir meistens mit einem Kinobesuch verbanden. Wir genossen jede Minute unserer Zweisamkeit, und langweilig war es uns wirklich nie.

Anfang 2000, nach einer erneuten Mittelohrentzündung und nach dem ersten Crossair-Absturz, entschied ich mich, die Fliegerei ganz aufzugeben. Am Abend des 10. Januars hätte ich Nightstop in Frankfurt haben sollen, doch als ich in Zürich am Flughafen ankam, wechselten sie mir den Flug und gaben mir Nightstop Hamburg. In dieser Zeit gab es ständig Änderungen, und dies war, selbst für einen flexiblen Menschen wie mich, manchmal richtig mühsam.

Ich rief Stefan an und sagte ihm: «Der Flug hat sich geändert, ich muss jetzt nach Hamburg. Aber wer weiß, vielleicht wechseln sie mir in letzter Minute nochmals die Route. Ich sage dir dann, wenn ich angekommen bin, wo ich mich genau befinde.»

Als wir in Hamburg ankamen, teilten uns die Piloten bestürzt mit, dass die Crew, die wir noch am Flughafen gekreuzt hatten und die ungefähr zur selben Zeit gestartet war wie wir, tot war. Der Flug nach Dresden hatte kurz nach dem Start bei Nassenwil (im Kanton Zürich) ein jähes Ende gefunden.

Wir waren alle schockiert. Meine Familie und Stefan, die nicht wussten, wo ich mich letztlich befand, waren total verzweifelt. Die Telefonlinien der Fluggesellschaft waren ständig besetzt, und dass noch ein paar Arbeitskolleginnen bei uns zu Hause anriefen, um zu fragen, wo ich war, beunruhigte sie noch zusätzlich. Die große Erleichterung für alle kam, als ich weinend von meinem Standort aus anrief.

Obwohl im Straßenverkehr mehr Unfälle passieren als in der Luft, hatte ich nach diesem traurigen Ereignis, das mir unendlich naheging, kein gutes Gefühl mehr. Ich brauchte ein paar Monate, um die Sache zu verarbeiten. Jedoch war es auf dieser Grundlage leichter für mich, meinen bis dahin so geliebten Job aufzugeben. Bis heute aber freue ich mich noch wie ein kleines Kind, wenn ich schon nur in einem Flughafen bin.

Nach der Crossair arbeitete ich in der Verwaltung eines schweizerischen Zementkonzerns in meiner Nähe. Ein halbes Jahr später kam aber dann ein sehr verlockendes Angebot. Eine etwas ältere und sehr vermögende Bekannte von mir wollte ihr Geld in ein Beauty- und Wellnesscenter investieren und hatte bereits die Lokalität und auch die Pläne dafür. Sie suchte eine aufgeweckte Geschäftsführerin und fragte ausgerechnet mich, ob ich Interesse hätte.

Sie fügte auch hinzu, dass sie einen Bereich Personal-Training planen würde und dass mein Freund der ideale Typ dafür wäre, um dort auf selbständiger Basis zu arbeiten. Ich dachte zuerst nur an Stefans Traum und dann auch an unsere mögliche gemeinsame Arbeit in dieser schönen Schweizer Stadt. Als wir uns das Ganze näher anschauten, waren wir noch mehr begeistert von der Idee und machten uns gleich an die Arbeit, indem wir, neben unseren Jobs, beim ganzen Aufbau mithalfen.

Drei Monate zuvor, im Sommer 2000, hatte Stefan mich während eines Spaziergangs in Venedig ganz rührend und spontan, jedoch ohne Verlobungsring, gefragt, ob ich ihn heiraten wolle. Natürlich freute ich mich riesig über seinen Antrag, und eigentlich war es für uns schon länger klar, dass wir diesen Schritt machen wollten, doch insgeheim hatte ich gehofft, dass er diese wichtigste aller Fragen an einem romantisch vorbereiteten Abend mit offiziellem Verlobungsring nochmals stellen würde. Frauen haben eben so ihre Träume …

Dazu kam es aber nicht, und später mit allen Vorbereitungen für die Selbständigkeit wollte ich auch keinen exklusiven Antrag mehr. Wir mussten nun sowieso jeden Rappen sparen, auch im Hinblick auf unsere Hochzeit, die wir bereits am Planen waren.

Einigkeit zwischen uns herrschte darüber, dass wir in Venedig heiraten wollten, und ich engagierte dafür eine in der Lagunenstadt spezialisierte Wedding-Planerin. Wir arbeiteten beide noch Vollzeit und leisteten für unseren großen Tag, der für den 6. Oktober 2001 geplant war, immer wieder die nötigen Anzahlungen. Meine Familie war auch bereit, viel beizutragen. Das ist in italienischen Familien so üblich, und dafür waren wir auch mehr als dankbar.

Ich freute mich riesig auf die Hochzeit und konnte es kaum erwarten. Im Mai 2001 verließen wir unsere Jobs und zogen endgültig an unseren neuen Arbeitsort. Um sparen zu können, wohnten wir in einer winzigen 20-Quadratmeter-Wohnung. Für uns als Paar war es eine sehr schöne und aufregende Zeit.

Wir setzten große Hoffnungen in dieses Projekt, doch unsere Bekannte erwies sich bald als sehr unsozial gegenüber anderen Mitarbeitern. Sie verlangte von mir, dass ich für alles, was sie entschied, auch wenn es für mich total daneben war, die Verantwortung übernehmen sollte. Vieles konnte ich aber mit meinem Gewissen nicht vereinbaren, und so widersprach ich ihr häufig. Es kam immer mehr zu Meinungsverschiedenheiten, bis sie begann, mich mit Hilfe ihres Ehemannes aus dem Geschäft zu mobben. Sie spielten wirklich ein gemeines Spiel mit mir, und ich ertrug die Sache nervlich einfach nicht mehr. Für dieses Projekt hatte ich meinen sicheren Job aufgegeben und meinen Verlobten mit hineingezogen.

All die Zeit hatte ich versucht, das Ganze irgendwie auszuhalten, weil ich doch wollte, dass Stefan seinen Traum verwirklichen konnte, doch ich bekam nach einer weiteren perfiden Attacke einen kleinen Nervenzusammenbruch. Stefan war sehr um meine Gesundheit besorgt, und als ich ihm alles erzählte, entschied er sofort, die Zusammenarbeit zu beenden. Er hatte bereits Unstimmigkeiten bemerkt und deswegen sehr vorsichtig gehandelt; so hatte er noch keinen einzigen Vertrag unterschrieben!

«Du bist mir wichtiger als alles andere in der Welt. Ich liebe dich über alles, und wir bleiben zusammen.» Diese Worte waren für mich schöner als der romantischste Heiratsantrag. Mein Verlobter hätte mir seine Liebe nicht besser beweisen können, und ich war Gott unendlich dankbar, dass er mein Gebet in der Sankt-Markus-Kirche dreieinhalb Jahre zuvor auf so wunderbare Weise erhört hatte. Für uns war es die Bestätigung, dass unsere Liebe alles durchstehen konnte.

Es war Ende Juni, wir hatten beide keine Arbeitsstelle, auch nicht mehr viel Erspartes, und unsere Hochzeit stand im Oktober bevor. Gesundheitlich hatte ich mich wieder einigermaßen erholt und war nun sehr dankbar für meine Nebenjobs. Auch hatte ich meinen schönen weißen Golf 4 gut und schnell verkaufen können.

Doch Stefan machte sich zunehmend Sorgen und wollte unser Hochzeitsfest auf das nächste Frühjahr verschieben. Damit war ich jedoch gar nicht einverstanden, denn ich konnte es kaum erwarten, dass wir endlich Mann und Frau sein würden. Wir mussten also dringend neue Jobs finden! In unserer kleinen Wohnung beteten wir gemeinsam für eine baldige, gute Lösung. Und die kam tatsächlich für uns beide.

Ich durfte im August in Zürich meine Teamleiterstelle bei Kuoni-Reisen beginnen, und er bekam im Oktober eine Stelle in Aarau, aber nicht mehr in der Fitnessbranche. Mit dem Gedanken, einmal als Alleinverdiener für eine Familie sorgen zu müssen, wollte er einen besser bezahlten Job in Angriff nehmen. Und so rief er seinen treuen Versicherungsberater an, der ihm schon immer gesagt hatte, dass er in ihm auch einen sehr guten Außendienstmitarbeiter sehen würde. Seine Umschulung sollte aber am 8. Oktober 2001 beginnen, zwei Tage nach unserer Hochzeit in Venedig! Und das bedeutete: Stress pur und gar keine Flitterwochen in Sicht!

Kapitel 6
Auf die Ehe folgt die Krise

Nur einen Tag nach unserer wunderschönen Hochzeit fingen leider, und das ist nicht übertrieben, unsere Eheprobleme auch schon an. Ich begann, mit Stefan zu diskutieren, als ich erfuhr, dass sein bester Freund und dessen Freundin nicht, wie alle anderen Gäste aus der Schweiz, am frühen Nachmittag mit dem reservierten Reisebus von Jesolo zurückfahren wollten, sondern mit uns ein paar Stunden später in unserem bereits vollgepackten Auto.

Wir wussten nicht, dass die beiden nach unserem Fest in Venedig übernachtet hatten, statt im extra für unsere Hochzeitsgäste gebuchten Hotel in Jesolo. Stefans Freund rief uns um 10.30 Uhr an und fragte, ob sie mit uns zurückfahren könnten, da sie erst aufgewacht seien und nicht hetzen wollten. Zudem würden sie gerne noch ein paar weitere romantische Stunden in Venedig verbringen.

Stefan konnte zu seinem Freund, der seit seinem zwölften Lebensjahr immer für ihn da gewesen war, nun nicht Nein sagen.

Ich aber flippte richtig aus: «Jetzt können wir nicht einmal mehr alleine und in Ruhe die Rückfahrt genießen. Wir brauchen diesen wertvollen Tag doch noch für uns! Das kann doch einfach nicht wahr sein, dass du hier zugesagt hast!» Ich war echt total sauer auf Stefan.

Es wäre für mich sehr wahrscheinlich nicht so schlimm gewesen, wenn die letzten Monate und auch die Tage vor der Hochzeitsfeier nicht so stressig gewesen wären. Dieses Telefonat hatte mir die glückliche Stimmung in diesen wenigen und kostbaren Flitterstunden, bevor unser happiger Arbeitsalltag beginnen würde, komplett ruiniert.

Stefan sollte seine neue Ausbildung am nächsten Tag in Basel beginnen, und meine Arbeit wartete am übernächsten Morgen wieder auf mich. Mein neuer Führungsjob gefiel mir zwar sehr gut, und meine Mitarbeiter waren alle ganz tolle und kompetente Leute, aber mein Vorgänger hatte Berge von unerledigten «To-dos» hinterlassen, die ich immer noch am Abarbeiten war. Da ich für die letzten Vorbereitungen unserer Hochzeit bereits eine Woche Urlaub genommen hatte, konnte ich mir leider keine weiteren freien Tage mehr leisten. Deshalb war ich im Moment auch nur noch am Funktionieren.

Der Stress der letzten Monate war auch an Stefan nicht spurlos vorübergegangen, nur sah man es ihm nicht so an wie mir. Ich war all die Zeit sehr nervös und immer zackig in Bewegung. Er dagegen war die Ruhe in Person, oftmals nachdenklich und in allem langsamer als sonst. Er sagte mir oft, dass er froh sei, wenn die Hochzeit endlich vorbei sei und wir unsere neue, moderne Viereinhalb-Zimmer-Wohnung, die wir kurz zuvor wieder in der Nähe von Aarau bezogen hatten, in Ruhe genießen könnten. Als unser schönster Tag immer näher rückte, hatten wir dann nur noch einen großen Wunsch: dass in Venedig alles gut klappen würde …

Und das hat es Gott sei Dank auch! Zu unserer großen Freude ist unsere Hochzeit genauso gelungen, wie wir sie uns vorgestellt hatten. Unsere Wedding-Planerin hat uns wirklich sehr gut beraten und tolle Arbeit geleistet.

Was für viele Schweizer so übertrieben und pompös erschien, war für mich selbstverständlich: Es heiraten nicht nur Promis wie George Clooney in Venedig, sondern auch ganz viele einfache Menschen, die in dieser Stadt oder in der Umgebung wohnen. Seit meiner Zeit in Jesolo sah ich mich dort quasi auch als Einheimische, und die meisten Eingeladenen lebten in der Nähe. Die Gäste aus der Schweiz waren am Vortag mit einem von uns organisierten Reisebus angereist.

Wir haben am Samstag, den 6. Oktober 2001, um 17 Uhr in der Chiesa San Giacomo dall'Orio, einer kleinen, aber wunderschönen, von Kunst geschmückten Kirche geheiratet. Unsere Hochzeitsgäste konnten am Vormittag einen reichhaltigen Apéro bei meiner Tante zu Hause im Garten genießen. Die Tage zuvor war das Wetter wolkig, windig und nicht wirklich warm gewesen, aber unsere Gebete für schönes Wetter wurden auf wundersame Weise erhört: An unserem wichtigsten Tag waren es wunderbare 24 °C, und die Sonne schien!

Ich war überglücklich, endlich mein edles, ärmelloses weißes Brautkleid anziehen zu können. Ein Moment, von dem ich schon als kleines Mädchen immer geträumt hatte. Ich hatte es mit meinen Eltern ausgesucht, denn es war ein Geschenk von ihnen.

Stefan und ich fuhren bereits am Morgen nach Venedig, um uns im wunderschönen Hotel «The Westin Europa & Regina» in zwei kleinen, separaten Zimmern umzuziehen. Im selben

Hotel war auch unser Bankett organisiert sowie auch eine romantische Hochzeitssuite für uns reserviert. Geschminkt habe ich mich selbst, und eine Friseurin kam, um meine Haare zu machen.

Das Fotografen- und Videoteam war auch bereits da, denn wir hatten uns auf Empfehlung unserer Wedding-Planerin entschlossen, unsere Hochzeitsfotos vor der Zeremonie machen zu lassen.

Jetzt ist es leicht vorstellbar, dass ganz viele, vor allem meine abergläubische sizilianische Oma, gesagt haben: «Nein, das geht nicht, dass der Bräutigam die Braut schon vor der kirchlichen Trauung sieht! Das bringt Unglück!» …

Und ja, das ging uns, ehrlich gesagt, auch zunächst durch den Kopf, aber da wir keinen zusätzlichen Stress wollten, ließen wir uns schlussendlich überzeugen. Heute bin ich kein bisschen mehr abergläubisch, und es war auch nicht der vorgezogene Fototermin, der uns «Unglück» gebracht hat. Trotzdem finde ich es aufregender, wenn der Bräutigam seine Braut erst in der Kirche bewundern kann.

Als Stefan mich in meinem Brautkleid sah, war er überwältigt, und die Tränen liefen ihm über die Wangen. Wir waren beide tief berührt und aufgeregt, doch jetzt sollten wir einfach ganz locker vor der Kamera stehen. Für mich war dies leichter, denn ich war durch meine Werbeaufnahmen daran gewöhnt; Stefan dagegen war sehr angespannt.

Die Gäste kamen mit dem Reisebus in Venedig an und wurden zu Fuß zur Kirche geführt. Stefan fuhr vom Hotelsteg, der 200 Meter vom Markusplatz entfernt war, mit einem Wassertaxi bis zum Kirchenvorplatz.

Ich dagegen durfte die gleiche Strecke mit meinem stolzen Dad in einer wunderschön dekorierten Hochzeitsgondel fahren. Es war ein sehr emotionaler Moment, den ich nie vergessen werde. Ganz viele Leute, vor allem Touristen, jubelten uns vom Ufer und von den Brücken her zu, und Japaner machten Fotos von uns. Mein Papa strahlte bis über beide Ohren, doch er war ein bisschen verlegen und wollte sich rechtfertigen, dass er nicht der Bräutigam sei.

«Das macht doch nichts, Papi, du siehst eben noch so jung aus mit deinen schwarzen Haaren!», sagte ich ihm.

Er erwiderte: «Aber sie denken sicher, dass ich sehr viel Geld haben muss, dass so eine wunderschöne Braut wie du ausgerechnet mich heiratet.»

Ich sah, wie bewegt er war, und ich empfand ihn in diesen Augenblicken als den süßesten Papa der Welt. Da konnte ich meine Tränen nicht zurückhalten: Dieses Kompliment sowie die ganze Gondelfahrt mit ihm waren Balsam für mein Herz und meine Seele.

Als wir durch einen engen Nebenkanal vor der Kirche ankamen und die Gondel am Steg anhalten wollte, kam ein betrunkener Clochard auf uns zu und streckte mir seine Hand entgegen, um mir freundlich beim Aussteigen zu helfen. Er war klein, um die fünfzig Jahre alt, trug dreckige, zerrissene Jeans, ein Sweatshirt und war zudem noch barfuß. Er hatte grauschwarze, lockige, lange Haare, und in seinem Gesicht waren ebenfalls nur Haare zu sehen; er hatte sehr dicke, schwarze Augenbrauen und einen ungepflegten dunklen Vollbart, durch den eine weiße Zigarette zum Vorschein kam.

In diesem Augenblick war ich mir nicht sicher, ob ich vielleicht noch zu Hause, in meinem Bett, einen Albtraum hatte oder ob es aktuelle Realität war.

Die Fotografen begannen zu rufen: «Vai via! Vai via!», also: «Geh weg! Verschwinde!»

Mein Vater stieg aus und wollte den Mann freundlich wegschicken, doch der hatte immer noch die Absicht, mir aus der Gondel herauszuhelfen.

Da streckte der Gondoliere sein langes Ruder aus und schob damit den Mann so weg, dass dieser das Gleichgewicht verlor, auf nassen Algen ausglitt und zwischen Steg und Gondel ins Wasser fiel. Eine wilde Rettungsaktion begann, während ich mich in der nun ganz wackeligen Gondel, halb nass von den Spritzern, festhalten musste, um nicht auch noch ins Wasser zu fallen. Meine Nerven waren bis zum Zerreißen gespannt, und ich war nah an einem Heulanfall. Der Mann tat mir leid, aber ich hatte keine Zeit, mich auch noch um ihn zu kümmern. In der Kirche warteten schon alle auf mich, und ich wollte nun endlich heiraten. Leider gibt es kein Video und auch keine Fotos von dieser Szene. Eigentlich schade, denn im Nachhinein fand ich diese Minuten doch sehr speziell.

Die Trauung war wunderschön. Es gab Tränen bei Stefan und mir und bei vielen anderen Gästen auch. Mein Bruder Giusi fand die Predigt, die bei Adam und Eva anfing, sensationell. Don Stefano, der Pfarrer, den wir ein paar Tage vorher kennen gelernt hatten, betonte, dass durch die Ehe Mann und Frau ein Fleisch würden. Sie seien beide so perfekt erschaffen worden, dass sie sich wunderbar in ihrem Einssein ergänzen und sich in Liebe dienen könnten. Die Ehe sei eine geniale Erfindung Gottes, auf der sein Schutz und sein Segen liege usw.

Als er uns vor Gott zu Mann und Frau erklärte, waren wir überglücklich und weinten vor Freude.

Wir hatten unsere standesamtliche Hochzeit bereits im engsten Familienkreis in der Schweiz gefeiert, doch für unser Herz war die kirchliche Zeremonie die entscheidende: Sie stellte den Beginn eines neuen Kapitels unserer Liebe dar, das nun auch Gott segnete.

Draußen vor dem Kirchplatz wartete eine Überraschung auf unsere 75 Hochzeitsgäste. Nicht nur Stefan und ich durften in unserer Hochzeitsgondel eine atemberaubende Fahrt durch den Canal Grande genießen, sondern auch all unsere Gäste in weiteren zehn Gondeln; die Kulisse war, egal, in welche Richtung man schaute, spektakulär und romantisch. Wir fuhren mitten durch Venedig unter der Rialto-Brücke durch bis zum weltberühmten Markusplatz, wo wir noch ein Gruppenfoto machen ließen. Es dämmerte bereits, und wir waren froh, dass wir die Fotos für unser Hochzeitsalbum schon vorher gemacht hatten.

Unser eleganter Bankettsaal, dessen Terrasse mit Panoramablick auf die Lagune und auf die Insel San Giorgio zeigte, war in edlem Weiß dekoriert, und auch das von uns ausgewählte Menü schmeckte unseren Gästen fabelhaft. Wir hatten keine Entertainer, die uns mit witzigen Spielen unterhielten, sondern eine Band, die unsere Tänze mit den romantischsten Liedern begleitete. Gegen Mitternacht fuhr das letzte Schiff für unsere Gäste zum Festland zurück. Wir verabschiedeten alle herzlich, bedankten uns und betraten dann unsere bezaubernde barocke Suite, von der wir unserer Hochzeitsgesellschaft auf dem Meer noch vom Fenster aus zuwinken konnten.

Was für ein hochromantischer und perfekt gelungener Tag! Endlich waren wir Mann und Frau, endlich war der angespannte Tag vorbei, und alle Gäste waren überglücklich gegangen. Einige unter ihnen, die zum ersten Mal in Venedig waren, wie zum Beispiel Tony, mein Mitarbeiter, erzählen heute noch immer begeistert von unserer traumhaften Hochzeit.

Am nächsten Morgen waren unsere Glücksgefühle auf 3000, und das Wetter war wieder herrlich. Auch das Panorama von unserem Zimmer und von der Hotelterrasse aus, wo wir brunchten, war einmalig. Ich konnte meine Euphorie gar nicht stoppen und wollte mit meinem frischgebackenen Ehemann alle Etappen unseres Festes nochmals durchgehen.

Wir waren beide sehr erleichtert und dankbar, dass alles so gut gelungen war und dass unser Geld für alles gereicht hatte, aber irgendwie bemerkten wir nach der großen Anspannung auch mit einem Schlag die ganze Müdigkeit der letzten Monate in uns. Wir bedauerten sehr, dass wir bereits am späteren Nachmittag in die Schweiz zurückfahren mussten. Wir wären gerne noch eine Woche wie zwei müde, aber verliebte Turteltauben in der Stadt der Liebe geblieben.

Stefan erzählte mir, dass ihn die Umschulung in eine ganz neue Branche doch ein bisschen beunruhigte. Ich packte Neues immer mit Begeisterung an, doch er hatte offenbar einen riesigen Berg vor Augen. Ich motivierte ihn und machte ihm Mut, die kommende intensive Zeit mit Vertrauen anzugehen, denn ich wusste, dass er, wenn die erste Scheu erst einmal überwunden war, diese Arbeit später sicher sehr gut würde meistern können, da der Kundenkontakt seine Stärke war. In die Fitnessbranche könnte er ja jederzeit wieder zurückkehren, falls der Job als Versicherungsberater doch nicht der richtige für ihn wäre.

Während wir uns so unterhielten, kam der besagte Anruf von seinem Freund, der unseren Frieden abrupt beendete. Aus meiner Sicht hätte Stefan seinem Freund verständlich machen sollen, dass wir als frisch vermähltes Paar an diesem Tag nach unserer Trauung noch mal alleine sein wollten. Doch die Bitte seines Freundes war anscheinend wichtiger als meine Bedürfnisse. Nach meiner genervten Reaktion redete Stefan nicht mehr viel mit mir.

Gegen 15.00 Uhr mussten wir bereits zurück nach Jesolo, um dort unser Auto fertig zu packen. Stefans Freund und seine Partnerin kamen mit uns mit, aber sie waren beide nicht wirklich kommunikativ. Ich zeigte ihnen meinen Ärger nicht, hatte aber auch keine Lust, sie noch zu unterhalten. Meine Familie, die das ganze Dilemma mitbekam, war sehr überrascht, dass wir die beiden mitnehmen mussten, und ich fühlte mich endlich von jemandem verstanden. Meine Mutter versuchte mich aber zu beruhigen und sagte, ich solle nicht die Schuld auf Stefan schieben.

Meinem Mann gefiel es gar nicht, dass ich über diese unglückliche Situation mit ihr redete, und sagte mit einem genervten Ton, ich solle kein Drama daraus machen.

Ich beruhigte mich, aber die Fahrt wurde für mich unerträglich. Unsere Fahrgäste hatten hinten schön Platz, da mein Mann rücksichtsvoll die meisten Taschen und Säckchen weggeräumt hatte, um sie vorne beim Beifahrersitz zu verstauen, wo ich dann halb zerquetscht sitzen musste. Ich hatte noch so sehr das Bedürfnis, mit meinem Ehemann über unsere mär-

chenhafte Hochzeit zu reden, hatte in dieser Situation aber
keinen Freimut dazu, und Stefan war auch nicht gerade gesprä-
chig.

Als wir die beiden vor ihrer Wohnung abluden, sagte er mir,
dass er sich diese Fahrt auch anders vorgestellt hätte und dass
es ihm leid tue. Ich entschuldigte mich auch für meine heftige
Reaktion, aber dennoch war die Romantik zwischen uns an
diesem Abend gänzlich verflogen, denn es war bereits Mitternacht, als wir zu Hause ankamen, und Stefan musste noch all
seine Sachen für seinen Schulstart am nächsten Morgen vorbereiten.

Im Bett gab er mir dann einen schnellen Kuss, drehte mir
den Rücken zu und schlief gleich ein. Dieser erste Tag als
Mann und Frau lief für mich ganz anders als erwartet, und darüber konnte ich lange nicht einschlafen.

Zwei Tage später waren wir bereits in einen bitteren Alltag
eingetaucht. Wir gingen morgens früh aus dem Haus, redeten
auf der kurzen Busfahrt zum Bahnhof noch ein wenig, hörten
uns schnell telefonisch nach dem Mittagessen und sahen uns
erst am Abend wieder. Stefan war immer vor mir zu Hause,
doch er lag meistens schon auf dem Sofa, wenn ich heimkam,
und schaute fern.

Obwohl ich auch noch die Müdigkeit der letzten Monate in
mir spürte, war ich im Gegensatz zu ihm ein richtiges Energiebündel. Ich freute mich den ganzen Tag darauf, ihn abends
wieder umarmen zu können, aber er schien nicht dieselbe
Freude zu empfinden. Wenn ich ihn umarmte, drückte er mich
nicht mehr herzlich, er streichelte mir nur kurz über die Schul-
tern und sagte oft: «Bin total k. o.»

Die ersten Tage erwiderte ich nichts und ließ ihn in Ruhe, denn ich wusste, dass er große Mühe mit der Umstellung auf eine neue Ausbildung hatte: Die neue Materie war nicht leicht für ihn, und er war es nicht gewohnt, die ganze Zeit mit einem Laptop zu arbeiten. Auch war er alles andere als erfreut, nun den ganzen Tag und für die nächsten acht Monate in einem Schulraum sitzen zu müssen. Doch er sah sehr viel Potenzial in seiner zukünftigen Arbeit und war entschlossen, durchzuhalten.

Darüber war ich sehr erleichtert, aber seine übermäßige Müdigkeit und sein apathisches Verhalten beunruhigten mich sehr. Nichts mehr war so unbeschwert wie vorher, und Stefan lachte auch nicht mehr, wenn ich mal ein bisschen Humor versprühen wollte. Er war irgendwie kopflastiger als sonst, und alles Prickelnde war plötzlich einer ernsten Atmosphäre gewichen.

An einem Abend sagte er mir: «Es tut mir leid, aber ich bin abends so leer im Kopf, dass ich auf gar nichts mehr Lust habe. Aber es ist ja bald Wochenende, dann haben wir wieder mehr Zeit für alles.»

Darauf fragte ich ihn ohne jedwede Absicht, ihn kritisieren zu wollen: «Am Wochenende? Musst du auf die Uhr schauen und extra Zeit finden, um mich wieder mal zärtlich in die Arme zu nehmen?»

Ich versuchte, ihn zu umarmen und ihn ein wenig aufzulockern, doch er antwortete total genervt: «Du hast aber auch keine Geduld für nichts!», ging in ein anderes Zimmer und wollte nicht mehr mit mir reden. Diese Reaktion verstand ich nun gar nicht. Wie gut hätte es mir getan, wenn er mich ohne Worte einfach nur in die Arme genommen hätte und fertig. Mein Herz wäre beruhigt gewesen und die Sache für den Moment beendet. Stattdessen wurde daraus für mich wieder eine schlaflose Nacht, während er wie ein sorgloses Murmeltierchen friedlich neben mir schlief.

Ich versuchte, Verständnis aufzubringen, dass er früh schlafen ging und keine körperliche Nähe wollte. Womit ich aber sehr Mühe hatte, war seine lieblose Art, mir dies mitzuteilen. In unserer ersten Woche als verheiratetes Paar war es sein Ritual geworden, mir jeden Abend den Rücken zuzudrehen und mir, wenn ich mich nur ein wenig näherte, zu antworten: «Ich muss jetzt schlafen.»

Für mich ein paradoxes Verhalten gleich nach einer so romantischen Hochzeit! Vielleicht hatte ich zu utopische Erwartungen nach so viel Stress vor und nach der Feier, aber was kostete es ihn, mich liebevoll anzuschauen, mich für kurze Zeit in seine Arme zu schließen und mir wieder mal einen längeren Kuss zu geben statt nur zwei schnell abfertigende Sekundenküsse pro Tag?

Ich riet ihm, doch bald einmal wegen seiner Müdigkeit einen Arztcheck machen zu lassen, doch er versicherte mir, dass ihm nichts fehle. Er brauche wirklich nur Verständnis und Geduld von mir. Die wollte ich haben, doch ich brauchte seine Liebe wie die Luft zum Atmen, und ich konnte nicht begreifen, wieso er mir kein bisschen entgegenkam. Mit der plötzlichen und unerklärbaren Lieblosigkeit von Stefan hatte ich niemals gerechnet, und ich begann, mich abgelehnt und ungeliebt zu fühlen. Stets musste ich warten, hoffen und beten, dass er ein wenig Lust auf mich hatte.

Wir lebten während der Arbeitswoche sozusagen als Wohngemeinschaft, und nur am Wochenende sah man einen kleinen Schimmer einer Liebesbeziehung. Ich kostete diese wenigen intimen Momente aus, doch es waren zu wenige für mich, und es gab sie nur, wenn Stefan es wollte. Wenn ich Lust auf meinen Ehemann hatte, wurde ich immer auf einen besseren Moment vertröstet. Das war furchtbar für mich. Wieso begehrte mein Mann mich nicht? Was war falsch an mir? So wenig Aufmerksamkeit hätte ich im Traum nie von meinem Ehemann in den ersten Wochen unserer Ehe erwartet. Dann, wenn es normalerweise am leidenschaftlichsten, romantischsten und herzlichsten sein sollte.

Er sagte immer das Gleiche: «Ich mag jetzt nicht», und schaute unbeirrt weiter in den fast permanent angeschalteten Fernseher. Ich begann, dieses Gerät zu hassen. Seine größte Ablenkung und Freude waren Sportsendungen. Die Wochenenden wollte er in Ruhe zu Hause verbringen, und so durfte ich auch niemanden einladen. Manchmal gelang es mir, ihn zu einem gemeinsamen Einkauf oder zum Auswärtsessen zu motivieren. Aber auch im Restaurant sprach er nicht viel mit mir.

Ich erinnerte mich an die vielen Male, in denen er früher auf Paare deutete und sagte: «Schau, das finde ich so schlimm, wenn sich zwei nichts mehr zu sagen haben und gelangweilt an einem Tisch sitzen.» Jetzt waren wir bereits nach wenigen Wochen Ehe auch so weit, und ich schämte mich sehr und verstand dies alles nicht.

Ich wollte wirklich nur denken, dass seine Müdigkeit und seine Lustlosigkeit auf den geballten Stress und seine anspruchsvolle Ausbildung zurückzuführen waren, doch es schlichen sich automatisch immer mehr destruktive Gedanken in meinen Kopf ein: *Er liebt mich nicht mehr.* – *Ich bin für ihn nicht schön genug.* – *Er hat es bereut, mich geheiratet zu haben.* – *Wir werden nie mehr glücklich werden.* – *Wir sind wirklich zu verschieden.*

Ich war sehr froh, dass es mir an meinem Arbeitsplatz mit Tony und Sarah so gut ging; dort dachte ich wenigstens nicht dauernd an meine – für mich bereits so elende – Situation nach, doch zu Hause konnte ich Stefans komisches und abnormales Benehmen wirklich nicht mehr ertragen.

Ich war im Laufe der Zeit sehr ungeduldig geworden und hielt seine Passivität nicht mehr aus. Ständig wartete ich auf eine spontane, herzliche Liebesbestätigung von ihm, die aber doch nie kam. Alles war kopfgesteuert und richtig nullachtfünfzehn-mäßig: Langeweile pur. Stefan verlangte von mir, dass ich ihn immer schön brav und still verstehen sollte, aber wo war im Gegenzug sein Verständnis für mich?

Nach der x-ten kalten Abweisung im Bett, die mich wieder mal zutiefst demütigte und verletzte, gab ich ihm mit meinem südländischen Temperament unmissverständlich zu verstehen, dass dies so für mich kein Zustand mehr war und ich mir unsere Ehe anders vorgestellt hatte. Auch wir hatten ja schon stressige Zeiten durchgemacht, aber seine Liebe für mich war beständig immer da gewesen, und auch die Leidenschaft zwischen uns hatte vorher nie unter Müdigkeit gelitten.

«Was ist wirklich mit dir los, Stefan, sag's mir doch ganz ehrlich!»

«Ach, hör doch endlich auf, zu denken, dass immer alles nach deinem romantischen Film-Drehbuch laufen muss. Du gehst mir langsam auf die Nerven. Und jetzt lass mich bitte in Ruhe und schlaf!»

Ich war baff über diese Aussage und fing an zu weinen. Ich schluchzte die ganze Zeit neben ihm und hoffte, dass er sich umdrehen und mich trösten würde, aber stattdessen stand er auf und bombardierte mich mit einer ganzen Litanei negativer Kritik:

«Du wurdest doch immer nur verwöhnt! Du musst immer alles auf Kommando gleich haben und hast kein Verständnis für nichts. Du bist zu stolz, zu stur und denkst nur an dich! Und wenn dir dann etwas nicht passt, springst du gleich zu deiner Familie, die dich, die Allerärmste, umgehend mitleidig in ihre Arme schließt ... Und ich bin dann der Trottel für alle!»

Ich begriff sofort, dass er noch auf mein Verhalten von Venedig anspielte. In der Zwischenzeit waren wir bereits zwei Mal bei meinen Eltern essen gegangen, und sie hatten sich Stefan gegenüber ganz normal verhalten. Meine Familie hatte Stefan von Herzen gern, und es war ganz und gar nicht meine Art, hinter seinem Rücken mit ihnen über meinen Ehemann zu lästern. Das mit Venedig war bis dahin eine einmalige Sache gewesen, weil meine Enttäuschung an dem Tag so sichtbar war und sie mich danach gefragt hatten. Aber ich hatte Stefan im selben Moment vergeben, als er sich entschuldigte. Für mich war der Vorfall am nächsten Tag schon vergessen, und ich hätte niemals gedacht, dass Stefan es mir wieder vorhalten würde, da ich mich doch auch dafür entschuldigt hatte ...

«Stefan, das ist jetzt schon fast fünf Wochen her, und du strafst mich noch deswegen?»

«Nein, ich strafe dich nicht, ich habe jetzt einfach zu viele andere Sachen im Kopf und mag jetzt nicht mehr reden.»

Für mich war nach alldem, was er mir an den Kopf geschmissen hatte, die Nacht gelaufen, und ich weinte laut weiter, denn ich wollte nicht, dass er einfach wieder einschlief, bevor ich nicht alles mit ihm besprochen hatte. Er musste mir nun endlich mal erklären, wieso er mich so behandelte, denn scheinbar war es nicht nur Müdigkeit, sondern ein echter, tiefer Groll mir gegenüber. Und ich wollte von ihm wissen, wie ich das wiedergutmachen könnte. Denn es war mein größter Wunsch, mit ihm wieder glücklich zu sein. Ich redete und redete verzweifelt auf ihn ein und dachte, dass er mir zuhörte, weil er die ganze Zeit stumm blieb. Ich versicherte ihm, dass ich niemals gegen ihn sein könnte und dass ich ihn liebte.

Er konnte nach meinem Monolog nur sagen: «Schlaf jetzt und motz nicht mehr.».

«Aber das mache ich doch nicht», antwortete ich.

«Doch, du kannst in letzter Zeit nur herumkritisieren.»

«Das stimmt doch gar nicht! Ich teile dir nur meine Bedürfnisse mit, weil ich langsam am Verkümmern bin.»

«Siehst du, es geht ja doch nur immer um dich», meinte Stefan.

«Nein, ich versuche ja mein Bestes zu tun, ich gehe arbeiten, mache den Haushalt, koche, freue mich, dich zu sehen, will dir meine Liebe geben und auch deine Liebe spüren ... und du? Du behandelst mich wie Luft! Außer zu sagen, dass du müde bist und von mir Verständnis und Geduld brauchst, sagst du nichts. Du redest doch überhaupt nicht mehr mit mir.»

«Siehst du, schon wieder bist du nur am Motzen!», wiederholte er.

Ich konnte diesen Satz schon nicht mehr hören, ich redete gegen eine Wand. Er nahm mich gar nicht ernst, und ich fühlte mich überhaupt nicht mehr verstanden. Musste ich ganz verstummen und durfte nicht einmal mehr meine Gefühle, eine Bemerkung oder einen Wunsch äußern? Er fasste alles nur noch als Kritik auf.

Wo war der Mann, den ich geheiratet hatte? Die Kommunikation war immer unsere Stärke gewesen, und wir hatten vorher alles immer zum Wohl des anderen gemacht, waren glücklich dabei, weil wir uns so ganz automatisch mit Liebe beschenkten. Wieso brauchte er jetzt meine Liebe nicht mehr so wie ich seine?

Es war wirklich eine komplett neue Situation für mich, und ich litt sehr darunter. Ich konnte seinen Stress verstehen, verkraftete es aber nicht, dass er mich von einem Tag auf den anderen so missachtete und dass er jedem Konflikt aus dem Weg ging und nicht bereit war, mit mir etwas auszudiskutieren. Für mich, die alles immer beredet und gelöst haben wollte, war dies eine echte Tortur.

Ende November erhielten wir unser riesiges Hochzeitsalbum und auch das Video aus Venedig. Diese Erinnerungen an unseren wunderschönen Tag brachten wieder eine freudigere Stimmung in unsere Beziehung, und ich durfte sogar an den Wochenenden meine Familie und ein paar Freunde einladen, um mit ihnen die schönsten Momente unserer Hochzeit nochmals durchzugehen. Stefan machte auch wieder einen lockereren Eindruck, und es schien ein wenig aufwärtszugehen, aber die Atmosphäre war trotzdem nicht mehr so unbeschwert wie vor der Hochzeit.

Da ich wieder gute Reisevergünstigungen hatte, wollte ich Stefan überzeugen, über Ostern unsere Flitterwochen weit weg in der Wärme zu verbringen. Das hätte uns sicher sehr gut getan, und es wäre für mich eine super Motivation gewesen, den bevorstehenden, sicher langweiligen Winter zu überstehen. Doch Stefan war davon nicht begeistert. Nach dem Terroranschlag vom 11. September 2001, der uns, wie viele andere Menschen auf der Welt, tief erschüttert hatte, war es noch schwieriger, meinen Mann in ein Flugzeug zu bekommen.

Stefans Flugangst und seine Vorsicht in allem begannen mich zu nerven, und das gab ich ihm auch unmissverständlich zu verstehen. Unsere Verschiedenartigkeit trat immer deutlicher zutage, und in meiner Unzufriedenheit begann ich immer mehr, an ihm rumzunörgeln.

Während Stefan seine Zeit apathisch vor dem Fernseher absaß, versuchte ich, meine Freizeit außer Haus zu verbringen, und Shopping wurde so wieder meine Lieblingsbeschäftigung. Ich wollte keine Freunde hören oder treffen, weil ich mit niemandem über meine Traurigkeit sprechen konnte. Es war zu erniedrigend für mich, dass ich bereits nach so kurzer Zeit in einer Ehekrise steckte, und mein Stolz verhinderte, dass ich mich einem anderen Menschen öffnen und über meine Eheprobleme hätte sprechen können.

Die Sonntage waren für mich die langweiligsten Tage; zum Glück konnten wir oft bei meinen Eltern zu Mittag essen. Ich blieb dann meistens am Nachmittag noch bei ihnen, während Stefan wieder nach Hause ging. Meine Eltern fragten mich ein paar Mal, was mit Stefan los sei, er sei ruhiger als sonst, und wir wären ja fast immer nur zu Hause. Ich versuchte ihnen zu erklären, dass es mit seiner Ausbildung zu tun habe, aber sie fanden es trotzdem seltsam, dass er so kalt zu mir war. Es stresste mich sehr, dass ihnen das aufgefallen war, aber ich vermied es, ihnen meine Sorgen mitzuteilen.

Bald meldete sich auch mein Bruder Giusi, der uns zu Weihnachten zu sich einlud. Giusi und seine Frau hatten mich einmal gefragt, wie es in unserer Ehe so ging. Ihnen teilte ich mit, dass wir einen Fehler gemacht hatten, unsere Ehe in einer so stressigen Zeit zu beginnen, und dass wir nun zuweilen Kommunikationsprobleme hätten. Mein Bruder meinte, dass dies normal sei, da Mann und Frau ja ganz verschieden ticken würden, aber dass es wichtig sei, dass man lerne, einander zu verstehen und miteinander zu reden, ohne sich gegenseitig zu beleidigen.

Sie gaben mir ein Buch mit dem Titel «Männer sind vom Mars, Frauen von der Venus». Ich begann, das Buch zu lesen, und fand es sehr interessant, las es jedoch nicht zu Ende, denn ich kam schnell zu dem Ergebnis, dass der Planet, von dem mein Mann herkam, vielleicht noch erfunden werden musste. Stefan tickte nochmals anders als die meisten Männer, nur in Sachen Sport passte er in die allgemeine Gattung. Und auch ein anderer Aspekt stimmte überein: Mit Kritik hatte er wie alle anderen Männer ein Problem. Männer ziehen sich schnell in ihr Schneckenhaus zurück, wenn Frauen an ihnen herumnörgeln, und reden dann nicht mehr.

Okay, ich hatte mein falsches Verhalten erkannt, und ich wollte meine Fehler auch wiedergutmachen. Ich versuchte, nett und auch dankbar zu sein für alles, was er machte. Ich rief ihn mehrmals vom Büro aus an und fragte ihn, wie's ihm gehe.

Einmal sagte er am Telefon: «Wieso bist du so lieb zu mir, willst du irgendetwas?»

Diese doofe Frage ärgerte mich innerlich, und ich suchte am selben Abend erneut das Gespräch mit ihm. Wiederum sehr freundlich fragte ich ihn:

«Können wir nicht alles Schlechte vergessen, einen riesigen Felsen drauftun und uns wieder annähern? Kann ich nicht wieder den Stefan vor der Hochzeit haben? Und ich versuche, dich nicht mehr zu stressen, aber ich wünsche mir auch ein wenig Liebe von dir. Ich kann nicht immer die Initiative ergreifen, und du gibst mir deine Zuwendung dann nur, wenn du Zeit und Lust dazu hast. Das macht mich wirklich fix und fertig! Ich wünsche mir, dass du mich wieder herzlich umarmen kannst, dich für mich interessierst, mich nicht ständig in unseren vier Wänden alleine lässt und mit mir wieder über deine Gefühle redest. Ich bin doch deine Frau und will auch voll und ganz für dich da sein.»

Das war wieder mal so ein typisches Selbstgespräch von mir, und ich konnte nicht verstehen, wieso mein Mann, nachdem ich ihm gegenüber erneut meine Liebe und den Wunsch nach Harmonie äußerte, nicht bereit war, all seine negativen Gedanken mal loszulassen und nur nach seinem Herzen zu handeln. Mir war klar, dass er unter dieser Situation genauso litt, aber irgendwie war eine unerklärliche Wand zwischen ihm und mir entstanden, und er ließ mich einfach nicht mehr an sich ran.

Für mich war es unerklärlich, wieso er nicht dasselbe Bedürfnis nach Liebe hatte wie ich, aber offenbar war er an diese Abschottung von früher her gewöhnt. Er hatte viele Momente im Leben gehabt, wo er auf sich alleine gestellt war und alleine durchmusste; im Gegensatz zu mir war er eindeutig ein Einzelgänger. Ich dagegen war alleine, ohne Liebe und Zärtlichkeit, völlig verloren.

Meine Sehnsucht nach Liebe und Nähe von ihm war aber immer noch größer als die Wut, die ich teilweise gegen ihn hatte. Wäre mir Stefan in meinen Bedürfnissen entgegengekommen und hätte ich mich wieder geliebt gefühlt, hätte ich alles, was zwischen uns nicht in Ordnung war, nachsehen können. Aber der große Liebesmangel machte mich ungewollt und unbewusst zu einer unerträglichen Frau.

Als ich nach einem erneuten Annäherungsversuch wieder abgelehnt wurde, verlor ich endgültig die Fassung und schrie ihn an: «Dein Verhalten ist ja völlig abnormal! Man könnte meinen, dass ich furchtbar hässlich aussehe und du mir das mit aller Gewalt zeigen müsstest. Gefalle ich dir denn nicht mehr?»

Seine Antwort schockierte mich: «Nein, so nicht, wenn du nur noch am Rummotzen und Kritisieren bist!»

Ich antwortete ihm: «Du kannst hören, was in mir vorgeht, weil ich es ausspreche. Du hingegen sprichst selten Kritik aus, aber deine Ablehnungen sind viel mehr als Kritik, sie sind die pure Demütigung, und sie machen mich langsam krank! Und dennoch bin ich da und liebe dich, weil ich dich geheiratet habe und du mein Ehemann bist! Du kannst mir nicht erzählen, dass du überhaupt keine Lust mehr auf Liebe mit mir hast!»

Seine nächste Antwort entsetzte mich noch mehr: «Doch, ich kann eben nicht genau dann funktionieren, wenn's dir gerade in den Kram passt. Ihr seid doch wirklich alle gleich in eurer Familie! Ihr könnt euch verkrachen, euch alles an den Kopf schmeißen, und ein paar Minuten später ist wieder alles gut, als ob nichts gewesen wäre, und ihr umarmt euch wieder. Das geht bei mir so eben nicht! Und jetzt lass mich endlich in Ruhe.»

Nach diesen Worten wusste ich überhaupt nicht mehr, was ich machen sollte, ich war einfach nur verzweifelt. Für mich war Liebe die Basis jeder Versöhnung, und es lag in meinem Naturell, davon auszugehen, dass eine Entschuldigung alles wieder in Ordnung brachte. Wie lange sollte ich noch für meine Kritik an ihm büßen?

Das Erstaunliche war, dass er mich manchmal für Sachen strafte, die ich ihm bereits zehn Tage vorher gesagt hatte. Manchmal waren es Kleinigkeiten, die ich nicht einmal beachtete, die aber schon zu viel für ihn waren. Ich musste mich immer im Nachhinein für Bemerkungen rechtfertigen, die ich überhaupt nicht böse oder gegen ihn gerichtet gemeint hatte. Dies alles machte mich langsam wahnsinnig, nichts mehr war logisch, und seine Gedanken waren so kompliziert, dass ich echt nicht mehr wusste, wie ich mich verhalten sollte, woran ich mit ihm war und ob ich wieder etwas falsch gemacht hatte oder nicht.

Die Strafe für mich war immer die gleiche: Liebesentzug. Von meiner ersten Kritik an musste ich mir seine Liebe verdienen. Nichts war mehr bedingungslos.

In meiner Verzweiflung schrie ich oft zu Gott, wieso ich so

leiden musste. Ich hatte doch für den richtigen Ehemann gebetet, und ich war mir sicher gewesen, dass es Stefan war. Gott wusste ja, wie anhänglich und liebesbedürftig ich war. Warum musste ich jetzt mit einem so kalten, lieblosen Mann leben? Wieso hatte er mir das nicht vorher gezeigt? Oder hatte ich Gott falsch verstanden, hätte ich auf einen anderen warten sollen?

Mir war durchaus bewusst, dass Konflikte in einer Ehe dazugehören, aber ich hatte eine positivere und auch romantischere Vision davon: Es auch mal knallen lassen, darüber konstruktiv reden, den anderen in seinen Bedürfnissen ernst nehmen, sich verstehen, sich wieder herzlich anschauen, es sogar mit Humor nehmen und sich auch immer wieder versöhnen. Und warum den neuen Frieden dann nicht auch noch mit Leidenschaft krönen? Es wäre wunderbar gewesen, wenn Stefan es auch so gesehen hätte.

Im Januar, drei Monate nach unserer Hochzeit, bekam meine langjährige Freundin und meine Standesamt-Trauzeugin Lydia ihr erstes Baby, und ich besuchte sie im Krankenhaus. Sie sah so glücklich aus mit ihrem kleinen zuckersüßen Töchterchen an der Brust, und ich schaute es zärtlich und nachdenklich an. Sie bemerkte meinen Blick und sagte zu mir: «Ihr werdet sicher auch bald ein Baby haben.»

Als sie dies sagte, konnte ich mich nicht mehr beherrschen und begann, meinen ganzen Seelenkummer hinauszuheulen. Es tat mir so leid für sie, denn es war überhaupt nicht der richtige Moment, um ihr meine Sorgen zu erzählen. Sie war der erste Mensch, dem ich überhaupt Einblick in unsere Situation gewährte.

Sie reagierte sehr bedrückt, als sie das alles hörte, und versuchte, mich zu trösten, indem sie mir riet, dass ich ein wenig Geduld haben solle; vielleicht ändere sich das Ganze, sobald mein Mann seine Ausbildung beendet habe. Während dieses Besuchs kamen mir die Worte Stefans in den Sinn, als er bei unserem ersten Treffen über Kinder redete und sagte, dass er dafür dreihundertprozentig sicher sein müsse, die richtige Frau dafür zu haben. Es wurde mir klar, dass er keine Kinder mit mir bekommen möchte: Deshalb also fragte er mich ständig, ob ich noch verhütete ...

Ich, seine Ehefrau, war keine gute Frau mehr für ihn! Diese Erkenntnis schmerzte mich sehr, aber für mich war unsere Situation auch keine gute Voraussetzung mehr für eine Familie. Dazu hatte ich eine zu schöne Kindheit erlebt und stellte mir dieselbe liebevolle Atmosphäre auch für meine Kinder vor. Auch hatte ich in den Gerichtssälen zu viele Geschichten von zerstörten Familien und endlos traurigen Kindern gehört, als dass ich dies meinem eigenen Fleisch und Blut hätte zumuten wollen.

Kapitel 7
Seitensprünge und das Aus

In derselben Woche rief eine gute Freundin aus Rom an. Sie hatte auch als Flugbegleiterin für die Crossair in Zürich gearbeitet und hatte vier Monate vor uns an der Costa Smeralda ihren Alitalia-Piloten geheiratet. Sie fragte mich, ob ich gerne Ende Februar für eine Woche mit ihr ans Rote Meer reisen wolle; es gäbe ein sehr gutes Last-minute-Angebot, und sie würde sich freuen, mich wieder mal zu sehen und etwas Zeit mit mir zu verbringen.

Das Angebot reizte mich natürlich sehr, ich war schon ewig nicht mehr in ein Flugzeug gestiegen und war schon beinahe auf Entzug. Da Stefan in dieser Woche die ersten Prüfungen hatte, meinte er, es sei gar keine schlechte Idee. Sehr wahrscheinlich war er froh, dass er sieben Tage von seiner «Motztüte» befreit sein würde, und ich freute mich, endlich mal wieder Ferien zu genießen. Dieser kurze Abstand würde uns sicher gut tun.

Am Tag der Abreise fuhr mich mein Mann zum Flughafen und war sehr freundlich zu mir. Bevor ich zum Gate ging, umarmte er mich nach langer Zeit wieder einmal spontan und wünschte mir gute Erholung:

«Jetzt finde ich es echt schade, dass ich nicht mit dir mitkommen kann. Ruf mich bitte jeden Tag an, oder schreib mir eine SMS.»

Seine Sorge freute mich, ich war ihm also doch nicht ganz egal.

Die erste Nacht verbrachte ich bei meiner Freundin in Rom, von wo aus wir am nächsten Tag weiterflogen. Laura und ihr Mann waren ein fröhliches, eingespieltes Paar und sahen noch wie frisch verliebt aus, obwohl sie schon mehr als zehn Jahre zusammen waren. Ich hatte Laura sehr gern, und es freute mich, sie so glücklich zu sehen.

Gleichzeitig war es aber auch hart für mich, und ich konnte in dieser Nacht lange nicht einschlafen. Immer wieder fragte ich mich: *Wieso kann mein Mann nicht auch so sorglos sein und einfach das Leben mit mir genießen? Wieso hat er nach der Hochzeit jede Fröhlichkeit und Unbeschwertheit verloren?* Für mich war die Ehe der Anfang eines neuen Abenteuers zu zweit, in der die Leidenschaft nie hätte aufhören sollen. Das war meine romantische Wunschvorstellung, und ich sah in der Ehe meiner Freundin, dass es wirklich so sein konnte; die beiden berührten und küssten sich ständig.

Es gibt genug Statistiken über Liebesbeziehungen, die aussagen, dass die Leidenschaft nach den ersten drei Jahren abflacht. Vielleicht entsprach Stefan einfach nur der Statistik, aber für mich hätten es noch jahrelange Feuerwerke sein können, und mit dieser und ganz vielen anderen Erwartungen hatte ich geheiratet. Ich brauchte nicht jeden Tag Sex, aber zumindest zärtliche Berührungen und beherzte Küsse hätten nie fehlen sollen.

Ich denke, dass unser Fehler auch der war, dass wir im Vorfeld nie darüber gesprochen hatten, was wir wirklich unter Ehe verstehen und welche Erwartungen jeder von uns hat.

Wir lebten einfach mit der Naivität, dass unsere Liebesgefühle ein Leben lang anhalten würden.

In unserer Ehe musste sich nun dringend etwas ändern, denn ein Leben zu führen, als ob wir bereits achtzig wären, wollte ich definitiv nicht. Was mir auch noch fehlte, war der Humor zwischen uns. Ich wusste nicht mehr, wann ich das letzte Mal richtig sorglos mit meinem Mann gelacht hatte. Selbst meinen ausgeprägten italienischen Humor konnte Stefan nicht mehr leiden:

«Über deine Selbstironie und deine Witze können auch nur du und deine Italo-Freunde lachen …», sagte er mir einmal.

Diese Bemerkung verletzte mich, und ich weiß noch, dass ich ihm antwortete, dass der Vorname Ernst besser zu ihm gepasst hätte.

Selbst in unseren vier Wänden konnte ich nicht mehr ich sein und fühlte mich unwohl und total einsam.

Je mehr ich in dieser Nacht über meine Ehe nachdachte, desto mehr wuchs mein Groll gegen Stefan. Schon einige Monate war ich jetzt bereits eine traurige und verbitterte Ehefrau, doch den Gedanken an einen anderen Mann hatte ich bis dahin nicht einmal im Traum gehabt.

Diese Woche in Ägypten holte wieder meine ganze Persönlichkeit zurück. Ich durfte ohne Hemmungen und ohne missverstanden zu werden hundertprozentig wieder ich selbst sein. Diese Freiheit genoss ich sehr, und auch das unbeschwerte Lachen tat mir so gut.

Das Resort war wie ein kleines italienisches Dorf, bestehend aus ganz vielen schneeweißen Bungalows, das von Dünen und Palmen umgeben war und an einem wunderschönen Korallenriff lag. Das Essen war prima, und die anderen Feriengäste waren auch sehr sympathisch. Ob wir nun am Strand Sonne tankten, während eines Ausfluges in der Wüste auf Dromedaren ritten oder heißen Tee in einem Beduinenzelt tranken, von früh morgens bis abends spät hatten Laura und ich jede Menge Spaß zusammen.

Am ersten Tag redete sie die ganze Zeit über ihre fantastische Ehe und über ihren Mann, der ihr keinen Augenblick Ruhe ließ, weil er sie ständig begehrte. Sie fühlte sich auf Händen getragen, weil er ihr sehr viel Aufmerksamkeit schenkte, und sie sagte mir, dass sie es nie gedacht hätte, dass nach so vielen Verlobungsjahren die Ehe ihrer Beziehung noch einen weiteren wunderbaren Kick geben würde.

Genauso hatte ich mir die Sache mit der Ehe auch vorgestellt, aber ich vermutete langsam, dass dies für mich nur ein Wunschtraum bleiben würde. Bis zu diesem Zeitpunkt wusste Laura noch nichts von meiner inneren Traurigkeit, aber nach ihren Antworten auf meine Fragen konnte ich sie nicht mehr verbergen.

«Ist dein Mann nach einem langen Flug mit Jetlag nicht müde und will einfach nur schlafen?»

«Oh nein, um Liebe zu machen, ist mein Mann niemals zu müde!»

Super, da habe ich genau die Richtige gefragt, dachte ich im Stillen. Ich fragte Laura weiter: «Und nach einem Streit, wenn er sich von dir vielleicht kritisiert fühlt?»

«Wir streiten oft und schmeißen uns in unserem Temperament manchmal heftige Sachen an den Kopf, doch wir nehmen uns dann wieder hoch und müssen darüber lachen. Wir kennen uns zu gut, und wir versöhnen uns meistens nach ein paar Minuten wieder leidenschaftlich.»

Ach nein, wieso hatte ich sie nur gefragt⸮*! Ich war also die ärmste aller Frauen und hatte den seltsamsten Mann der Welt geheiratet ...*

Mit diesen Gedanken versumpfte ich noch mehr in meinem Selbstmitleid.

Als ich ihr die Wahrheit über meine Ehe erzählte, reagierte sie sehr erstaunt:

«Was⸮! Das kann doch nicht sein!» – und dann war es einen Moment lang still. «Okay, nordeuropäische Männer sind sicher etwas anders, vielleicht ein wenig verschlossener, aber meine liebe Frau, wenn du mit siebenundzwanzig so wenig Sex hast, bist du arm dran!»

Diese Aussage begleitete sie mit viel Ironie und einem Schmunzeln, um die Dramatik zu brechen. Doch diese Bemerkung gab mir noch den Rest: Meine Wut gegenüber meinem Ehemann stieg rasant, und meine Wunden wurden nur noch tiefer. Ich fühlte mich wie ein Nichts; wie eine Frau, die zwar gut aussah, die nun aber vom eigenen Ehemann ständig abgelehnt wurde, weil sie niemals alle Bedingungen für eine gute Ehefrau erfüllen konnte.

Ich ließ meinen Tränen endlich freien Lauf. Wieso konnten mich gerade die zwei Männer, die mir im Leben am wichtigsten waren – mein Vater in meinen Jugendjahren und mein Ehemann jetzt –, nicht bedingungslos lieben⸮

«Ich hoffe sehr für dich, dass sich bald etwas ändert, wobei ich alles, was du mir erzählt hast, wirklich total abnormal finde ...», fuhr Laura fort. «Wenn sich die Sache nach seiner

Ausbildung nicht ändert, müsst ihr unbedingt zu einem Eheberater gehen. Versuch doch jetzt einfach, diese Woche zu genießen und mal nicht dran zu denken. Du wirst ihm jetzt sicher fehlen, es wird bestimmt alles wieder gut.»

Dieser letzte Satz war nur vage ausgesprochen worden, sicher war sie davon selber nicht völlig überzeugt.

Am dritten Abend saß ich kurz alleine an der Bar, als sich ein sportlicher, braun gebrannter Mann neben mich setzte und einen Kaffee bestellte. Ich hatte ihn bereits am Ankunftstag in seiner Taucherausrüstung gesehen und dort schon aufpassen müssen, dass er nicht bemerkte, wie sehr meine Augen an ihm klebten. Es war das erste Mal, seit ich mit Stefan zusammen war, dass ich einen anderen Mann mit begehrlichen Blicken anschaute; dies war gar kein gutes Zeichen für mich. Ich hätte zu gerne meine Gefühle kontrollieren wollen und wiederholte in diesem Moment ständig: *Was machst du eigentlich? Du bist verheiratet, schau weg!*

So wandte ich mich an der Bar abrupt von ihm ab, um ja nicht mit ihm reden zu müssen.

Plötzlich fragte er mich: «Was macht eigentlich eine so schöne Frau wie du alleine im Urlaub?»

Mein Herz fing an zu pochen, und ich hatte sein Kompliment nicht überhört.

Mamma mia, wieso war ich so verlegen? «Ich bin nicht alleine hier», erwiderte ich.

«Ich meine, ohne deinen Ehemann. Du und deine Freundin benehmt euch nicht wie Singles, und jetzt sehe ich auch, dass du einen schönen neuen Ehering trägst.»

«Beobachtest du die Leute immer so genau?», fragte ich ihn.

105

«Seitdem ich Kriminologie studiert habe, ja, ist das tatsächlich eine Macke von mir geworden.»

«Kriminologie? Dann musst du auch eine große Ahnung von Psychologie haben …», sagte ich.

«Ja, das kann man schon sagen, obwohl ich das Studium abgebrochen habe …» So erzählte er mir, dass er lieber reise und für einen italienischen Tour-Operator nun geschäftlich in Ägypten war. «Aber du hast meine Frage noch nicht beantwortet. Also frage ich dich mal anders: Wieso schickt dich dein sicher noch frischgebackener Ehemann alleine in den Urlaub?»

Das geht doch dich nichts an, wollte ich ihm eigentlich antworten, aber ich schaffte es nicht, diesen gut aussehenden Mann abblitzen zu lassen; seine Nähe gefiel mir. So erzählte ich ihm kurz, wieso ich mit meiner Freundin unterwegs war, redete aber mit hohem Respekt über meinen Ehemann.

«Deine Freundin sieht glücklich aus, du nicht …»

Mann, der merkte wirklich alles! «Hey, jetzt musst du aber langsam aufhören», sagte ich ihm bestimmt, aber doch mit einem Lächeln.

«Sorry. Auf jeden Fall könnte ich meine Frau nicht einfach so gehen lassen, vor allem, wenn sie so aussieht wie du. Das ist zu gefährlich.»

Jetzt kamen mir auch die Worte von Tony wieder in den Sinn: «Wieso verreist du mit einer Freundin? Warte doch, bis Stefan Ferien hat.»

Aber ich konnte doch nicht ahnen, dass gerade *mir* das passieren könnte, was gerade am Passieren war; «gefährlich» war das richtige Wort. Eigentlich hätte mir so ein Typ auch im Zug, am Arbeitsplatz oder im Wartezimmer des Arztes begegnen können, aber die verführerische Ferienatmosphäre und der Fakt, dass ich bereits nach vier Monaten Hochzeit ohne Ehemann unterwegs war, gab Luca, so hieß er, die perfekte Gelegenheit für seine private, eisbrechende Frage. Er hatte bereits mein wirkliches Problem erkannt: Er wusste, dass seine Komplimente wie ein paar lebensrettende Tropfen in einen leeren, trockenen und überaus dürren Liebestank fallen würden.

Wir redeten noch eine Weile, bis mich Laura für das Abendessen holte. Luca war 31 und lebte in Turin, wo er aber selten verweilte.

«Was wollte der?», fragte mich Laura.

«Ach, nichts Besonderes, wir haben uns nur zufällig ein wenig unterhalten.»

«Per Zufall? Der Typ sucht sich nur eine aus, um seinem Jagdinstinkt nachzugehen ... Unglückliche Ehefrauen sind immer eine sehr begehrte Beute. Pass bitte auf!»

«Das werde ich bestimmt tun, mach dir keine Sorgen, ich bin doch nicht von gestern ...» Und doch ließ er mich nicht mehr los: seine Worte, seine smaragdgrünen Augen, seine markanten Gesichtszüge und seine schönen, mittellangen braunen Haare waren bei mir überall zwischen Bauch und Hirn abgespeichert.

Am nächsten Tag kam er am Strand bei uns vorbei, drückte uns eine Schnorchelausrüstung in die Hand und sagte, dass er am Steg auf uns warten würde.

Laura und ich bereuten später nicht, dass wir seine spontane Einladung angenommen hatten: Die Farben am Korallenriff waren atemberaubend. Luca kannte jede Fischart und fasste manche Tiere unter Wasser ganz sanft an. Man merkte, dass er das Meer liebte, genauso wie ich. Ich fand es schade, dass ich solche Sachen nie mit Stefan machen konnte; er hatte mit sechs Jahren einen Unfall im Wasser gehabt und seitdem nie wirklich gut schwimmen gelernt.

Überhaupt habe ich in dieser Woche wieder Dinge gemacht, die ich mit Stefan nie so hätte erleben können. Bei sicher mehr als achtzig Prozent der Aktivitäten hätte er bestimmt die Nase gerümpft, und ich hätte mich ihm schlussendlich angepasst. Ausgehen bis in die späte Nacht hätte mit ihm sicher auch nie auf dem Programm gestanden. Ich merkte, dass ich mit Stefan zu ruhig geworden war und dass meine alte Natur wieder ausbrechen wollte.

Solange ich als Stewardess viel unterwegs war, meine Freunde alleine traf und ich mir meine Freiheiten nehmen konnte, fiel mir das gar nicht so auf. Doch seit der Hochzeit, nach der ich mich nur auf das zu konzentrieren begann, was mein Mann mir *nicht* erfüllte, und wir wegen unserer Arbeit wochenlang am selben Ort bleiben mussten, fiel mir langsam, so wie es meine Familie befürchtet hatte, die Decke auf den Kopf.

Es schien zwar für viele so, dass ich in unserer Beziehung das Sagen hatte, aber vielleicht nur, weil ich mehr schwatzte als er und ich immer tausend Ideen hatte. Stefan war der unflexibelste Mensch, den ich kannte, denn wenn er Nein sagte, dann war es ein Nein. In unserer Verlobungszeit hatte er aber zu mir und meiner Liebe nie Nein gesagt, und genau das war es jetzt, was mich langsam wahnsinnig machte.

In Ägypten verbrachte ich mit Luca nur ein paar Stunden innerhalb der vier Tage, aber dennoch erkannte er viel von meinem Wesen und stellte ganz gezielte Fragen, die ich ihm auch ehrlich beantwortete. Es gelang mir nicht, vor diesem Mann etwas von mir zu verbergen, denn irgendwie konnte er in meiner Seele lesen und meinen Gefühlen die richtigen Worte geben. Es beeindruckte mich sehr, dass er mich so gut verstand und mir auch lange zuhörte. Nebst dem hatten wir auch sehr viele Gemeinsamkeiten, allen voran unsere sizilianischen Wurzeln und unseren Humor, der auf Anhieb zusammenpasste.

«Ich spüre, du bist genauso verrückt und freiheitsliebend wie ich. Wie kannst du nur mit einem Mann, der dich so verachtet und überhaupt keinen Humor hat, zusammenleben? So gehst du doch auf Dauer kaputt. Dein Mann weiß dich doch gar nicht wirklich zu schätzen!»

«Luca, ich denke, es war ein Fehler, dass ich dir von meiner Ehe erzählt habe. Vielleicht habe ich mich nur so geöffnet, weil an dir ein Psychologe verloren gegangen ist ... Aber ich will positiv über meinen Ehemann und meine Ehe denken und diese negativen Gedanken gar nicht zulassen. Stefan war nicht immer so, wir haben aus Liebe geheiratet.»

«Okay, sorry, aber tu dir bitte einen Gefallen: Sei immer so, wie du wirklich bist, und lass es nicht zu, dass dir jemand deine Persönlichkeit raubt.»

Dieser Tipp war sicher positiv gemeint, aber er breitete sich in meinen bereits negativen Gedanken wie Gift aus: *Ich war in meiner Ehe gefangen und würde vielleicht niemals wieder glücklich werden.*

«Bist du dir sicher, dass er keine andere hat?», fragte er später.

«Nein, er hat bestimmt keine andere, hundertprozentig nicht!», antwortete ich ihm. Stefan mochte schlechte Seiten haben, aber dass er ein ehrlicher, treuer Mann war, wusste ich mit Sicherheit. Dafür hätte ich meine Hand ins Feuer gelegt.

Es war nicht einfach, Luca anzuschauen und passiv zu bleiben. Seine Aufmerksamkeit, seine Komplimente und Bestätigungen gefielen mir sehr, und ich fand nichts Schlimmes daran, all diese Schmeichel-Einheiten wie ein Schwamm aufzusaugen. Ich hatte ein bisschen Bestätigung bitter nötig, und schließlich war ich wütend auf Stefan. Dass ich nun meine Zeit mit einem attraktiven Mann verbrachte, machte ich auch aus Trotz; schließlich hatte mich mein eigener Ehemann sorglos wegfliegen lassen, nachdem er sich schon vorher monatelang nicht darum gekümmert hatte, wie es mir wirklich ging.

Laura gefiel es gar nicht, dass ich ab und zu mit Luca alleine spazieren ging. Sie sagte mir ganz offen, dass ich mit dem Feuer spielte. Ich antwortete ihr, dass ich nur mit ihm rede und er mir gut tue. Ich wusste, was sie meinte, wir hatten ja schon darüber gesprochen, aber ich wollte mich nur ein wenig am Feuer wärmen, bestimmt nicht verbrennen. Ich wollte diese kleine Oase guter Gefühle, die spätestens bei meinem Abflug wie eine Fata Morgana für immer verschwinden würde, noch ein wenig ausnutzen und genießen.

Kurz vor der Abreise kam Luca zu unserem Bungalow, um mir seine Visitenkarte zu geben und um meine zu bitten. Laura war gerade mal kurz weg. Als wir uns verabschiedeten, nahm er mich zärtlich in die Arme, was ich wunderschön fand, und da passierte es: Wir küssten uns.

«Stopp! Ich kann das nicht, Luca! Ich will kein Abenteuer. Du musst jetzt gehen», sagte ich abrupt.

Er entschuldigte sich und ging sofort. Ich war mir sicher, dass ich ihn nie wiedersehen würde.

Im Flugzeug beichtete ich Laura, dass ich ihn geküsst hatte. «Sag mal, spinnst du?», war ihre Reaktion. «Du enttäuschst mich jetzt aber echt! Erstens, weil du einen Ehemann hast und ich dich als seriöse Frau kenne, und zweitens, hast du gesehen, wie ihn die Frauen anschauen? Gut, dass du nicht ganz in seine Falle geraten bist. Der wird sich jetzt bestimmt schon wieder mit einer anderen vergnügen.»

«Das soll er auch! Ich musste mich einfach für ein paar Minuten wieder begehrt fühlen und wissen, dass mit mir alles in Ordnung ist, denn ich zweifelte langsam schon an mir selber», erwiderte ich und weinte los.

Meine Freundin entschuldigte sich und sagte, dass sie mich vielleicht nicht ganz verstehen könne, weil sie nicht in meiner Situation sei. Aber sie sei bei meiner wunderschönen Hochzeit mit dabei gewesen, und sie könne sich einfach nicht vorstellen, dass zwischen mir und Stefan nicht alles wieder gut werden würde.

«Das wünsche ich mir ja auch von ganzem Herzen, Laura!», meinte ich schluchzend.

«Gut, dann vergiss Luca ganz schnell und konzentriere dich jetzt nur auf deine Ehe. Erzähl ja niemandem etwas davon, vor allem nicht deinem Mann. Es ist nichts passiert, capito?»

Mir war nicht wohl, dieses erste Geheimnis vor Stefan zu haben, aber ich redete mir ein, dass dieser Abschiedskuss noch keine richtige Untreue war. Außerdem sah ich die Schuld auch bei meinem Mann, denn als glückliche Ehefrau wäre mir so etwas bestimmt nie passiert …

Zu meiner Überraschung freute sich Stefan sehr über meine Rückkehr. Er umarmte mich herzlich und fragte: «Hattest du in den letzten vier Tagen nicht viel Zeit zum Schreiben? Du hast immer nur flüchtig geantwortet.»

«Sorry, ich habe dort fast alle Resortangebote ausgenutzt, und die Zeit ist dahingeflogen.»

«Ja, aber du hast mich nicht einmal gefragt, wie meine Prüfungen gelaufen sind.»

Ups, das hatte ich in meiner wiederentdeckten Freiheit völlig vergessen. Ich entschuldigte mich, und er berichtete mir, dass er bei seinen Prüfungen ein gutes Gefühl hatte und nun sehr erleichtert sei, dass die ganze Sache endlich vorüber wäre. Dies war in der ersten Woche auch deutlich zu spüren, und es begann, mir leidzutun, dass ich über ihn so schlecht gesprochen hatte – und ich zu allem Übel dann auch noch einen anderen Mann geküsst hatte.

Er freute sich wirklich, dass ich glücklich aus dem Urlaub zurück war. Außer von Luca erzählte ich ihm alles, und er lachte auch ein wenig über meine neuen Witze, obwohl er nicht jede ironisch gemeinte Pointe ganz verstand. Da ich noch das beschwingte Feriengefühl mitgenommen hatte, war ich auch wieder netter zu meinem Mann, und dies zahlte sich für ein paar Tage aus. Trotzdem begann ich, Stefan mit Lauras Ehemann zu vergleichen, und Luca ging mir auch nicht mehr aus dem Kopf. Stefan musste unbedingt offener, spontaner und lockerer werden!

Als nach ein paar Tagen wieder die langweilige Normalität zurückkehrte und meine Präsenz ganz selbstverständlich wurde, teilte ich meinem Mann liebe- und hoffnungsvoll, aber auf einen Schlag alle meine Bedürfnisse und Erwartungen mit und war mir sicher, dass meine Forderungen berechtigt und umsetzbar waren. Ich hielt ihm einen ziemlich langen Vortrag, wie er sich verändern solle, damit ich mit ihm glücklich werden könne. Ich sagte ihm, dass ich mich ungeliebt fühle und er dies unbedingt erkennen müsse.

«An einer Ehe muss man täglich arbeiten, Stefan. Ich will nicht an einem Abend deine Aufmerksamkeit, und dann werde ich von dir für fünf weitere Tage wieder völlig ignoriert – weil du wieder nur mit dir selbst beschäftig bist. So weiß ich wieder mal überhaupt nicht, was ich noch denken soll, und würde am liebsten von hier flüchten.»

Er fragte mich nicht nach meinen «Gedanken», doch erfreulicherweise sagte mir mein Mann, dass er sich nichts sehnlicher wünsche, als mich wieder glücklich zu sehen, und dass er alles versuchen wolle. Er gab sich Mühe, aber es war für ihn ein ziemlicher Krampf. Nichts kam spontan.

Ich musste ihn immer wieder fragen: «Kannst du mich ein wenig in die Arme nehmen?»

In manchen Momenten kam er mir richtig tollpatschig vor, vor allem in der Öffentlichkeit; für mich floss einfach nichts mehr aus seinem Herzen heraus. Es kam mir vor, als wenn Stefan gefangen in seinem Kopf lebte. Seine kontrollierten Gefühle kamen nur in gewissen Momenten überhaupt zum Vorschein. Das regte mich innerlich sehr auf, und ich sehnte mich nach Luca.

Als der Fußball bei meinem Mann immer deutlicher die erste Priorität einnahm, machte es mich wirklich todunglücklich. Ich wollte mit ihm unsere Sommerferien planen, da meinte er sofort, bevor ich überhaupt noch mehr sagen konnte:

«Ich werde im Juni und Juli nur tageweise freinehmen, denn da ist wieder einmal WM, und da will ich hierbleiben. Wir können später mal eine Woche weg, aber ich muss zuerst schauen, wann ich dann Urlaub nehmen kann.»

Als ich das hörte, wurde ich richtig wütend, und wir stritten uns heftig. Stefan überschüttete mich mit Vorwürfen und hielt mir alle meine Fehler vor, sogar die kleinsten, vom ersten bis zum letzten, ohne sich wirklich auf unser Streitthema zu konzentrieren.

Und so begann alles wieder von vorne: Er war passiv, ging mir aus dem Weg und kehrte mir im Bett den Rücken zu. Ich war verzweifelt, traurig und fühlte mich einsam.

Manchmal ärgerte und demütigte mich seine Stummheit dermaßen, dass ich begann, ihn zu beleidigen, nur um eine Reaktion zu bewirken. Das war aber wieder absolut kontraproduktiv, und unsere Konflikte endeten so immer nur in meinen verzweifelten Tränen.

Irgendwann sagte ich ihm: «Was denkst du, wie lange ich noch so bei dir bleiben werde? Es gibt genug Männer, die sich für mich interessieren.»

Er blieb still und fragte: «Wer denn? Was meinst du?»

«Ich meine, dass ich mich, wenn du so weitermachst, in einen anderen verlieben könnte.»

«Dann mach das und suche dir einen Italiener, der für dich

den ganzen Tag den Clown spielt, dann bist du glücklich.» Er sagte das in einem witzelnden Ton, so, als würde ich scherzen und er mich mit dieser Aussage nur zusätzlich ärgern wollen.

Seine Antwort verletzte mich aber sehr. Ich wollte ihn damit aus seiner Passivität herausholen, dass er endlich aufwachen und ein wenig Eifersucht zeigen sollte, aber stattdessen schaffte er es, dass ich mich wertloser als ein Stück Dreck zu fühlen begann.

Wie verhext kam in diesen Tagen eine SMS von Luca: «Ciao! Wie geht es dir? Ich denke viel an dich.»

Dass er noch an mich dachte, freute mich, und ich hatte insgeheim in diesen Wochen auf einen Wink von ihm gewartet. Hatte ich mich in ihn verliebt? Ich wusste es nicht, und die chaotischen Gefühle, die ich in dieser Zeit hatte, beunruhigten mich sehr.

In meinem Kopf wusste ich, dass ich ihn vergessen musste, denn dieser kurze Ferienflirt hatte sich negativ auf meine Ehe ausgewirkt. Ich wünschte, ich hätte ihn nie getroffen und auch nichts von all dem Eheglück meiner Freundin gesehen und gehört, denn all diese Erinnerungen machten mich nur noch unzufriedener und ungeduldiger. Ich wollte nun meinen Mann nach meinem Gusto verändern, aber das hätte ich nie geschafft, und ich merkte, dass meine Liebe auch nicht mehr so ganz bedingungslos war. Wir mussten unbedingt einen Eheberater aufsuchen, der uns helfen würde ...

Als ich diese Option bei meinem Mann eines Tages einmal erwähnte, reagierte er wütend: «Meinst du, ich gehe zu einem Fremden, um über unsere Probleme zu reden? Gehe du doch dahin, denn du brauchst einen, nicht ich. Der soll dir mal beibringen, wie du dich deinem Ehemann gegenüber richtig verhalten sollst, denn du hast keine Geduld und keinen Respekt!»

Ich erkannte, dass er mittlerweile sogar recht hatte damit, und ich hatte keine Ahnung, wie ich das ändern sollte. Solange ich mich so dermaßen ungeliebt und wertlos fühlte, schaffte ich es gar nicht, irgendwie anders zu sein. Ich konnte nicht begreifen, wieso ich mit diesem Mann nicht mehr kommunizieren konnte, wieso er lieblos, seltsam und nachtragend war. Gegen Stefan konnte ich keinen einzigen Kampf gewinnen. Er hatte sowieso immer recht, und ich konnte sein ständiges «Du, du, du und wieder du» einfach nicht mehr hören.

Wir stritten uns manchmal den ganzen Abend, bis ich fix und fertig war und in ein anderes Zimmer gehen musste, weil ihn mein Weinen störte.

Bei unseren furchtbaren Auseinandersetzungen hatte er erstaunlicherweise viel Power und wurde nie müde, das machte mich doppelt wütend. Wir hätten diese Zeit bestimmt besser nutzen können, wenn er es nur eingesehen hätte, dass ich nicht gegen ihn war, sondern einfach seine Liebe brauchte.

Meine Antwort auf Lucas SMS war: «Es geht, danke. Wünsche dir, wo immer du bist, viel Spaß.»

Er antwortete nach ein paar Minuten: «Ich bin nächstes Wochenende in Mailand. Wieso treffen wir uns nicht dort?»

Ich war an diesem Tag so am Boden zerstört, dass ich mich, ohne lange zu überlegen, mit ihm verabredete. Erst im Nachhinein hatte ich ein mulmiges Gefühl. Ich wollte meine Ehe nicht aufgeben, auch wenn ich bereits sehr mürbe war. Ich wollte den Termin absagen, doch dann hatte ich einen sehr naiven Gedanken:

Ich treffe mich mit ihm und überzeuge mich, dass er ohne Ferienfeeling mitten im grauen Alltag keine Besonderheit ist. Ich gehe mit ihm nur etwas trinken und sage ihm, dass mir meine Ehe wichtig ist und ich meinen Ehemann liebe. Ich werde etwas Negatives an diesem Mann finden, um ihn endgültig zu vergessen, und verbringe dann einen schönen Shopping-Nachmittag für mich alleine.

Ich erzählte Stefan, dass ich zu meiner Freundin Silvia gehen würde, und er ließ mich fahren, ohne weitere Fragen zu stellen. Im Zug dachte ich über die völlige Absenz seiner Eifersucht nach. Er nahm meine Andeutungen über einen anderen Mann offenbar wirklich nicht ernst, oder es interessierte ihn überhaupt nicht. Das machte mich noch trauriger. Wieso war ich meinem Mann so egal? *Er hasst mich,* waren meine Gedanken.

In Mailand bezog ich ein Hotelzimmer im schönen Brera-Viertel und ging zu meinem Rendezvous, das ganz anders verlief, als ich mir das vorgestellt hatte.

Luca umarmte mich sehr fest, als er mich sah, und überhäufte mich einen ganzen Nachmittag lang mit viel Aufmerksamkeit und Komplimenten. Außerdem sah er auch mitten im grauen Alltag sehr gut aus.

Nachdem ich ein paar Stunden mit ihm geredet und gelacht hatte, nahm ich auch noch seine Einladung zum Abendessen an. Später wollte er mich zu meinem Hotel begleiten und dann zurück nach Turin fahren.

«Du wirst mit deinem Ehemann niemals glücklich werden», sagte er während des Essens und nahm meine linke Hand in seine. «Das ist kein Leben für dich, du verkümmerst in dieser

Beziehung und musst dich nicht schämen, wenn du einen Schlussstrich ziehst. Du bist nicht die Erste und nicht die Letzte, die sich scheiden lässt. Diese Heirat war ein Fehler, das kann passieren.»

Ich war langsam wirklich von dem überzeugt, was Luca sagte, und musste an meinen Mann denken, den es überhaupt nicht kümmerte, wo ich wirklich war, und der sich sicherlich gerade damit begnügen würde, irgendwelchen Sport im TV anzuschauen. So schaltete ich komplett meinen Kopf aus und ließ mich ganz von dieser neuen Leidenschaft treiben. Mein Eheversprechen, dass ich Stefan treu sein würde, bis dass der Tod uns scheide, brach ich noch am selben Abend. Ich war genau sechs Monate verheiratet.

Nein! Nein! Nein! Was habe ich gemacht? Was mache ich hier?
Es war stockdunkel. Eine plötzliche Scham kam über meinen ganzen Körper und schnürte, verbunden mit Angst und Panik, meine Kehle so zu, dass ich in diesem Moment keinen Ton von mir geben konnte. Ich wollte zu Hause in meinem Bett aufwachen und erleichtert feststellen, dass dies alles nur ein Albtraum gewesen war. Aber nein, da schlief ein total fremder Mann neben mir!

Oh Gott, was habe ich gemacht? Hilf mir!, schrie meine Seele. Meine Ohren hörten mein eigenes lautes Herzklopfen. Ich war schockiert über mich und fühlte mich so schmutzig wie noch nie in meinem Leben. Entsetzt stand ich auf und begann, meine Sachen zusammenzupacken. Luca, den ich nun für all das hasste, wachte auch auf und fragte mich, was ich mache.

«Fass mich nicht an, lass mich in Ruhe!», schrie ich ihn an.

«Hey, warte, was ist mit dir los?»

«Ich bin die schlimmste Frau auf der ganzen Welt, ich habe meinen lieben Ehemann betrogen ...» Ich war völlig verstört.

«Du kannst jetzt nicht mitten in der Nacht nach Hause gehen. Warte doch mal, jetzt sieh das nicht so eng und mach dich nicht fertig deswegen. Dein *lieber* Mann ist doch selber schuld.»

«Nein, ich bin alleine schuld, und du hast mich verführt!»

Da wurde sein Gesichtsausdruck auch ein wenig anders, und er sagte: «Ich habe dich nicht verführt und zu nichts gezwungen. Das hast auch du so gewollt.»

Mir war speiübel, und ich wollte nur noch aus diesem Hotel flüchten. «Komme mir jetzt ja nicht nach und schreibe mir niemals wieder. Ich will dich nie wieder sehen! Ich muss jetzt nach Hause und werde alles meinem Mann erzählen.»

«Nein, mach das nicht! Wenn das für dich wirklich ein Fehler war und du deinen Mann noch liebst, dann mach es ja nicht! So wird es erst recht das Ende für deine Ehe sein.»

Ich schrie ihn erneut an: «Lass mich in Ruhe und gib mir ja keinen Ratschlag mehr.»

Ich verließ verzweifelt und ganz verheult das Hotel und dachte sogar an das Schlimmste. Ich wollte nicht mehr leben. Ich schämte mich unendlich für das, was ich getan hatte. Wie konnte mir so etwas nur passieren? Ich, die Frau, die Untreue bis zum Gehtnichtmehr verurteilte ... Die, die von sich selbst dachte, sie wüsste, was echte Liebe ist, und meinte, sie würde es besser machen als alle anderen.

Woher kamen diese Stimmen wirklich? Was waren das für Stimmen, die mir ein paar Stunden zuvor eingeflößt hatten:

Du hast ein Recht auf Liebe! Mach es! Du bist zu jung, um das Leben nicht zu genießen! Du bist eine arme Frau, wenn du mit siebenundzwanzig keinen Sex hast, es steht dir zu, mach es!

Ich hatte mich für ein paar Stunden wie ein Adler gefühlt, der auf seinem wunderbaren Flug seine ganze Freiheit genoss. Nur hatte ich keine Flügel und klatschte auf den harten Boden – ohne zu sterben zwar, doch mit den unerträglichen Schmerzen jedes einzelnen gebrochenen Knochens und mit dem höllischen Gefühl einer verdammten Seele.

«Du sollst nicht ehebrechen», «du sollst nicht ehebrechen» … Dieses Gebot pochte die ganze Zeit in meinem Kopf. Ich hatte diese schreckliche Sünde, die für mich gleich nach dem «Du sollst nicht töten» kam, wirklich begangen. Ich konnte mich vor Gott nicht mehr blicken lassen, so sehr schämte ich mich. Ich war regelrecht in Panik.

Als ich zitternd auf der Straße stand, kam mir ein guter Freund, der in Mailand wohnte, in den Sinn. Es war mitten in der Nacht, aber er war, Gott sei Dank, erreichbar und konnte bereits wenig später bei mir sein. Ich weinte ununterbrochen, und er fuhr mich zu sich nach Hause. Er war mein Engel in dieser Nacht, denn ich weiß nicht, was ich sonst für dummes Zeug angestellt hätte.

Nachdem ich mich beruhigt hatte, fand ich den Mut, ihm zu erzählen, was ich getan hatte. Ich spürte, dass er viel Mitleid mit mir hatte, doch in seinem Umfeld war Untreue das tägliche Brot, und er sagte mir:

«Nimm nicht die ganze Schuld auf dich, und bitte erzähle deinem Ehemann nichts davon. Solche Sachen passieren leider im Leben, aber es tut mir sehr leid für dich, denn ich weiß, welche Ideale du in dir trägst.»

Am frühen Morgen, nach einem sehr kurzen und erschöpften Schlaf, wollte er mich nach Hause fahren, weil ich immer noch in einer sehr schlechten Verfassung war, doch ich nahm den Zug.

Stefan hatte mir bereits mehrere SMS geschrieben und gefragt, wieso ich überhaupt keine Antwort gebe.

«Bin bald zu Hause», schrieb ich zurück. *Wie werde ich ihm das jetzt sagen?*

Ich konnte es unmöglich vor ihm verbergen, doch ich hatte fürchterliche Angst, und es tat mir alles unendlich leid. Mein Herz fühlte sich an, als wenn tausende schmerzhafte Nadeln drinstecken würden; der Kummer für diese Sünde fraß mich Stück für Stück auf. Stefan konnte alle Mängel der Welt haben, aber ich fühlte mich trotzdem eins mit ihm. Er war ein unzertrennlicher Teil von mir und ich von ihm, auch wenn wir es schlecht miteinander hatten.

Und jetzt hatte ich einen Fremden in unser Intimstes hineingelassen und spürte, dass ich etwas, das trotz aller Mängel gesegnet war, kaputt gemacht hatte. Ich hatte Ehebruch begangen, so, wie's der Name sagt: Ich hatte meine Ehe gebrochen. Am liebsten hätte ich die Zeit zurückgedreht und niemals mein Zuhause verlassen und mit Stefan in Ruhe einen Film angeschaut, ohne dass meine Füße an einen Ort gegangen wären, wo sie niemals hätten sein sollen. Was hätte ich gegeben, um alles ungeschehen zu machen! Warum spürt man diese Konsequenzen denn nicht vorher?

Ich hatte nun ständig meinen Mann vor Augen und sah nur

seine positiven Seiten. Was war ich für eine selbstsüchtige Egoistin! *Stefan wird mir niemals vergeben, meine Beichte wird ihn zutiefst verletzen und demütigen. Soll ich vielleicht lieber schweigen? Und wie kann ich mit diesem Geheimnis weiterleben?*

«Jesus, du willst sicher nichts mehr mit mir zu tun haben, aber nur du kannst mir helfen, bitte vergib mir!» Das betete ich still für mich die ganze Zeit im Zug.

Zu Hause angekommen, schloss ich mich stundenlang im Bad ein und weinte. Stefan klopfte immer wieder an die Türe und fragte, was mit mir los sei. Er hörte ständig, wie ich duschte, denn ich wollte mich die ganze Zeit nur waschen, doch meine Seele wurde davon nicht sauber.

Irgendwann, als ich rauskam und er meine verquollenen Augen sah, fand er sein Gefühl bestätigt, dass ich ihn, mein Wochenende betreffend, angelogen hatte, und forderte die ganze Wahrheit. Er musste mir alles aus der Nase ziehen, bis er verstand, was ich getan hatte.

Seine Reaktion war heftig. Er schlug mit den Fäusten rundum fast alles kaputt, und ich hatte Angst, dass die Nachbarn die Polizei rufen würden. Stefan hat mich, Gott sei Dank, nie geschlagen, aber an diesem Abend war er ganz nah dran. Es war furchtbar.

Nach einer gefühlten Ewigkeit saß er auf dem Boden und weinte verzweifelt. «Wieso, wieso? Ich habe dir immer blind vertraut. Sag mir, wieso?»

Ihn so zu sehen verstärkte mein Leid, gleichzeitig fragte ich mich, wo er in den letzten Monaten gewesen war. Er hatte wie in seiner eigenen Welt gelebt, ohne mich und unsere Ehe zu beschützen. Er hatte mich nächtelang weinen lassen, meine

Warnungen nicht ernst genommen, mich sogar provoziert, und jetzt war er entsetzt, dass meine Treue nicht das Selbstverständlichste auf der Welt war.

Die nächsten zweieinhalb Monate wurden die schlimmsten in meinem Leben. Die Lieblosigkeit der vorherigen Monate war nichts dagegen. Alles Schlechte in unserer Beziehung vervielfachte sich noch.

Stefan war sehr verletzt und beleidigte mich ständig. Schon am Morgen, bevor wir aus dem Haus gingen, musste ich hören, was für eine schlechte Frau ich wäre und dass ich ihm das Leben ruiniert hätte.

Anfangs bemühte ich mich noch, auf alle Beschuldigungen besonnen zu reagieren, stattdessen weinte ich aber meistens nur und wiederholte ständig, dass mir alles sehr leid tue. Essen konnte ich fast nichts mehr, wurde immer magerer und begann zu denken, dass es für mich besser gewesen wäre, einfach tot zu sein. Nächtelang weinte ich in einem anderen Zimmer.

Wenn ich zu laut war, kam Stefan und schrie mich an: «Hör auf, im Selbstmitleid zu baden! Ich muss morgen früh raus und muss jetzt schlafen!»

Niemand, kein Mensch war da, der mich tröstete, und zu meiner Familie konnte ich auch nicht. Wie sehr hätten sich meine Eltern geschämt, wenn sie das erfahren hätten! Ich hatte wirklich keinen Trost verdient.

An einem Sonntagnachmittag schloss ich mich im Badezimmer ein und wollte Tabletten nehmen. Während ich das Zeug in der Hand hielt, redete eine Stimme in mein Herz, die ich akustisch nicht hörte – aber sie war da: «Bist du sicher, dass du dann bei mir wärst?»

«Nein», antwortete ich hörbar und merkte, dass ich eh keinen Mut hatte, mir etwas anzutun. Ich dachte auch an meine Familie, die mich so liebte, vor allem meine Nonna, unsere liebe Oma, die vor Schmerz sicher gleich nach mir gestorben wäre. Ich bin Gott so dankbar, dass ich diese Zeit überlebt habe!

Stefan wollte von mir keine Berührungen mehr, doch ich durfte gnädigerweise noch in unserem Ehebett schlafen, weil ich mich zu einsam fühlte. Ich wollte ausziehen, aber ich konnte unmöglich alleine sein.

Als mich meine Eltern auf meine Magerkeit ansprachen und ich meine Tränen nicht mehr zurückhalten konnte, verstanden sie, dass es mit Stefan zu tun hatte, und wurden sehr sauer auf ihn.

«Ich wusste es doch, dass das nicht der richtige Mann für dich ist. Er ist kalt und seltsam geworden. Was ist denn das für eine Ehe, er liebt dich ja gar nicht!»

Ich verteidigte meinen Mann nicht und begann zaghaft, mit ihnen über meine Eheprobleme zu reden. Ich hatte aber noch keinen Mut, ihnen meinen Seitensprung zu beichten.

Beeinflusst vom Stolz meines Vaters, ließ ich es irgendwann nicht mehr zu, dass Stefan mich immer wieder nur beleidigte, und begann, ihn für meinen Fehler mitschuldig zu machen; er müsse auch einsehen, dass er mich mit seinem Verhalten in die Arme eines anderen getrieben hätte. Er konnte doch nicht die ganze Zeit seine Hände in Unschuld waschen.

Doch er wiederum war sich keiner Schuld bewusst und entgegnete mir in einem betont lockeren Ton: «*Du* hast mit einem anderen geschlafen, nicht ich. Du allein und nur du trägst die Verantwortung dafür.» Für ihn war das Ende unserer Ehe nur auf mein Fehlverhalten zurückzuführen und gleichzeitig unverzeihlich.

Während Stefan mit keinem einzigen Menschen über unsere Probleme redete, lag die Last so vieler Schuldgefühle wie ein Stein auf meinem Herzen, dass ich mein Elend mit meinen Freunden teilen musste.

Die meisten verstanden nicht, wieso ich erst so spät mit meinen Sorgen zu ihnen kam. Jetzt hatten viele fast keine Worte mehr für dieses Szenario. Mein Ehebruch, so früh nach meiner fabelhaften Hochzeit, war für sie ein Schock. Solange früher über andere geredet wurde, vor allem von Seiten der Ehemänner, war so ein Fremdgehen nicht so gravierend und durchaus entschuldbar: Doch jetzt war es *mir* passiert, und das war eine Katastrophe. Verständlich, denn sie hatten ja mit mir diese ewigen Stunden der Verzweiflung, Tag und Nacht, monatelang, nicht miterleben müssen.

Bei der Arbeit konnte ich meinen psychischen Zustand auch nicht länger verbergen. Immer sah ich traurig aus und konnte meine Tränen hinter meinem PC oft nicht kontrollieren. Vor allem, wenn ich auch noch unschöne Mails von meinem Ehemann erhielt. Ich hatte ihn maßlos enttäuscht, aber von einer Trennung sprach er nie und auch nicht davon, dass ich ausziehen solle.

Tony hatte bereits vor meiner Reise nach Ägypten beobachtet, dass ich nicht glücklich war, und Sarah fragte mich auch öfter, ob es mir wirklich gut gehe und mir nichts fehlen würde.

So begann ich nach und nach, mich ihnen zu öffnen, und sie fanden zu jeder Zeit tröstende Worte für mich, ohne mich ein einziges Mal zu verurteilen. Die freundliche Atmosphäre innerhalb meines Teams war zu dieser Zeit ein großes Geschenk für mich.

In unseren vier Wänden pflegten mein Mann und ich nun eine reine Zweckgemeinschaft. Wir waren nicht wirklich freundlich zueinander, doch wenn wir gute Tage hatten, weil wir nicht über uns redeten, war es zum Aushalten. Da wir nur ein Auto hatten, machten wir sogar Fahrdienst füreinander.

Stefan war immer noch in einem gewissen Rahmen für mich da, und ich fühlte mich in seiner Nähe immer noch geborgen, auch wenn er grundsätzlich gegen mich war.

In einem ruhigen Moment fragte ich ihn: «Hast du jemand anders?»

«Meinst du, ich bin wie du?», kam es gleich wie aus der Pistole geschossen.

Ich ließ die Sache stehen, doch es war eine Frage, die sich ein paar meiner Freunde langsam stellten, da er sich mir gegenüber so komisch verhielt und wochenlang ohne Sex auskommen konnte. Ich sah ihn in seiner Freizeit nur zu Hause, meistens vor dem Fernseher, also glaubte ich ihm das.

Als die WM 2002 begann, sah Stefan vor seinem geliebten Kasten wie das glücklichste Kind aus. Wäre unsere Ehe in Ordnung gewesen, hätte ich ihn sogar niedlich gefunden und ihm sicher dieses Ereignis gegönnt. Doch in unserem Zustand konnte ich diesen Anblick absolut nicht ertragen und überlegte, alleine in Jesolo Ferien zu machen.

Genau in diesen Tagen kam unerwartet wieder eine SMS

von Luca: «Es tut mir alles furchtbar leid, und ich wünsche mir nur, dass es dir gut geht.»

Meine Ehe war zu Ende, und ich konnte nichts mehr daran ändern. Was spielte es nun noch für eine Rolle, eine neue Beziehung einzugehen? Ich starb fast vor Kummer und hatte es echt satt, so zu leiden. In diesem Moment sah ich Luca als ein kleines Licht in meiner Dunkelheit, obwohl diese ja gerade mit ihm erst richtig angefangen hatte. Der Mann war für mich eine zu große Versuchung.

So fragte ich ihn, was er in der nächsten Zeit mache, und er antwortete mir, dass er in ein paar Wochen auf die Malediven reisen würde.

«Willst du mitkommen?», fragte er mich direkt.

«Ich weiß es nicht», antwortete ich.

Er schickte mir gleich den Namen der Insel, zu der er geschäftlich reisen musste, und fügte noch hinzu: «Wir werden dort viel Zeit haben, um über die Sache in Ruhe zu reden, und du wirst diese Insel lieben.»

Ich war richtig hin- und hergerissen, doch als ich mir im Internet die Insel genauer anschaute und ich die wunderschönen Bilder sah, entschied ich mich, Luca zu begleiten. Ich bekam noch den letzten freien Bungalow. Innerlich hatte ich letztendlich keinen Frieden darüber, diesen Schritt zu vollziehen, doch konnte mein Leben nicht so unglücklich weitergehen.

Stefan wusste erst, als ich die Koffer packte, dass ich in Urlaub flog, und fragte mich, mit wem ich reisen würde. Ich antwortete ihm, dass es ihn jetzt nicht mehr interessieren müsse, hoffte aber auf eine Reaktion. Er schien traurig zu sein, reagierte aber nicht. Und so ging ich.

Wenn er nur gesagt hätte: «Bleib hier bei mir, lass uns doch wieder ganz von vorne anfangen», wäre es für mich das Schönste auf Erden gewesen.

Im Flugzeug betete ich: «Ich weiß, dass ich alles falsch mache, aber ich kann nicht anders. Du allein kennst mein Herz und weißt, dass ich es nie so gewollt habe. Auch wenn ich nichts von dir verdiene, beschütze mich bitte trotzdem!»

Auf dieser traumhaften Insel begann nach einem anfänglich noch distanzierten Wiedersehen und nach dem Aufarbeiten und Ablegen von dem, was in Mailand geschehen war, meine abenteuerliche Beziehung mit Luca. In diesem winzigen tropischen Paradies verbrachte ich eine fast perfekte Woche.

«Fast», weil es mir nur so lange gut ging, bis ich an einem wunderschönen, einsamen Strandabschnitt den weiten Horizont überblickte; weit weg, neun Stunden Flugzeit entfernt, war mein Stefan, den ich so enttäuscht und verletzt hatte. In diesem Moment fühlte ich mich nur noch mies.

Was war ich nur für eine Frau? Ich machte nur neun Monate nach der Hochzeit praktisch Honeymoon mit einem anderen Mann!

Ich trauerte unserer verlorenen, unvergesslichen Zweisamkeit voller Geborgenheit nach, und der Schmerz war herzzerreißend. Unser Fundament der Liebe, das wir in unserer Verlobungszeit aufgebaut hatten und das Gott in Venedig gesegnet hatte, war zwar zu erschüttern, aber nicht zu beseitigen. Ich weiß gar nicht, was ich für Luca wirklich fühlte. Ich war in alles verliebt, was er mir gab, doch mein Herz war noch völlig mit der tiefen Liebe für Stefan gefüllt.

Unglaublich, dass ich aber eine komplett andere Frau wurde, wenn ich mit Luca zusammen war. Er war wie eine Droge, mit der ich meine Sorgen vergaß. Ich konnte mit ihm «ich» sein, und er repräsentierte für mich die Freiheit, das Abenteuer, das Unbeschwerte, die Romantik und die Leidenschaft. In dieser Woche schenkte er mir so viel Aufmerksamkeit, wie mein Frausein nur begehrte, und wir amüsierten uns manchmal wie kleine Kinder.

Er bemerkte jede kleinste Veränderung an mir und fing mich nach meinen einsamen Heulphasen jedes Mal wieder auf und hörte mir lange zu.

«Auch wenn du mich nie kennen gelernt hättest, wäre es mit Stefan so oder so mal auseinandergegangen. Sei froh, dass du keine Kinder hast. Ihr seid nicht füreinander geschaffen, und auch er wird bestimmt wieder mit einer anderen Frau glücklich werden. Er muss sich einfach nicht mehr in so ein Energiebündel verlieben, sonst kriegt er wieder Probleme.»

Luca konnte in all das Drama auch immer noch etwas Humor einbringen, aber wenn er von Stefan so redete, tat es mir sehr weh, und ich war mir gar nicht sicher, dass unsere Ehe auch so verlaufen wäre, wenn Luca mir nicht über den Weg gelaufen wäre.

Während dieser Ferien rief mich Stefan einmal mitten in der Nacht an und wollte wissen, wie es mir geht. Ich merkte, dass es ihm richtig schlecht ging, und hatte Mitleid mit ihm. Diesmal ärgerte sich Luca und verstand nicht, wieso ich meine leidvolle Ehe, die er nur noch als ein Stück Papier ansah, nicht abhaken konnte.

«Ich habe ihn wirklich sehr geliebt», sagte ich ihm, «und ich habe viele Fehler gemacht.»

«Ich werde alles geben, damit du Stefan vergisst», waren seine Worte.

Seine Bemerkungen zeigten mir, dass er vor einer Ehe keinen Respekt hatte, und dies war ein Punkt, der mich sehr störte. Aber wer war ich nun, um ihm diesbezüglich einen moralingetränkten Vortrag zu halten? Den Respekt für meine Ehe hatte ich doch als Erste in den Staub getreten.

In diesem Sommer verbrachte ich mit Luca ein paar weitere Tage zusammen, und wir kehrten auch wieder für eine Woche auf die gleiche Insel im Indischen Ozean zurück. In der Schweiz erhielt ich von ihm fast wöchentlich lange Liebesbriefe, und wir telefonierten oft. So, wie er sich mir gegenüber verhielt, hatte ich schon das Gefühl, dass er wirklich in mich verliebt war.

Ich hingegen konnte nicht wie er «ti amo» schreiben, denn mein Herz war nicht frei. Zudem war mir die Treue, obwohl ich selber untreu gewesen war, immer noch ein Ideal, das mir in einer Beziehung wichtig war, und ich vertraute Luca nicht wirklich.

Eigentlich hatte ich früher um Männer wie ihn immer einen weiten Bogen gemacht: Einer, der sich mit einer verheirateten Frau abgab und sonst noch von Frauen angehimmelt wurde, war kein Mann, mit dem ich mir eine Zukunft vorstellen konnte. Liebe kann nur auf dem Boden der Treue wachsen, das sehe ich heute umso klarer.

Tony, dem ich meine Ferienfotos zeigte, war überhaupt nicht begeistert von meiner neuen Liebe. Als südländischer

Single und Partymensch konnte er mir über so gut aussehende Männer wie Luca ein Liedchen singen, und er sagte zu mir:

«Monica, vertrau dem Typ nicht. Wer weiß, was der alles treibt, wenn du nicht bei ihm bist. Italienische Machos sagen schnell einmal ‹Amore›.»

Eben, das wusste ich und hielt deshalb immer meine Füße auf dem Boden, auch wenn Luca die Versuchung war, der ich nicht mehr widerstehen konnte.

Nach außen hin sah mein Leben aus wie das aus einer der vielen Promizeitschriften: «Der Ehemann ist schon vergessen, sie ist glücklich mit einem Neuen», begleitet von Bildern mit Meer, Sonne, Spaß und dazu immer ein schönes Lächeln. Was sich wirklich hinter der tollen Fassade verbarg, wusste schlussendlich nur ich. In mir war eine Leere, die sich nicht mehr füllen ließ.

Ende September, kurz vor meinem ersten Hochzeitstag, trennte ich mich endgültig von Stefan und verließ unsere eheliche Wohnung, in der wir die letzten drei Monate wie in einer Zweier-WG gelebt hatten. Ich war oft weg, und wenn wir beide zu Hause waren, redeten wir nicht mehr über uns, taten aber noch Dinge füreinander. So half mir mein bald von mir getrennter Mann auch noch beim Umziehen.

An diesem Tag wirkte er aber wirklich sehr traurig, und ich hoffte, dass er mir zum Abschluss noch etwas sagen würde. Das tat er aber nicht. Stefan wusste von meiner neuen Beziehung; selber eine solche zu haben, hat er jedoch immer abgestritten.

So enttäuschte es mich unendlich, als ich nur ein paar Tage

später herausfand, dass er doch eine andere Frau hatte. Die Sache flog auf, als ich an einem Abend noch ein paar Bücher aus der gemeinsamen Wohnung holen musste und ich dort Stefans Nachrichten auf dem Handy heimlich anschaute. Ich las einen SMS-Austausch mit einer Claudia:

«Du bist immer noch in deine Frau verliebt und machst alles, was sie sagt.»

«Nein, unsere Ehe ist zu Ende, und du bist für mich kein Abenteuer.»

Ich rastete aus und wurde sehr aggressiv. Ich begann, ihm alles Mögliche vorzuwerfen, und gab ihm eine Ohrfeige. Stefan hatte mich noch nie so erlebt. Wie konnte er mich die ganze Zeit so anlügen und mich so perfide verkümmern lassen, während er alles heimlich machte?

«Du hast mich maßlos enttäuscht, Stefan. Wir haben uns versprochen, immer ehrlich zu sein. Ich war es, und du, der liebe unschuldige und scheinheilige Ehemann, für den ich meine Hand ins Feuer gelegt hätte, hat alles heimlich hintenherum gemacht. Na, bravo!»

Er fühlte sich sehr mies und versuchte unter Tränen, mir alles zu erklären. Er sagte mir, dass seine Affäre erst in der Woche begonnen hätte, als ich mit meinem Freund auf den Malediven war. Das glaubte ich ihm aber nicht und begann, heimlich Detektiv zu spielen.

Ich fand schnell heraus, wer die Frau war, und platzte bereits am nächsten Tag in ihr Büro. Sie erschrak und war sehr verlegen, doch ich sagte ihr, dass ich nur fünf Minuten in Ruhe mit ihr reden wolle und sicher keine eifersüchtige Szene machen würde. So primitiv war ich noch nie. Ich musste von ihr wissen, was mein Mann für ein Mensch war. Vielleicht könnte sie es mir erklären? Ich war erstaunt, dass sie ein paar Jahre älter war als Stefan und auch vom Aussehen her überhaupt nicht sein Typ.

Sie erzählte mir, dass die Affäre mit meinem Mann nur wenige Wochen gedauert hätte und nun definitiv zu Ende sei. Sie kannten sich aus der Fitnessbranche und hätten sich in der Zeit, als Stefan sehr verletzt war, weil ich ihn betrogen hatte, wieder getroffen. Er brauchte jemanden zum Reden, und aus der Freundschaft sei dann mehr geworden. Auf jeden Fall sei sie nicht seine Traumfrau und er auch nicht ihr Traummann, denn er hätte sie ständig sitzen lassen, sobald ich ihn anrief und etwas von ihm brauchte.

Plötzlich sagte sie: «Legt doch einen Stein darüber und kommt wieder zusammen! Es ist für mich klar, dass ihr euch noch gern habt.»

Ich musste peinlicherweise vor ihr weinen und fragte sie dann: «Kannst du mir vielleicht ehrlich sagen, was meinem Mann von mir fehlt?»

Eine gewagte Frage, die ich gleich bereute, weil ich nicht noch mehr in meinem Selbstwert verletzt werden wollte. Sie antwortete mir aber etwas, was ich nicht erwartet hätte:

«Anerkennung, vielleicht mal ein Dankeschön und lobende Worte. Seine Ausbildung war sehr hart für ihn, und er hat es auch für dich gemacht.»

Was war ich nur für eine schreckliche, dumme Kuh! Ich bekam schlagartig wieder Schuldgefühle und Mitleid mit meinem Mann, denn ich hatte mich nur noch auf mich und meine ungestillten Bedürfnisse konzentriert und ihn dann alles andere als gelobt. Auch hatte ich mich niemals wirklich bei ihm bedankt, dass er sich im Hinblick auf unsere Ehe und Familienplanung vom Fitnesstrainer zum Versicherungsexperten umschulen ließ.

Dieses Gespräch mit der Ex-Geliebten meines Noch-Ehemannes war nicht einfach für mich, doch ich bedankte mich für ihre offenen Worte und verabschiedete mich von ihr.

Am Abend ging ich zu Stefan und setzte mich mit ihm an unseren ehemaligen Küchentisch. Wir schauten uns sehr lange, sehr traurig mit Tränen in den Augen an, bis wir uns ohne Worte in die Arme fielen.

Zwischen uns stand es nun 1 zu 1. Unsere Fehler waren ausgeglichen, und wir dachten an diesem Abend, der einer der schönsten in unserer ganzen Ehe wurde, uns vergeben zu haben. Wir begannen wieder, ganz fest an unsere Ehe zu glauben, und ich beendete auch sofort meine uneheliche Beziehung. Luca nahm es sehr schlecht auf, was ich bedauerte, aber nicht ändern konnte, denn Stefan war mein Ehemann, der wichtigste Mensch in meinem Leben, und ich wollte und musste für uns kämpfen.

In derselben Woche konnte ich das erste Mal drei Tage für ein Fotoshooting ins Ausland gehen und durfte Stefan auf eigene Kosten mitnehmen. Ich war überglücklich, dass er wieder mit mir in ein Flugzeug stieg, und wünschte mir von Herzen, mit ihm auf dem schönen Sardinien eine wunderbare Zeit genießen zu können. Die Kulisse dafür war fantastisch, doch es kam anders.

Sobald Stefan dort, während ich arbeitete, mit einer sehr hübschen Italienerin redete und sie immer wieder mit seinem charmanten Lächeln anschaute, stiegen in mir die furchtbarsten Gefühle hoch. Von einem Moment zum anderen hatte ich jegliches Vertrauen in meinen Mann verloren. Dass er mich mit seiner heimlichen Beziehung so lange angelogen hatte, wurde ihm jetzt zum Verhängnis. Ich hatte ihn immer als den treuesten und ehrlichsten Mann der Welt angesehen, und das war einer der Hauptgründe, wieso ich ihn geheiratet hatte. Jetzt sah ich ihn nur noch als einen Lügner und einen Betrüger an; er hatte mich sehr enttäuscht.

Auch die Erinnerungen an die schreckliche Zeit, als mir dieser Mann so viele Male seine Verachtung entgegengeschleudert hatte und einfach nur gemein zu mir gewesen war, kehrten mit einem Schlag zurück und ließen mein Temperament zum Kochen bringen. Früher war ich stolz, nicht zu diesen unerträglichen, eifersüchtigen Weibern zu gehören, und nun ging ich fast die Wände hoch, wenn Stefan einer anderen ein kleines bisschen Beachtung schenkte.

Mein Ehemann hatte mich während unserer ganzen Ehe so wahnsinnig gemacht, dass ich langsam reif fürs Irrenhaus war. Ich war eine Frau geworden, die ich selber nicht mehr erkannte: untreu, lieblos, wütend, aggressiv, gemein und krankhaft eifersüchtig. Ich hatte eine echte Identitätskrise.

Bei meiner ersten, nicht gerade netten Bemerkung begann Stefan, mir unverzüglich wieder meine eigene Untreue an den Kopf zu werfen, und wir stritten uns die ganzen drei Tage heftig. Ich bereute sehr, dass ich ihn mitgenommen hatte.

Wieder in der Schweiz gelandet, fragte ich meinen Bruder Giusi, ob er einen guten Eheberater kenne, und er gab uns die Adresse von einem christlichen Ehepaar.

Wir gingen an zwei Abenden dorthin, doch wir machten uns bereits auf dem Heimweg mit unseren Vorwürfen wieder fertig. Während der Therapie hörten wir immer nur heraus, was die Aufgabe des Ehepartners war, statt uns unsere eigenen «Hausaufgaben» vor Augen zu führen.

«Hast du gehört, was du jetzt machen musst?», fragte ich ihn genervt noch im Auto auf der Heimfahrt. Mir gefiel eben auch nicht, wie Stefan während dieser Gespräche mit unserer Ehe umging: völlig distanziert. Auch hier äußerte er seine wahren Gefühle nicht. Er wollte sich immer besser hinstellen und zeigte meines Erachtens keinerlei Demut.

«Schau du bloß mal, dass du *deine* Hausaufgaben machst, und stress mich nicht», war seine Antwort.

In diesen drei Monaten, von Oktober bis Dezember 2002, stritten wir uns wieder ununterbrochen wie Hund und Katz. Ich war mit all meinen Kräften am Ende. Bei einem der letzten Streitgespräche sagte er zu mir:

«Geh. Du wirst eh mit ihm glücklicher als mit mir!»

Ich wollte es in meinen kühnsten Träumen nicht, aber nach diesem Satz war für mich definitiv Schluss, und ich entschied mich für die Scheidung. Für meine Ehe sah ich keinen Schimmer Hoffnung mehr.

«Monica, lieber ein Ende mit Schrecken, als ein Schrecken ohne Ende.» Dies war ein Satz, den ich jetzt öfters hörte. Es fanden sich mittlerweile mehr Menschen in meinem Umfeld, die sich nun gegen meine Ehe und gegen meinen Mann aussprachen. Selbst meine Familie konnte es nicht mehr ertragen, mich so kraftlos und traurig zu sehen.

Am Neujahrstag meldete sich Luca wieder mal telefonisch

bei mir und fragte mich, ob ich nun glücklich sei. Ich blieb lange stumm und weinte nur.

«Jetzt hast du gekämpft, und das ehrt dich, aber hoffentlich hast du nun eingesehen, dass die Scheidung die einzige Lösung ist, oder?»

Ich antwortete ein leises «Ja», und Luca wurde wieder die Sucht, die ich brauchte, um mich nicht mit den Gedanken an meine gescheiterte Ehe kaputt zu machen. Und so hatten wir wieder regelmäßigen Kontakt, und er bestärkte mich, bei meiner Entscheidung zu bleiben. Ein Entschluss, den ich rein rational gefasst hatte, in meiner Gefühlswelt jedoch hatte ich nie wirklich Frieden darüber gespürt.

Vor der Scheidung rief ich noch die Eheberaterin an, um ihr mitzuteilen, dass ich mich nun definitiv für die Scheidung entschieden hätte und dass mein Mann mich nun selber in die Arme eines anderen geschickt hätte.

Sie antwortete mir etwas, das ich damals nicht verstand: «Ich verstehe dich als Mensch, aber als Christ verstehe ich dich nicht.»

Dieser Satz blieb mir. Was meinte sie damit? Meinte sie, dass Gott gegen meinen Entschluss war und er das Unmögliche von mir verlangte? Aber wie hätte ich diese Situation noch weiter aushalten sollen? Es waren auch nur noch solche «extremen» Christen wie sie und mein Bruder, die sich nach alledem für den Erhalt unserer Ehe aussprachen und Chancen sahen.

Katholische Freunde hingegen sahen das nicht so eng, und es gab ja wirklich sehr viele Paare, die sich vor Gott das gleiche Eheversprechen gegeben hatten wie wir und jetzt geschieden waren. Ich fragte mich öfters, was das ganze Zeremoniell überhaupt bringen solle. Was bringen diese ganze Religiosität und diese Versprechen, wenn die Menschen keine Ahnung haben, was echte Liebe ist, wie man Treue lebt und wie man einander richtig und endgültig vergibt, ohne dass es immer wieder weh tun und den anderen kaputt machen muss? Ein Leben lang hatte ich stolz geglaubt, diese Werte vorleben zu können, und nun hatte ich in allem versagt.

Was machen wir Menschen diesem Gott eigentlich vor? Und wieso greift er nicht ein und wäscht uns mal gehörig den Kopf? Gibt es ihn überhaupt? Für mich schien Gott immer weiter weg zu sein, und mir kamen oft die Worte von Luca in den Sinn:

«Wieso ist dir die Sache mit diesem Gott so wichtig? Schau dich doch mal um auf dieser Erde! Wenn es diesen Gott wirklich gäbe, würde es nicht so viel Leid geben hier. Nein, Gott gibt es nicht.»

Luca hatte als Kind einen ganz lieben Menschen verloren und wollte ab diesem Zeitpunkt nie wieder an Gott glauben. Er bezeichnete sich als Atheisten und genoss sorglos sein Leben, ohne jemals an ein Danach zu denken. Dass er kein bisschen an Gott glaubte, beunruhigte mich enorm, denn das war eines der wenigen, aber für mich wichtigen Dinge im Leben, die wir nicht gemeinsam hatten.

Zeitweise beneidete ich aber seine Sorglosigkeit und auch die anderer Gottlosen, die gar keine Schuldgefühle über ihre kaputten Ehen oder ihre Affären hatten und auch nur darauf bedacht waren, jeden Moment im Leben auszukosten. Ich schaffte es nicht, ebenfalls so zu denken wie sie, auch wenn ich langsam an Gott verzweifelte. Mein Gewissen plagte mich weiterhin, und meine Seele spürte einfach, dass es ein Danach geben musste. Wo dieses «Leben danach» für mich nun wirklich zu finden war, wusste ich nicht, und ich lebte in der ständigen Angst vor dem Sterben.

Nach unserem traurigen Scheidungstag, von dem ich bereits berichtet habe, hoffte ich jeden Morgen, mit erleichterten Gefühlen zu erwachen, doch dem war nicht so.

Ich wollte und musste aber wieder glücklich werden und dachte ständig über Lucas Angebot nach: auf der wunderschönen kleinen maledivischen Insel, wo wir zusammen Ferien gemacht hatten, zu leben und zu arbeiten. Er hatte seinen Arbeitgeber gefragt, ob wir dort, für ein Jahr oder mehr, als Reiseleiterpaar die Verantwortung für die italienischen Gäste übernehmen durften, und dem schien nichts im Wege zu stehen.

Ich wollte weit weg von der Schweiz, denn ich musste einfach von meinen Problemen Abstand gewinnen und einen Neuanfang in meinem Leben wagen. Und wer weiß, es hätte ja auch sein können, dass ich mir, nach dieser Erfahrung, doch eine ernstere Zukunft mit Luca hätte vorstellen können; mein Herz und meine Gedanken mussten aber zuerst noch ganz frei werden, bevor ich so eine Entscheidung treffen konnte.

Tony, der fast die ganze Zeit über meine Ehekrise und diese neue Liebe von außen erlebt hatte, sagte zu mir:

«Du kannst dir überall auf der Welt eine Auszeit nehmen, aber geh nicht mit Luca. Versuche, es alleine zu schaffen.»

Er hatte recht, aber erstens konnte ich nicht alleine sein, und zweitens war mein neuer Arbeitsort zu schön, um darauf verzichten zu wollen. Was wollte ich mehr, als in einem irdischen Paradies, wo Reisegäste ein Vermögen für eine Woche ausgeben, gratis zu leben?

Meiner Psyche würden die Sonne, die gut duftende, tropische Luft, der weiße, samtweiche Strand mit den prächtigen Palmen und das kristallklare, türkisfarbene Wasser mit seiner atemberaubenden Meereswelt einfach nur gut tun. Außerdem würde ich nie kochen müssen und nur immer die köstlichsten Speisen essen können. Es würde mir sicher auch nicht langweilig werden mit wöchentlich neuen, sympathischen Italienern und mit meinem Partner, der ein perfekter Entertainer war und mir meinen Liebestank täglich füllen würde.

Es ärgerte mich aber, dass Luca so eine Macht über mich hatte. Mit seinem Charme konnte er immer alle um den Finger wickeln, selbst meine moralisch streng denkenden Eltern hatten seltsamerweise nichts gegen diese Beziehung. Sie hätten alles gegeben, um mich wieder glücklich zu sehen, und sie hatten Luca ein paar Wochen nach der Scheidung in der Schweiz kennen gelernt. Da ich Tür an Tür mit ihnen wohnte, konnte ich es nicht vermeiden, dass sie ihn trafen.

Mit seiner sympathischen Art und der Offenbarung seiner ernsthaften Liebesgefühle für mich zog er sie auf seine Seite. Ich blieb aber immer schweigsam, wenn er über Hochzeit und Kinder mit mir redete. Eine zweite gescheiterte Ehe konnte ich mir nicht leisten, und ich würde ihn nie mehr lieben können als Stefan, den ich in meinem Herzen immer mitnehmen würde.

Es war paradox, dass gerade Luca über Ehe redete. Für ihn war dieser Bund nur ein Stück Papier, und Gottes Gebote waren ihm eh alle egal.

Ein kleiner Teil von mir hasste und verachtete ihn dafür. Ich hatte das Gefühl, dass er mich in allem manipuliert hatte und ich mich von ihm nun nicht mehr würde lösen können.

Er wiederholte ständig: «Du kannst ohne mich nicht leben», und ich begann, dies zu glauben.

Ich war sehr verwirrt, und nichts mehr in meinem Leben gab mir wirklich Sicherheit. Alle echten Überzeugungen hatte ich für meine Liebessucht über den Haufen geschmissen und genau so machte ich nun einfach weiter. Obwohl ich Luca kein bisschen vertraute und mich bei ihm keineswegs geborgen fühlte, brauchte ich ihn dennoch, um mich wertvoll und angenommen zu fühlen.

Auf meinen Neubeginn setzte ich aber trotz all dieser gemischten Gefühle meine ganze Hoffnung: Ich vertraute auf das Sprichwort «Die Zeit heilt Wunden» und war mir sicher, dass auch der Abstand sehr viel helfen würde. Die Kündigung für meine Wohnung und meinen Job hatte ich bereits geschrieben, aber noch nicht abgeschickt. Ich wollte zuerst noch meine Mitarbeiter und Freunde, Tony und Sarah, über meine definitive Entscheidung informieren.

Und jetzt bin ich wieder an diesem Punkt angelangt, an dem ich die Geschichte ab diesem besagten 18. August 2003 weitererzählen kann; dem Tag der schlimmen Diagnose meines Bruders und dem Tag, der alles in meinem Leben veränderte ...

Kapitel

Bedingungslose Liebe

«Denn wo zwei oder drei versammelt sind in meinem
Namen, da bin ich mitten unter ihnen.»

Jesus Christus (in Matthäus 18,20)

«Wenn ihr mich von ganzem Herzen sucht, will ich mich
von euch finden lassen.»

Jeremia 29,13

Nachdem ich an diesem schrecklichen Tag den bei mir geplanten Grillabend mit meinen Freunden abgesagt und die traurige Nachricht auch Stefan mitgeteilt hatte, machte ich mich auf den Weg zu meinem Bruder ins Krankenhaus. Im Auto war ich sehr aufgewühlt und weinte bitterlich. Nicht nur wegen Giusi, sondern auch, weil mein persönliches Leiden mit dem nun befürchteten Scheitern meiner Pläne nie ein Ende würde nehmen können; die Zukunft sah jetzt noch viel schlimmer aus und machte mir Angst.

«Mann, erlebe ich denn nur Mist in meinem Leben⸮! Wo bist du, Gott⸮», schrie ich verzweifelt.

Meine Beine fühlten sich schwach an, als ich vor dem Krankenzimmer meines Bruders stand. Er lag im Gebäude für innere Medizin des Kantonsspitals Aarau. Im langen Gang war niemand zu sehen, alles war ungewöhnlich still. Man spürte nur die schwüle Luft, die durch die großen offenen Fenster hereinkam. Ich stellte mir das große Leid hinter jeder einzelnen dieser Türen vor und die vielen betroffenen Familien, die mit demselben Schicksal konfrontiert waren; für solchen Schmerz gibt es keine Worte.

Selbst meinem Bruder wusste ich nun nichts Rechtes zu sagen; ich fühlte mich ohnmächtig und fürchtete mich davor, ihm nun in seinem kranken Zustand zu begegnen.

Gerade eine Woche zuvor hatten wir ein schönes und spontanes «Brother-Sister-Treffen» gehabt: Er hatte mein Auto auf der A1 entdeckt und ist so lange auf der Überholspur neben mir gefahren, bis ich ihn mit seinem dunklen, halblangen, lockigen Haar und seinen lustigen Faxen bemerkte. Das liebte ich an Giusi, er konnte manchmal wirklich so witzig sein. Wir nutzten die günstige Gelegenheit, um uns bei der nächsten Raststätte wieder mal richtig zu knuddeln und ein feines Eis miteinander zu essen.

Es war ein unbeschwertes Treffen, bei dem wir mehrheitlich über seine Familie sprachen. Er lobte jedes seiner Kinder und hatte eine riesige Freude an seiner kleinsten süßen Tochter, einem etwas pummeligen, wunderschönen Baby. Von seiner Krankheit war nichts zu spüren. Er sagte mir nur kurz, dass er sich im Moment sehr schlapp fühle. Doch er schob es auf die anstrengende Zeit mit seiner Selbständigkeit und auf den heißen Sommer.

Und jetzt, nur sieben Tage später, hatte sich das Leben für ihn schlagartig zum Schlimmsten hin verändert.

Ich war mir sicher, dass er alleine in seinem Zimmer war. Ich klopfte kurz an und öffnete die Tür, doch er war gar nicht alleine; drei Männer waren bei ihm.

Giusi strahlte mich an und rief: «Ciao, Monica!»

Ich blieb an der Tür stehen, grüßte alle von dort aus und sagte: «Ich komme später noch mal wieder», und machte die Türe schnell wieder zu. Ich war total verlegen und überhaupt nicht in der Verfassung, mit Fremden mein Leid über meinen Bruder zu teilen.

Einen von ihnen hatte ich sogar erkannt; es war Jonathan, der Pastor aus Giusis Kirche. Die anderen zwei hatte ich noch nie gesehen, ahnte aber, dass sie auch zu seiner christlichen Gemeinde gehörten. Die Atmosphäre schien mir irgendwie zu «heilig», um da hineinzugehen; wer weiß, was sie alles von mir wussten! Mein Bruder hatte ihnen bestimmt schon mal etwas von seiner unverbesserlichen Sorgenschwester erzählt.

Draußen war es noch hell, und ich wollte zum Krankenhauspark, um dort zu warten, bis Giusi wieder alleine wäre.

Plötzlich ging die Türe auf, und einer von seinen drei Freunden sagte zu mir: «Komm doch rein, wir wollten gerade mit deinem Bruder beten, aber du kannst dich auch zu uns setzen.»

«Oh, nein!», erwiderte ich blitzartig. «Ich will nicht stören, ich komme einfach später noch mal vorbei».

Ich vor anderen beten? Nein, das geht gar nicht, waren meine spontanen Gedanken. Mir war ganz mulmig zumute.

«Nein, komm doch, Monica!», rief mein Bruder aus dem Zimmer. «Schau, du kannst auf diesem Stuhl Platz nehmen. Ich freue mich, wenn du auch dabei bist.» Er zeigte auf einen leeren Stuhl an einem kleinen Tisch, um den sie bereits saßen.

144

Ich fühlte mich sehr unwohl, doch da es der dringliche Wunsch meines Bruders war, trat ich zögernd ein.

Es war schwierig, vor diesen unbekannten Leuten meinem lieben Bruder all mein Mitgefühl für seine schlimme Situation zu äußern. In diesem weißen Krankenhauskittel sah er nun so hilflos aus, dass es mir fast das Herz zerbrach. Ich nahm seine schönen, gepflegten Hochbauzeichner-Hände in die meinen und schaute ihn wortlos mit all meiner Schwesterliebe an. Die Begegnung war sehr emotional, doch ich versuchte, mich vor den anderen zu beherrschen.

Er stellte mir kurz seine Freunde vor, die alle ungefähr in seinem Alter waren, und sagte, dass sie gleich anfangen wollten, zu beten.

Oh nein, so was kann ich nicht. Wieso bin ich nur geblieben? Am liebsten wäre ich schnell geflüchtet.

Als sie startbereit waren für das Gebet, hielten sie sich an den Händen und bildeten sozusagen einen Kreis. Meine Hände nahmen sie auch. Sie schlossen die Augen und beugten den Kopf etwas nach vorne. Es war seltsam für mich, doch ich machte ihnen alles nach.

Plötzlich spürte ich einen sanften, zärtlichen Hauch an meinem Nacken. Ich bekam eine Gänsehaut, denn es war ein wunderschönes Gefühl. Ich bemerkte, wie ein warmer, freundlicher Strom durch meinen ganzen Körper floss; so etwas hatte ich noch nie erlebt. Dieses wunderbare Gefühl ist schwer zu beschreiben: Es fühlte sich an, als ob ich von einer übernatürlichen Liebe sanft gestreichelt würde. Ich war sehr berührt, denn es konnte nur Gottes Gegenwart sein.

Mein Bruder war der Erste, der betete. Zu meinem Erstaunen bedankte er sich bei seinem himmlischen Vater. Er dankte Gott für das Leben, das er ihm geschenkt hatte, und für alles Schöne, das er ihm gegeben hatte. Sein Gebet war voller Dankbarkeit und Lob für Gott. Er nahm seine Krankheit an und wusste sich in den Händen Gottes geborgen; sein Wille solle geschehen. Er betete für seine wunderbare Frau und seine Kinder, dass sie nun Kraft bekämen, um alles durchzustehen. Dann schloss er auch unsere Eltern, mich, die ganze Familie und seine Glaubensgeschwister mit ein.

Er sprach ein langes, demütiges, dankbares, wunderschönes Gebet, und er sprach zu Jesus wie zu seinem besten Freund. Giusis Frieden in seinem Unglück war unglaublich.

Wie geht das?, fragte ich mich erstaunt. Wie konnte er so ruhig sein und dieses Schicksal so annehmen? An seiner Stelle hätte ich Gott nur angefleht, mich so schnell wie möglich zu heilen.

Überhaupt fiel mir auf, dass sich meine Gebete deutlich anders anhörten. Meine waren eher von einer ehrfürchtigen, aber distanzierten Beziehung zu Gott geprägt, seine jedoch von einer sehr herzlichen und persönlichen. Die Liebe, die mein Bruder für Gott empfand, vor allem in so einem furchtbaren Moment, war für mich noch etwas völlig Unverständliches.

Seine Freunde beteten ähnlich wie er, aber ausdrücklich um Heilung. Als sie alle fertig waren, überwand ich meine Scheu und betete mit klopfendem Herzen, in zwei kurzen Sätzen, um ein Wunder und um Kraft. Ich war sehr bewegt, dass die ganze Zeit des gemeinsamen Gebets dieser göttliche Liebeshauch nie von mir gewichen war.

Tränen liefen mir über die Wangen, und mein Bruder weinte nun auch. Ich wusste echt nicht, was ich ihm in diesem Moment sagen sollte, so ließ ich einen banalen Satz fallen: «Du kommst hier sicher bald wieder heraus.»

Mit lieben Worten antwortete er mir Folgendes: «Ich habe keine Angst. Es kommt so, wie es kommen muss. Ich weine wegen dir und wegen allen in unserer Familie, die Jesus noch nicht kennen. Schau dich an, Schwesterchen, du findest keinen wirklichen Frieden in deinem Leben. Wenn ich noch heute Abend sterbe, weiß ich, wo ich hinkomme. Ich weiß, dass ich dann sicher und geborgen bei Gott sein werde. Ich habe gar keine Angst zu sterben. Kannst du dasselbe von dir auch sagen? Wenn du heute noch sterben würdest: Wüsstest du, ob du sicher bei Gott wärst?»

Ich war perplex angesichts seiner Frage. Er war sich hundertprozentig sicher, in den Himmel zu kommen, und ich hatte bei ihm auch gar keine Zweifel darüber. Aber mir wurde in diesem Augenblick klar, dass mir etwas Entscheidendes fehlte. Giusi hatte so etwas wie ein Licht in sich, das ihn lebendiger machte als mich, obwohl er todkrank war und ich angeblich gesund.

Er wartete immer noch auf meine Antwort, die ich ihm jedoch nicht mit der gleichen Gewissheit geben konnte. Das beunruhigte mich sehr. Was sollte ich tun – und wie konnte ich das ändern? Wieso hatte ich diese Verbindung zu Gott nicht so wie er? So viele Male hatte ich verzweifelt um Vergebung für meine Sünden gebetet und fühlte mich trotzdem so fern von Gott. Was fehlte mir?

Ich war still und hatte nun wirklich beängstigende Gedanken. Ich erkannte in Giusis Gesichtsausdruck eine ehrliche Sorge um mich; seine Freunde, die unser Gespräch mitbekommen hatten, schienen mit ihrem Schweigen die Worte meines Bruders nur zu bestätigen:

«... du findest keinen Frieden in deinem Leben. Ich weine wegen dir, weil du Jesus noch nicht kennst ...»

Meine innerliche Verzweiflung war groß, doch ich versuchte immer noch als eine gut gläubige, christliche Frau dazustehen, indem ich sagte: «Aber ich bete doch auch zu Jesus, habe ja auch einen Glauben!»

Doch Giusi fuhr fort: «Geh nach Hause und lies in der Bibel, was Jesus für dich getan hat.»

Wieder wollte ich mich nicht als schlechte Christin zeigen und sagte: «Ja, ich habe eine Bibel zu Hause, die muss da irgendwo liegen.»

«Du sollst sie nicht unerreichbar im obersten Regal verstauben lassen, du sollst sie aufschlagen und lesen!»

In diesem Moment kam wieder ein wenig vom früheren, strengen Giusi zum Vorschein. Doch es ärgerte mich nicht, da es nun der Ratschlag eines todkranken Mannes war, der mir helfen wollte, den gleichen Frieden zu finden, den er in seinem Herzen hatte.

Ich weiß, dass mein Bruder mich sehr liebte. Er hatte mir oftmals «Ich hab dich lieb» gesagt und es auch gezeigt.

«Okay, ich werd's tun, ich verspreche es dir», sagte ich zu ihm, aber der Gedanke, dass ich die Bibel, dieses dicke, für mich bisher so unverständliche Buch lesen sollte, überforderte mich. In all den Jahren als Stewardess hatte ich in einigen Hotelzimmern, in denen ich übernachtete, ein

«Neues Testament» gefunden. Irgendwie freute mich dies immer, und ich habe ein paar Mal versucht, herauszufinden, wieso es die Lieblingslektüre meines Bruders war. Ich las ein paar Sätze, manchmal sogar ganze Abschnitte, aber ich konnte diese für mich zu obergeistliche Sprache einfach nicht verstehen.

In dieser knappen Stunde bei meinem Bruder spürte ich, dass Jesus eine wichtigere Rolle im Leben eines Menschen spielen sollte als nur die des Gebetserhörenden.

In diesen Momenten im Krankenhaus kamen mir nämlich auch zwei außergewöhnliche aufeinanderfolgende Begebenheiten ins Gedächtnis, die ich im Juni, also zwei Monate zuvor, erlebt hatte. Die erste im Flugzeug, als ich nach einem Wochenende in Jesolo von Venedig aus zurückflog.

Vor dem Flug, als ich bereits an meinem Fensterplatz saß und es nicht so aussah, als ob noch viele Passagiere kämen, hoffte ich, dass die Sitze neben mir frei bleiben würden. Es war wieder mal ein Tag, an dem es mir seelisch nicht besonders gut ging und ich keinen einzigen Satz mit jemandem wechseln wollte.

Nach ein paar Minuten sah ich einen Afrikaner hereinkommen, der mich an die penetranten umherziehenden Verkäufer am Strand erinnerte. So einen als Sitznachbarn konnte ich im Moment wirklich nicht gebrauchen, denn ich hatte schon immer die größte Mühe, sie am Strand loszuwerden. Aber der Zufall oder eben Nicht-Zufall wollte es, dass dieser Typ genau neben mir seinen Platz hatte.

Als er mein nicht wirklich erfreutes Gesicht sah, zeigte er mir sofort seine Boardingcard mit der Sitznummer und setzte sich. Nach dem Start fragte er mich in einem perfekten Italienisch: «Hast du an der Adria Ferien gemacht?»

«Ja», antwortete ich nicht besonders nett, drehte mein Gesicht ganz von ihm ab und schaute aus dem Fenster. Es war aber eigentlich gar nicht meine Art, so unhöflich zu sein, und mein Benehmen tat mir schnell leid. So fragte ich ihn dann auch, was er so in Italien mache, und war mir sicher, dass er unbrauchbares Zeug an Touristen verkaufte.

Seine Antwort war eine Überraschung: «Ich bringe verlorene Seelen zu Gott.»

«Was?!», fragte ich erstaunt. Er redete nicht gleich weiter, und ich hatte alle möglichen Fragen im Kopf, die ich ihm stellen wollte, sagte ihm aber zuerst: «Ich habe einen Bruder, der immer von Jesus redet.»

«Schön, das freut mich», sagte er.

«Ja, aber weißt du, es gibt so vieles, was ich in dieser Welt nicht verstehe. Du bist Afrikaner, wie erklärst du dir, dass Gott so viel Hunger in deinem Land zulässt und kleine, unschuldige Kinder sterben müssen?»

Mit viel Barmherzigkeit erklärte er mir: «Weißt du, die Menschen wollen Gott immer für alle Ungerechtigkeiten auf dieser Welt die Schuld zuschieben, doch an allen Ungerechtigkeiten in dieser Welt ist der Mensch selber schuld. Mein Volk ist auch nicht unschuldig, es wird bei uns sehr viel gestohlen, und die Erwachsenen machen furchtbare Dinge. Wenn alle nach Gottes Geboten leben würden, gäbe es keine Kriege, die Reichtümer, die Gott schenkt, wären gleichmäßig verteilt und die Menschen würden sich untereinander lieben und respektieren. Gottes Plan für seine Schöpfung war perfekt, aber er hat den Menschen einen freien Willen geschenkt, und bereits die allerersten zwei haben sich ihm widersetzt. Das hat die Sünde und demzufolge das Leid und den Tod in diese Welt gebracht. Das Herz des Menschen ist böse und zu allem fähig.»

Ja, das weiß ich; ich war ja auch zu so vielem Gott nicht gefälligen Zeug fähig – so lauteten meine Gedanken.

«Aber die Kinder können doch nichts dafür», entgegnete ich ihm.

«Den Kindern gehört Gottes Reich», sagte er ruhig und blieb wieder für eine Weile still.

Ich fand seine Erklärungen einleuchtend, und es tat mir leid, dass ich diesen lieben Mann gerade eben noch in meinem dunklen Herzen verurteilt hatte.

Urplötzlich bekam ich eine neue Liebe für Gott und stellte mir all diese Kinder satt und glücklich im Himmel vor. Ich fragte mich, wieso ich überhaupt begonnen hatte, an ihm zu zweifeln; vielleicht, um meine krummen Wege zu rechtfertigen, denn nicht wahr: Wenn Gott Fehler macht, können wir uns ja auch ein paar leisten! ...

Mein Sitznachbar fuhr fort: «Es gibt keinen Menschen auf dieser Erde, der nicht gegen Gott sündigt. Doch weil Gott die Menschen so sehr liebt und nicht will, dass sie verloren gehen, hat er seinen Sohn, Jesus Christus, in diese Welt geschickt. Er ist der einzige Weg zu einem Frieden mit Gott.»

Nach unserem kurzen, angenehmen Flug verabschiedete ich mich freundlich von ihm und bedankte mich für all seine Antworten, die mich an diesem grauen Tag so ermutigt und aufgebaut hatten; ich war froh, dass meine Gebete also an den Richtigen adressiert waren. Dass der Frieden mit Gott eine bewusste Entscheidung benötigte, hatte ich dort noch nicht verstanden.

In der Bibel las ich später, dass Gott manchmal Engel schickt, die wir nicht als solche erkennen, weil sie wie normale Menschen erscheinen. Heute fasziniert es mich, darüber nachzudenken, dass dieser Mann von Gott geschickt war, denn in Zürich am Flughafen verlor ich ihn plötzlich aus den Augen: Der schokobraune, unübersehbare Mensch war wie vom Erdboden verschluckt.

Die zweite Begebenheit fand wenige Tage später an einem herrlich warmen Abend am Zürichsee statt. Die Inhaberin der Modelagentur, für die ich immer noch ab und zu jobbte, hatte ein Barbecue in ihrem schönen Landhaus mit privatem Seezugang geplant und dazu ein paar Leute eingeladen.

Neben mir saß Paul, ein cooler, gut aussehender 34-jähriger Typ, und wir fingen an zu reden. Als ich ihm erzählte, dass ich sehr wahrscheinlich die Schweiz verlassen würde, um auf den Malediven zu arbeiten, fragte er mich gleich, wieso ich dies machen wollte.

«Ich habe mich vor kurzem scheiden lassen und brauche Distanz von meinem Ex-Mann. Ich habe nun auf einer traumhaften Insel eine tolle Arbeitsmöglichkeit mit meinem neuen Partner.»

Unerwartet fragte er mich: «Bist du sicher, dass Gott damit einverstanden ist?» Seine Frage traf mich direkt in mein Gewissen, und er sagte weiter: «Weißt du, ich habe persönlich erfahren, dass es nicht Gottes Wille ist, dass ein Ehepaar auseinandergeht. Und es schmerzt ihn sehr, wenn wir außerhalb der

Ehe eine Affäre haben. Ich habe immer wieder meine liebe Frau betrogen und habe meiner eigenen Seele damit geschadet. Irgendwann einmal hat mich ein Freund in eine große Freikirche in Zürich mitgenommen. Die Predigt dort hat mich so sehr bewegt, dass ich weinen musste. Mein Freund hat mir dann angeboten, dass er und ein paar andere mit mir beten würden, und ich habe es zugelassen. Am selben Tag habe ich mein Leben Jesus Christus übergeben und bin ein neuer Mensch geworden. Ich bin heute wieder glücklich mit meiner Frau und unseren Kindern. Jesus hat mir geholfen und hilft mir immer noch, die Finger vom Feuer zu lassen.»

Wow! Diese Geschichte beeindruckte mich sehr. Dass ein Fotomodell mir so ehrlich von seiner Erfahrung mit diesem anscheinend so nahen und greifbaren Jesus erzählte, erstaunte mich. Ich sagte ihm, dass ich mich noch nicht definitiv für die Auswanderung entschieden hätte und dass ich mir tatsächlich nicht sicher war über meinen neuen Freund. Doch ich sagte ihm auch, dass ich unmöglich zu meinem Ex-Mann zurückkönnte, und erzählte ihm ein wenig von meinem Leid.

Da Paul in der Nähe meines Wohnortes lebte, fuhr er mich später nach Hause. Als wir bei mir ankamen, fragte er mich, ob er noch für mich beten dürfe.

Ich war ein wenig verlegen, antwortete aber mit einem Ja.

Er betete für mich um Weisheit, die richtige Entscheidung zu treffen, und dass Jesus mich führe.

Diese zwei Erfahrungen und die, die ich soeben in diesem Krankenzimmer gemacht hatte, ließen mich ahnen, dass dies alles keine Zufälle mehr sein konnten. Eine übernatürliche Kraft, die ich zu dieser Zeit noch nicht definieren konnte, war gerade dabei, mich zu ziehen – und dies auf eine sehr freundliche und dezente Weise. Nun wollte ich so schnell wie möglich nach Hause, um mit Jesus ganz persönlich zu reden. Nur er wusste, wie sehr ich seinen beständigen Frieden, den diese Christen alle zu haben schienen, auch nötig hatte.

Ich verabschiedete mich von meinem Bruder und seinen Freunden und konnte es kaum erwarten, wieder alleine zu sein. Auf dem Krankenhausparkplatz angekommen, stieg ich sofort ins Auto und sprach bereits dort verzweifelt und zum ersten Mal ein etwas anderes Gebet:

«Jesus, wenn es dich wirklich so real und nah gibt, dann will ich dich genauso kennen lernen, wie dich mein Bruder kennt! Ich kann nicht einmal für ihn beten. Ich spüre genau, dass ich unwürdig bin vor dir. Meine bisherigen Gebete fanden irgendwie keinen Zugang zu dir, und ich möchte für meinen Bruder auch eine betende Hilfe sein! Bitte hilf mir, ich brauche dich in meinem Leben! Aber bitte lass mich alles schnell entdecken, ich habe keine Zeit und Geduld, lange in der Bibel zu suchen. Danke, Jesus!»

Zu Hause angekommen, suchte ich gleich überall meine Bibel, fand sie aber nirgends. Vielleicht lag sie noch in einer ungeöffneten Umzugskiste auf dem Dachboden. Giusi hatte sie mir ein paar Jahre zuvor geschenkt, aber ich hatte, ehrlich gesagt, nie darin gelesen. Da die Suche zu lange gedauert hätte, ging ich rüber zu meinen Eltern – meine Mutter hatte bestimmt eine. Sie war es auch, die mir viele Bibelgeschichten erzählt hatte, als ich noch klein war.

Meine Eltern waren keine Kirchgänger, aber meine Mutter hatte begonnen, die Bibel zu lesen, als sie mit mir im siebten Monat schwanger war. Kurz zuvor hatte sie mit ihren eigenen Augen gesehen, wie mein Bruder Giusi, damals neun, von einem Auto angefahren wurde. Er musste mit der Ambulanz ins Spital, obwohl er keine großen Verletzungen erlitten hatte. Als sich unsere Mama von dem großen Schock wieder erholt hatte, ging sie als Erstes eine Bibel kaufen, denn sie war Gott unendlich dankbar für seine Bewahrung und wollte ihn besser kennen lernen.

Als Nachzüglerin hatte ich das Privileg, meine Mami jeden Morgen alleine zu genießen. Das war eine wunderschöne Zeit. Ich weiß noch, wie sie mich mit viel Liebe und Zärtlichkeit anschaute, während sie mir mein weich gekochtes Ei löffelte und mir sagte, wie sehr Jesus mich und alle anderen Kinder auf der Welt liebte. Das schenkte mir damals ein tiefes Gefühl von Schutz und großer Geborgenheit neben all der Liebe, die ich zu Hause erhielt. Jeden Abend kam meine Mutter zu mir ans Bett und betete mit mir. Ich kann mich heute noch an ihren wunderbaren Mami-Duft erinnern.

Während ich also im Bücherregal meiner Eltern nach einer Bibel suchte, stach mir ein hellgrünes, fast neonfarbenes Taschenbuch in die Augen. Es war auf Italienisch, und der Titel hieß übersetzt: «Jesus, unser Schicksal». Plötzlich spürte ich wieder diesen wunderschönen, sanften, streichelnden Hauch, der mich erneut berührte. Ich hatte nun keine Zweifel mehr, dass mich Gott höchstpersönlich führte, und so nahm ich dieses Buch, öffnete es und staunte nicht schlecht, als ich die Kapiteltitel las:

«Gott ja, aber warum auch Jesus⸮»

«Wozu lebe ich⸮»

«Warum schweigt Gott⸮»

«...⸮»

Das waren ja genau meine jetzigen dringenden Fragen! Ich jubelte innerlich vor Freude, denn ich war so begeistert, dass mir Jesus bereits eine halbe Stunde nach meiner ehrlichen Bitte geantwortet hatte. Wie konnte es sein, dass er so nah bei mir war und mein Gebet ganz klar erhört hatte⸮ Seit meinem Ehebruch hatte ich das quälende Gefühl, es nie wiedergutmachen zu können und sicher schon gar nichts mehr von ihm erbitten zu dürfen. Und jetzt war *er* es, der mir entgegenkam⸮

Ein Gott, von dem ich dachte, dass er weit weg oben im Himmel ist und dass es sich um einen riesigen Glücksfall handeln musste, wenn er sich, neben allen Katastrophen in dieser Welt, auch noch um meine eigenen kleinen Monica-Masi-Sorgen kümmerte⸮ Mein kindlicher Glaube, den ich mit etwa neun Jahren abgelegt hatte, wachte langsam wieder auf.

Die Stimmung bei meinen Eltern war natürlich sehr bedrückt. Sie wollten, dass ich ein wenig bei ihnen bliebe und ihnen von meinem Treffen im Krankenhaus erzählte. Ich hatte es aber sehr eilig, weil ich so schnell wie möglich mit meiner Lektüre beginnen wollte. Ich sagte ihnen nur, dass ich von Giusis Glauben sehr beeindruckt war und dass ich ihn ruhig erlebt hatte. Das war für sie ein schwacher Trost, denn gerade jetzt war Gott für alle am schwersten zu verstehen; die Realität mit ihren schlechten Prognosen war niederschmetternd. Ich umarmte meine Eltern fest und ging.

Zu Hause machte ich es mir in meinem Bett gemütlich und begann, das Buch zu lesen. Es beinhaltete zu Papier gebrachte Predigten von Wilhelm Busch, einem Pfarrer, der diese in der Zeit des Zweiten Weltkrieges im Ruhrpott Deutschlands gehalten hatte. Auf eine sympathische, aber sehr direkte und ehrliche Weise machte er dem Leser klar, wieso wir Menschen in unserem Leben, und vor allem für die nie endende Ewigkeit, Jesus so nötig haben. Er erklärte, wer Jesus wirklich ist, wieso ihn sein Vater auf diese Erde geschickt hat und wieso er am Kreuz sterben und danach wieder auferstehen musste.

Es fiel mir immer mehr wie Schuppen von den Augen, und ich verstand, dass ich von Natur aus schon immer als sündhafter Mensch von Gott getrennt war – und dass ich als solcher auch nicht durch die Sakramente oder die Zugehörigkeit zu einer irdischen Kirche einen automatischen Zugang in den Himmel hatte. *Deshalb war für mich Gott immer so fern, und deshalb fühlte ich so eine Todesangst!,* kam es mir glasklar in den Sinn.

Der Liebeshauch machte sich wieder bemerkbar und wurde intensiver, als ich beim Weiterlesen begriff, dass Jesus auch für meine ganz persönliche Lebensschuld am Kreuz gestorben war und er der Einzige war, der mich von dieser Last erlösen und diese Wand zwischen mir und seinem Vater durchbrechen konnte. Also konnten mich weder Religiosität noch irgendwelche guten Werke retten, sondern einzig und allein Jesus Christus. Erst jetzt ergab sein Satz: «Ich bin der Weg, die Wahrheit und das Leben, ohne mich kommt niemand zu meinem Vater», einen Sinn!

Ich hatte schon ein paar Mal die Szene der Ehebrecherin in Jesusfilmen gesehen und immer gedacht, dass diese Frau schon extremes Glück gehabt hatte, dass Jesus gerade zu dieser Zeit auf der Erde war und ihr persönlich vergeben konnte. Jetzt, wo er nicht mehr zu sehen war, wusste ich nicht, ob er immer noch die gleiche barmherzige Person war und ob er wirklich noch so eins zu eins vergeben konnte. Mit der Beichte wusste es der Pfarrer, ja, aber ging die Message wirklich durch die Himmelssphären hindurch an die eigentliche Adresse?

Die Gewissheit, dass mir von Gott persönlich vergeben war, hatte ich, ehrlich gesagt, noch kein einziges Mal in meinem Leben gehabt. Aber an diesem Abend war Jesus ganz nah bei mir, und ich spürte, wie sein Geist mich mit einer unbeschreiblichen Liebe umhüllte. Tränen flossen mir ununterbrochen über die Wangen, und mein Herz begann sich mit immenser Reue und Demut zu füllen, als ich realisierte, dass dies eine reale Begegnung mit dem wunderbaren, auferstandenen und lebendigen Gott war.

Was diese Ehebrecherin knapp 2000 Jahre zuvor erlebt hatte, passierte am 18. August 2003 in meinem Zimmer. Jesus war immer noch derselbe, und er verurteilte mich nicht. Nein, er kam, um mich zu erlösen.

Ich hörte nämlich die folgenden Worte in meinem Herzen: «Komm zu mir, plage dich nicht weiter, ich habe bereits die Strafe für alle deine Sünden bezahlt. Du kannst frei sein, komm!»

Schluchzend sagte ich laut: «Ja, ich will. Bitte, vergib mir alles, was ich in meinem Leben falsch gemacht habe, alles! Es tut mir sehr leid, dass ich so lange nicht gewusst habe, wieso du gestorben bist. Ich kann dir nie genug danken.»

In diesem Taschenbuch stand noch folgender Bibelvers:

«Wer den Sohn hat, der hat das Leben, wer den Sohn nicht hat, der hat das Leben nicht.»

Natürlich wollte ich den Sohn haben! Ich wollte dieselbe Gewissheit haben wie mein Bruder. So bat ich gleich weiter: «Jesus, bitte komm in mein Leben und führe du es. Du weißt am besten, was gut für mich ist. Sei du mein Herr!»

Nach diesem Gebet aus tiefstem und ehrlichstem Herzen geschah das größte aller Wunder in meinem Leben: Meine Sünden fielen spürbar wie Felsstücke ab von meiner Seele, und ich fühlte mich auf einen Schlag von einer bedrückenden, schweren Last befreit. Ich hätte vor Leichtigkeit fast abheben können: Mein schlechtes Gewissen war weg! Jetzt weinte ich laut vor Freude, und es gab nur ein einziges Wort, das ich ständig wiederholte: «Danke! Danke! Danke!»

Ich konnte es nicht fassen: Bis vor ein paar Stunden fühlte ich mich so schuldig vor Gott, und jetzt war ich so frei! Es war so, als ob ich von einer unheilbaren Krankheit geheilt worden wäre und man kein Zeichen und keine Spuren mehr von meinem langen Leiden sehen konnte. Zudem fühlte ich mich von einer Liebe umhüllt, die mir bis dahin völlig unbekannt war: Kein Mensch auf Erden hätte mir jemals eine so vollkommene und bedingungslose Liebe geben können.

Überwältigt von meinem neuen Frieden nahm ich wieder mein Büchlein zur Hand und las überglücklich weiter. Am liebsten wäre ich gleich zu Giusi gegangen, um ihm von diesem Wunder zu erzählen, doch es war schon Mitternacht. Mein lieber Bruder, er hatte die ganze Zeit nur einen Wunsch: dass sein Erlöser auch mein Erlöser wird. Dreizehn Jahre lang war ich eine harte Nuss und auch schwer von Begriff gewesen, und irgendwie war mein Herz nie wirklich offen für Gottes wichtigste Botschaft.

Irgendwann schlief ich ein. Als ich am Morgen aufwachte, sah ich das Buch neben mir auf dem Bett liegen. Es war also wahr, ich hatte nicht geträumt! Und ich fühlte mich so anders, so glücklich und so frei. Ich kniete auf dem Boden nieder, bedankte mich erneut bei Gott und versprach ihm, dass ich ihm nie mehr den Rücken kehren würde! Mein Frieden mit ihm fühlte sich besser an als alle Lottogewinne der Welt: Ich hatte keine Angst mehr vor dem Tod, denn meine Ewigkeitsfrage war geklärt, mein Gewissen war sauber, als ob ich in meinem Leben noch nie etwas falsch gemacht hätte. Ich fühlte mich vom Chef des gesamten Universums angenommen und geliebt. Was wollte ich noch mehr?

Die Umstände in meinem Leben waren zwar immer noch alle gleich schwierig geblieben, aber meine Seele war geheilt, und ich fühlte mich nun von einem Gott getragen, der bestimmt größer war als all meine Sorgen. Von nun an vertraute ich ihm, wie ein kleines Kind seinem wunderbaren Daddy vertraut. Und das war genau das, was mir den größten Segen ins Leben gebracht hat und immer noch bringt.

Es ist ein Paradox, dass der schlimmste Tag in meinem Leben zugleich der allerschönste wurde. Das Leid meines Bruders und der Schmerz darüber waren noch da, aber mein persönliches Lebensleid war verschwunden. Ich weiß nicht, wie ich die weiteren Monate durchgestanden hätte, ohne Jesus an meiner Seite zu wissen, und überhaupt, wie mein Leben heute aussehen würde, wenn ich nicht zu Gott umgekehrt wäre. Ich will nicht einmal daran denken!

An diesem Morgen lief ich völlig verändert in mein Büro, besser gesagt, Großraumbüro mit dreißig Leuten. Bis zu meinem Arbeitsplatz musste ich etwa an der Hälfte der Kollegen vorbei, und ich hatte in den letzten Monaten beim Durchmarschieren immer auf den Boden geschaut, bis ich meinen Bürotisch erreicht hatte. Dann versteckte ich mich gleich hinter meinem PC. Dies, um die teils bemitleidenden und teils verurteilenden Blicke zu vermeiden.

Aber an diesem Tag lief ich mit erhobenem Haupt hinein, schaute allen ins Gesicht und grüßte freundlich. Dies fiel mir erst später auf. Gott hatte mir vergeben und stand voll zu mir. Wofür sollte ich mich noch schämen? Jesus hat gesagt: «*Wer ohne Sünde ist, werfe den ersten Stein.*» Für mich war es nun ein fantastisches Gefühl, mich nicht mehr um die Verurteilung von Menschen kümmern zu müssen, sondern unter der Gnade Gottes leben zu können. Dieses neue, bewusste Glück wirkte sich sehr schnell und positiv auf mein ganzes Selbstwertgefühl aus: Von diesem Tag an war auch mein furchtbar belastendes Stottern weg, das mich in der letzten Zeit so gequält hatte.

Tony hatte das Team bereits über meine familiäre Situation informiert, und so kamen meine Mitarbeiter alle auf mich zu, als ich meinen Arbeitsplatz erreichte. Ich hatte wirklich ganz tolle Leute in meinem Team. Sie alle zeigten mir ihr ganzes Mitgefühl und fragten mich, wie ernst die Lage wäre. Eigentlich erwarteten sie mich an diesem Morgen überhaupt nicht im Büro, und ich dachte anfangs auch nicht, dass ich mit diesem zusätzlichen Leid in der Familie in der Verfassung sein könnte, zur Arbeit zu gehen.

Doch es war eine neue, übernatürliche Kraft in mir, und

mein Team war sehr überrascht, dass ich nicht wie ein Häufchen Elend vor ihnen stand. Nachdem sie mich in den letzten Monaten so leiden gesehen hatten, befürchteten sie, dass mir nun dieser neue Schicksalsschlag ganz den Boden unter den Füßen wegziehen würde. So standen sie nun um mich herum und schauten mich kritisch an.

Ich spürte ihre Gedanken und sagte: «Für unsere Familie ist wirklich eine Welt zusammengebrochen. Aber ich bin trotz dieser tragischen Umstände getröstet; Gott ist bei meinem Bruder und auch bei mir.»

«Oh, das ist aber schön, wenn du das so sagen kannst», meinte Karl, der kurz vor seiner Pensionierung stand. «Ich wünsche es deinem Bruder und eurer ganzen Familie, dass alles gut kommt.»

Ich schätzte Karl sehr. Er war ein sehr freundlicher und sensibler Herr, der immer wieder meinen korrekten Führungsstil und meinen Einsatz für ältere Mitarbeiter lobte.

Wenigstens etwas mache ich richtig in meinem Leben, dachte ich immer wieder, wenn er mir Anerkennung aussprach.

Jeder Mitarbeiter, aber auch jeder Vorgesetzte hat mir in meiner schweren Zeit bewusst oder unbewusst die richtigen Worte im richtigen Moment gegeben, und ich machte meinen Job in diesem Umfeld wirklich sehr gern. Heute sehe ich diese Arbeitsstelle als eine riesige Gebetserhörung: Gott wusste, dass es die richtige Stelle für mich war, um in der Zeit, als ich noch ohne ihn lebte, nicht ganz tief zu fallen.

Als sie alle wieder an ihre Arbeitsplätze zurückkehrten, fragte mich Tony, der vis-à-vis von mir saß: «Hey, geht's dir wirklich gut?»

«Ja, mach dir keine Sorgen, ich werde dir nachher etwas erzählen», erwiderte ich.

«Okay. Du kannst voll mit mir rechnen. Nimm dir alle Zeit für deine Familie, ich schaue hier schon, dass alles funktioniert.»

So ein Schatz, dachte ich.

Tony war nicht nur ein sehr guter Freund geworden, er machte auch seine Arbeit als Stellvertreter bestens. Mit seiner überragend sympathischen Art schaffte er es immer wieder, mich aufzumuntern. Selbst in den traurigsten Tagen brachte er mich zum Lachen. Da ich mit ihm so gut auskam und wir viel zusammen waren, auch an After-Work-Partys, meinten viele, dass wir ein Paar wären. Über mich gab es genug Gerüchte, aber dieses war völlig daneben: Zwischen Tony und mir gab es wirklich nie auch nur den winzigsten Kuss auf den Mund, und heute gehören er und seine Frau zu unseren besten Freunden.

Bei der nächsten Kaffeepause erzählte ich ihm wie auch Sarah, was mir in der Nacht passiert war. Sie schauten mich erstaunt an. Das, was ich erlebt hatte, faszinierte Sarah sehr, und sie hörte erfreut zu.

Sarah, auch so ein Goldschatz: Sie beschützte mich immer vor allen zusätzlichen Emotionen, indem sie unser Radio sofort abstellte, wenn Herbert Grönemeyer mit seinem wunderschönen, aber traurigen Song «Mensch» zu hören war. Dieses Lied rührt mich heute noch zu Tränen.

Tony freute sich auch für mein neues Glück, war aber zu diesem Zeitpunkt für meine neuen Erkenntnisse in Bezug auf den christlichen Glauben nicht offen.

Den ganzen Tag über konnte ich nicht mit Giusi sprechen. Er hatte noch nicht mit der Chemotherapie begonnen und immer wieder Besuch gehabt. Inzwischen waren auch meine Nonna und meine Tante von Jesolo in die Schweiz gereist. Mein Großvater war vor einem Jahr gestorben. Meine Tante hatte sogar bis zum Jahresende unbezahlten Urlaub genommen, um bei der Familie zu sein und um zu helfen, wo sie nur konnte. So war und ist meine Familie eben; einer für alle und alle für einen.

Dieser Tag war der Tag meines Neubeginns. Ich war, wie es die Bibel sagt, und wie es auch Paul an jenem Barbecue-Abend am See von sich gesagt hatte, ein neuer Mensch:

«Ist jemand in Christus, so ist er eine neue Kreatur, das Alte ist vergangen, Neues ist geworden.»

Genauso fühlte ich mich, und alles ging von diesem Tag an leichter, ohne irgendeine kleinste Sorge über meine Vergangenheit. Das, was geschehen war, klagte mich nicht mehr an. Ich verbrachte meine Mittagspause, indem ich «Jesus unser Schicksal» fertig las und dachte: *Wenn ich mal im Himmel bin, werde ich diesen Pfr. Wilhelm Busch suchen und ganz lange umarmen.* Ich stellte mir vor, dass bei ihm die Leute Schlange stehen, denn mittlerweile kenne ich sehr viele Menschen, die sich durch dieses kleine Buch Jesus Christus zugewandt haben. Dieser sehr sympathische Pfarrer hat mir, wie mit einem Hammer, die ganze Wahrheit über Gott in Kopf und Seele geschlagen. Doch es war genau das, was ich brauchte.

Am 18. August 2003 hatte ich, seelisch gesehen, eindeutig den Tiefpunkt in meinem Leben erreicht und konnte nichts anderes tun, als in meinem Sumpf nach der ausgestreckten, rettenden Hand von Jesus zu greifen. Ich wünschte, ich hätte dies viel früher getan, als der Sumpf noch weit und breit nicht zu sehen war … Ich hätte mir viel Leid ersparen können. Stattdessen habe ich immer gedacht, dass ich mein spannendes Leben verlieren würde, wenn ich ein echter Christ geworden wäre. Was für eine Täuschung!

Nun hatte Gott in meinem Leben die RESET-Taste gedrückt und gab mir die Chance, wieder von vorne zu beginnen. Bis dahin hatte ich mein Bild vom Leben selber gemalt und erkannt, dass es niemals ein Kunstwerk geworden wäre; zu viele unschöne, dunkle Schatten und Flecken waren darauf. Gott gab mir eine neue Leinwand, eine ganz weiße, und ich traute mich von da an nicht mehr, den Pinsel selber in die Hand zu nehmen. Ich wusste, dass nur mein Schöpfer mein Leben mit den schönsten Bildern und wunderbarsten Farben malen könnte. Denn nur er allein kannte seinen göttlichen Plan mit mir und hatte den Überblick über alles.

Nun war ich gespannt auf dieses neue Abenteuer!

Kapitel 9
Keine Zukunft auf der Trauminsel

Mein Bruder musste unbedingt wissen, dass seine Worte, die er noch keine 24 Stunden zuvor an mich gerichtet hatte, bei mir diesen Erfolg hatten. Er war sicher müde vom ganzen Tag, aber ich wusste, dass meine Nachricht ihn aufmuntern würde, und so ging ich am Abend noch kurz zu ihm.

Sobald wir alleine sein konnten, erzählte ich ihm mit einem Strahlen, was ich erlebt hatte. Dieses Treffen war sehr emotional: Wir weinten beide, diesmal vor Freude und Dankbarkeit, denn meine Errettung war für ihn eine große Gebetserhörung.

Ich erzählte Giusi von diesem Hauch, den ich bei ihm während des Gebets zum ersten Mal gespürt hatte, und er erklärte mir, dass es der Heilige Geist war, der mich zu Gott ziehen wollte. «Wenn wir Jesus in unser Leben einladen, kommt er durch den Heiligen Geist zu uns. So lebt nun Gottes Geist in dir und wird dich richtig führen», sagte er mir mit sehr viel Liebe.

Jetzt endlich hatte ich eine Vorstellung, wer der Heilige Geist war! So lange Zeit war dies ein langweiliger, völlig abstrakter und nicht greifbarer Begriff gewesen. Ich verstand nun, wieso mein Denken plötzlich so anders war: Schon von diesem ersten Tag als Christ an sahen meine Augen überall Leid und Sünde, und wenn jemand fluchte, fühlte es sich wie ein Schwerthieb in meinem Herzen an.

Früher habe ich an großen Bahnhöfen die Leute immer gerne beobachtet und mir aus der Distanz meine Gedanken über sie gemacht. Aber nun sah ich die tiefe Traurigkeit in diesen vielen Seelen, und es war mir überhaupt nicht gleichgültig. Bis vor wenigen Stunden war ich mit demselben deprimierten Gesicht wie manche dieser Leute herumgelaufen. Jetzt wäre ich am liebsten zu diesen Menschen hingegangen und hätte ihnen gesagt: «Hey, Gott liebt dich! Egal, wie viele Fehler du in deinem Leben gemacht hast. Er steht zu dir, egal, was andere von dir denken!» Aber ich hatte noch keinen Mut, wildfremden Menschen die Botschaft von Jesus zu erzählen.

Am nächsten Tag musste mein Bruder mit der Chemotherapie beginnen und wurde in ein Isolationszimmer verlegt. Wir durften dann nur noch mit Mundschutz zu ihm hinein und ihm auch nicht mehr nahekommen. Das war für alle, vor allem für seine Familie, sehr hart.

Für seine Frau und die älteren beiden Kinder, die die Ernsthaftigkeit der Situation schon verstanden, war es furchtbar, dieses Schicksal anzunehmen. Die Kleinsten merkten auch, dass irgendetwas durcheinandergeraten war. Die Angst, ihn zu verlieren, war bei uns allen sehr groß.

Und meine eigenen Pläne? Die hatte ich bereits ganz über Bord geworfen, nur musste ich es noch meinem Partner mitteilen. Ich ahnte, dass Luca enttäuscht reagieren würde, hoffte aber auf sein Verständnis. Denn ich konnte mir überhaupt nicht vorstellen, meine Familie mitten in dieser Tragödie zu verlassen.

Etwas anderes spürte ich nun auch intensiver: Ich konnte diese Beziehung so unmöglich weiterführen. Ich merkte jetzt genau, dass Gott dagegen war, denn ich hatte keinen Frieden darüber. Wenn ich an Luca dachte, fühlte ich eine ähnliche Furcht wie damals in Mailand, nachdem ich meinen Ehebruch realisiert hatte.

Auf einmal sprach Jesus in mein Herz: «Du darfst nicht mehr mit ihm schlafen, er ist nicht dein Ehemann.»

Ich habe mich oft gefragt, ob die berühmte Ehebrecherin in der Bibel die Worte Jesu «Geh und sündige nicht mehr» befolgen konnte, denn für mich sah die Sache mit dem Verzicht vor meiner Bekehrung sehr schwierig aus. Die Versuchung und die Lust waren immer stärker gewesen. Mit 28 ohne Sex leben? Geht doch nicht ...

Nun hatte ich die Antwort: Nach dieser wunderbaren Begegnung mit Gottes Sohn war es ihr sicher genauso gegangen wie mir; die Kraft und die Liebe Gottes in mir waren plötzlich größer, so dass ich freiwillig «Nein, ich will das auch nicht mehr» sagen konnte. Unglaublich! Wenn mir das jemand vorher prophezeit hätte, dass ich mich auf diesem Gebiet so drastisch verändern würde, hätte ich das als unrealistisch bewertet.

Ich spürte deutlich, dass Gott keine Kompromisse mit dieser Welt macht und er seine Worte auch im 21. Jahrhundert ernst meint. Und ehrlich, ich fühlte mich zum ersten Mal in meinem Leben so wertvoll und so unendlich geliebt, dass ich ohne jegliche Reue auf die körperliche Liebe eines Mannes, in dessen Augen ich niemals so wertvoll sein würde wie für Gott, verzichten konnte. Ich wollte meinen Körper keinem Mann mehr geben, der nicht mein Ehemann war.

Ich weiß noch, wie ich meine Mutter als Siebzehnjährige

wahnsinnig machte, wenn ich sie fragte: «Und wo steht das bitte in der Bibel, dass man keinen Sex vor der Ehe haben soll? Wenn du mir die Stelle zeigst, dann glaube ich es dir.»

Meine Mami war mit meinen provokativen Fragen zum Teil recht überfordert und konnte mir dann auch keine Stelle zeigen. Sie sagte mir dann nur: «Man macht es einfach nicht und basta.»

In einer Umgebung, wo es aber «alle glücklich und sorglos machten», reichten mir ihre unbegründeten Aussagen nicht. Auch mein Bruder konnte mir später als Christ keinen genauen Bibelvers zeigen, doch er sagte mir, dass es aus dem Kontext der Bibel ganz deutlich hervorgehen würde und dass man das Wort Gottes ernst nehmen soll.

Bevor ich das erste Mal Sex hatte, versuchte mich Gott noch durch gleichaltrige Christen, die ich in einem Skilager kennen lernte und die liebevoll mit mir redeten, vor dem überstürzten Abenteuer zu schützen. Sie alle hatten die Ehe zum Ziel und sagten, dass wahre Liebe warten könne. Ich bewunderte sie dafür, gewiss, aber ich hatte nicht die gleiche Kraft und verstand Jesus noch nicht. Ein paar von ihnen kenne ich heute noch; sie haben wirklich ihre Jugendliebe geheiratet und leben als glückliche Familien.

Doch ich brauchte die Umarmungen und das, was ich damals als Liebe verstand, von einem Mann, um mich wichtig zu fühlen. Zu Hause hatte ich überreichlich zärtliche Zuwendung von meinen drei Bezugsfrauen gehabt; ich war wirklich ein sehr geliebtes Kind, das viel Geborgenheit erfahren durfte, und dies hat mich vor vielem bewahrt. Doch ich wollte mich bei Männern wichtig fühlen und wurde süchtig nach ihren Bestätigungen, weil ich irgendwann von meinem Vater keine mehr erhielt und bei ihm keine geborgenen Arme mehr fand. Die Versuchung in meinen nicht-frommen Kreisen war groß, und ich wollte die wunderbaren Gefühle, wie man sie bei Julia Roberts in «Pretty Woman» sah, doch nicht verpassen! In meinen Leidenschaften fand ich aber die so sehr ersehnte wahre Liebe nie.

Vielleicht habe ich mich deshalb so sehr in Stefan verliebt, weil er der erste Mann war, der sich mir gegenüber sehr respektvoll verhielt und sich zuerst in meine Seele und nicht in meinen Körper verliebt hatte. Genau dasselbe war bei mir der Fall. Unsere Liebe war kein schnell vorübergehendes Feuer, und dennoch konnten wir einander nicht so wertschätzen, wie Gott es gewollt hätte. Wir waren zwar gottesfürchtige und betende Katholiken, aber wir hatten keinen blassen Schimmer von dem, was die Bibel wirklich über die Liebe und die Ehe sagt. Schade.

Nach der grandiosen Möglichkeit, mein Leben wieder neu zu starten – ein Geschenk, das mir aus lauter Gnade gegeben wurde –, wollte ich nun für Gott das Richtige tun. Jetzt wusste ich, dass Jesus immer noch derselbe war und er nur mein Bestes wollte: nicht, um mir ein Freudelein zu verderben, sondern um mich zu schützen.

Auch wenn mir bereits alles vergeben war, legte ich trotzdem alle meine vorehelichen Beziehungen im Gebet eine nach der anderen bei Gott ab, vergab auch den Männern, die mir weh getan hatten, und bedankte mich unendlich bei meinem himmlischen Vater, dass er mich vor ungewollten Schwangerschaften und Geschlechtskrankheiten bewahrt hatte. Wenn ich mich so in meinem früheren Umfeld umsah, war dies überhaupt nicht selbstverständlich.

Ich vergab auch meinem Vater, der mir seine Liebe statt mit lieben Worten, Anerkennung und Zärtlichkeiten, wie ich mir das gewünscht hätte, immer auf sehr sachliche Weise vermittelt hatte. Heute kann er mich von Herzen umarmen, und ich habe ein wunderbares Verhältnis zu meinen lieben Eltern.

Für keine Lust in dieser Welt wollte ich also meinen inneren Frieden wieder aufs Spiel setzen. Nur, wie sollte ich das jetzt Luca erklären?

Eine andere Angst stieg in mir auch noch hoch, und sie beunruhigte mich sehr: Ich wollte von meinem Partner nicht abgelehnt werden, und ich spürte, dass ich noch nicht stark genug war, dies zu verkraften. Luca hätte meinen Glauben bloßgestellt und versucht, mich zu überreden.

«Jesus, bitte hilf mir, ich bin ihm gegenüber so schwach», betete ich.

Lucas Worte – «Du kannst ohne mich nicht leben» – kamen mir ständig in den Sinn, und es stimmte, ich war ja immer wieder zu ihm zurückgekehrt. Jetzt stapelte sich in mir ein schlechtes Gefühl nach dem anderen übereinander, und ich war nervös. Bis vor zwanzig Minuten war meine einzige Sorge mein Bruder gewesen, und jetzt hatte ich wieder mit der alten Schwachheit zu kämpfen, dass ich mich von diesem Mann nicht würde lösen können.

Konnte ich wirklich auf ihn verzichten und ganz alleine bleiben? Kein anderer brachte mich so zum Lachen wie er. Wir passten perfekt zusammen, und an seiner Seite fühlte ich mich als die begehrenswerteste Frau der Welt ... Ich merkte, dass ich mehr Gefühle für ihn hatte, als ich zunächst dachte. Konnte er wirklich bis zur Hochzeit auf mich warten? Und wollte ich überhaupt einen Atheisten heiraten?

Von mir aus durfte jeder glauben, was er wollte, aber als Christin war mir nun Jesus alles geworden, und ich konnte mir nicht vorstellen, meinen Glauben nicht mit meinem Partner teilen zu können. Ich litt schon nur bei dem Gedanken daran immense Qualen.

«Hilfe, Gott, ich habe ein zweites großes Problem! Er muss sich unbedingt bekehren, ja, genau, dann kann er mich vollkommen verstehen, und er wird der perfekteste Mann für mich sein, denn Fakt ist: Der Glaube ist das Einzige, was wir nicht gemeinsam haben. Wenn er Christ wird, dann wird er deine Gebote befolgen wollen, und auch Dinge wie Ehe und Treue werden ihm wichtig und ernst sein. Bitte hilf mir, Herr Jesus, ansonsten hätte es keinen Sinn, dass ich meine Ehe mit Stefan wegen Luca zerstört habe.»

Ich hatte eine unglaubliche Angst vor Lucas Reaktion und zitterte innerlich und äußerlich, während ich seine Nummer wählte.

«Was, dein Bruder hat Krebs?! Der Christ mit den vier Kindern? Das tut mir schrecklich leid für ihn und euch alle.»

Es blieb eine Weile ruhig. Er hatte meinen Bruder bei einem Besuch in der Schweiz drei Monate zuvor kennen gelernt.

Giusi wünschte sich aber immer, dass es zwischen mir und Stefan wieder funktionieren würde, deshalb war er nicht erfreut gewesen über unsere Beziehung.

«Luca, es tut mir leid, aber ich schaffe es nicht, in dieser jetzigen Situation die Schweiz zu verlassen. Mein Bruder braucht einen Knochenmarkspender, und wir müssen abwarten, ob jemand von unserer Familie geeignet wäre. Du verstehst mich doch, oder?»

Mit einem distanzierten Ton antwortete er mir: «Sicher. Monica, es ist besser, wir machen allgemein eine Pause. Nimm dir Zeit für deine Familie, und wenn das Schlimmste vorüber ist, sehen wir weiter. Bitte mich aber nicht, für deinen Bruder zu beten, denn das kann ich nicht tun. Du weißt, ich glaube nicht an Gott.»

Das traf mich sehr. Eine Pause? Das bedeutete für mich den endgültigen Schlussstrich. Es verletzte mich auch, dass er von meinem Leid so Abstand nehmen konnte und gleich das mit dem Gebet erwähnte, ohne dass ich ihn danach gefragt hatte. Es schmerzte mich, dass er Gott so fern war, und ich sagte zu ihm:

«Luca, ich habe dich nicht gefragt, ob du beten würdest. Aber da du dies nun schon erwähnt hast, musst du wissen, dass ich genauso ein Christ geworden bin wie mein Bruder und ...»

Er unterbrach mich sofort und sagte mir in einem sehr gereizten Ton: «Schau, dein Kopf funktioniert jetzt nicht, wie er sollte. Du bist vom Schmerz gefangen und machst Sachen, die du sonst nie tun würdest. Wenn es dir jetzt hilft, dann ist das gut für dich. Lass mich aber mit all dem Schwachsinn in Ruhe! Ciao!»

Er beendete das Gespräch schlagartig, und ich war, wie befürchtet, am Boden zerstört. Wieso tat es mir so weh? Er hatte mich in meiner Situation völlig alleingelassen, und ich hatte dennoch Liebeskummer? Das war das Letzte, was ich jetzt brauchte.

Warum konnte ich nicht einfach Schluss machen? Reichte Jesus nicht an meiner Seite? Meine Gefühle spielten verrückt. Wieso war in diesen Momenten der Verlustschmerz für diesen Mann stärker als mein Glaube? Ich geriet in Panik. Ich wollte Jesus kompromisslos nachfolgen, aber gleichzeitig auch Luca nicht verlieren.

Jesus, hilf mir bitte! Was soll ich tun? Wie kann ich das wieder in Ordnung bringen?

Da kam mir gleich ein früheres Gespräch zwischen Luca und mir in den Sinn: «Du, das Leben besteht nicht nur aus Sonne und Spaß. Was machen wir, wenn wir einmal ein sehr großes Problem haben und wir nicht zusammen beten können?»

«Schatz, ich denke erst an Probleme, wenn sie da sind! Aber einer Sache kannst du dir sicher sein: Beten werde ich nie.»

Diese Erinnerung und seine Reaktion am Telefon gerade eben zeigten mir, dass ich mit meinem Glauben in der Beziehung mit Luca ganz alleine dastehen würde. Statt aber die eigentliche Problematik in der Beziehung mit Luca zu sehen, wie Gott es mir klarmachen wollte, begann ich stattdessen, mir Sorgen um Luca zu machen.

Er konnte und wollte sich überhaupt nicht mit Leid auseinandersetzen. Flüchtete er deshalb von einem Ferienort zum anderen? Krankheit und Tod gehen ja bekanntlich nicht von sich aus freiwillig in Urlaub. Meistens waren das kerngesunde, Spaß suchende Leute, mit denen er zu tun haben wollte. Luca war nur darauf bedacht, das Leben zu genießen.

Aber was machen solche Menschen, wenn ihre Ehepartner oder ihre Kinder ernsthaft krank werden? Solche Tragödien gehören leider zu dieser Welt, und niemand ist dagegen gewappnet. Aber Menschen mit einem felsenfesten Glauben, das kann ich heute behaupten, verkraften solche Schicksalsschläge besser. Luca musste also unbedingt zu Gott finden, das sah ich nun ganz klar als meine Mission. Schließlich stand er in meinem Leben, und ich hatte somit einen Auftrag.

Mit Luca hatte ich mich schon oft gestritten, und er war immer der Harmoniebedürftigere gewesen. Unsere Meinungsverschiedenheiten konnten wir stets auf eine ruhige Art lösen, und vielleicht gab mir das, nebst dem, dass wir so viele Gemeinsamkeiten hatten, die Hoffnung, dass es mit ihm doch noch irgendwie klappen konnte. Ich spürte, dass er es ernst mit mir meinte. Aber er hatte offenbar ein Problem mit Treue, denn er wollte gerade aus diesem Grund mit mir für eine unbestimmte Zeit auf eine ruhige Insel, auf der sich fast nur Honeymoon-Pärchen aufhielten.

«An einem anderen Ort hätten wir nur Stress mit Abenteuer suchenden Singles. Ich möchte keine andere Frau, nur dich, und das ein Leben lang.»

Auf der einen Seite war dies eine schöne Liebeserklärung, aber auf der anderen Seite hieß das für mich, dass er in Rom, wo wir später – nach dem Bestehen unserer «einsamen Insel-Probezeit» – leben wollten, vermutlich vielen Versuchungen nicht hätte widerstehen können. Super Perspektive! Rom war ja meine absolute Lieblingsstadt, und früher wäre es für mich eine Idylle gewesen, die Ewige Stadt mit meinem Traummann zu verbinden. Aber nun hätte ich nicht mehr alles gegeben, um dort leben zu können.

Was nützte es mir, das Leben nur in äußerlichem Schein zu genießen, dafür aber in einer inneren Traurigkeit gefangen zu sein? Nein, von diesem trügerischen «das Leben genießen» hatte ich mich nun auch verabschiedet. Ich hätte also niemals einer neuen Ehe zustimmen können, wo Ehebruch und alle weiteren Gebote Gottes auf die heutige weltliche Art bagatellisiert worden wären.

Als wir einmal über Seitensprünge diskutierten, sagte mir Luca: «Du würdest mir sicher vergeben. Du weißt ja selber, wie schnell es passieren kann.»

Er sagte es mit einem halben Lächeln, aber ich fand es überhaupt nicht angemessen, und unsere Diskussion dauerte stundenlang. War er vielleicht deshalb mit mir zusammen, weil ich ihn als ehemalige Ehebrecherin verstanden und reflexartig entschuldigt hätte? Ich wusste nur eins: Ehebruch hat früher oder später immer gravierende Konsequenzen, auch wenn es am Anfang noch kein Mensch merkt. Gott sieht es immer, und von vornherein zu wissen, dass ich mit sehr hoher Wahrscheinlichkeit darunter würde leiden müssen … Nein danke, das wollte ich mir nicht mehr antun.

Ich hatte also einen Traummann mit riesigen Macken. Gab es überhaupt auf dieser Welt einen Mann, bei dem alles, aber auch wirklich alles stimmte?

Ich gebe gleich meine heutige Antwort: NEIN. So, wie es die Frau nicht gibt, bei der alles stimmt. Die Perfektion ist in keinem Menschen zu finden. Spätestens beim täglichen Zusammenleben kommen auch bei den Schönsten, Besten, Reichsten und Liebsten noch mehrere schwer zu ertragende Macken zum Vorschein.

Aber die größten Probleme zwischen Luca und mir hätten sich gelöst, so dachte ich, wenn er Jesus kennen gelernt hätte.

Sein Denken hätte sich wie bei mir verändert, und wir hätten auf einem gemeinsamen Fundament und mit gleichen Wertmaßstäben unsere Ehe aufbauen können. Nur auf dieser Basis konnte ich mir noch eine gemeinsame Zukunft mit diesem Mann vorstellen.

Ich hatte mich beruhigt und war mir sicher, dass Luca sich wieder melden würde.

Mir kam aber auch Stefan in den Sinn. Wie verschieden die beiden doch waren! Mein Ex-Mann passte in keiner Weise zu mir, aber er bot mir trotzdem sofort seine Hilfe an und ebenso seine Unterstützung im Gebet, was ich nun umso mehr schätzte.

Ich habe aber keinen Augenblick daran gedacht, dass sich Stefan mit einer Beziehung zu Jesus Christus ebenfalls komplett hätte verändern können und wir es wieder hätten probieren können. Nein, Stefan war definitiv kein Thema mehr für mich, obwohl ich ihn immer noch sehr gern hatte.

In den nächsten Tagen versuchte ich Luca ein paar Mal anzurufen, er befand sich gerade beruflich in Tunesien. Dass er sein Handy nie abnahm, begann mich zu stressen, und die Eifersucht packte mich. Oh Mann, brauchte ich das auch noch? Musste es wirklich sein, dass ich nach einer furchtbaren Ehe und einer durchlittenen Scheidung jetzt auch in dieser Beziehung so leiden musste?

Ich kam mir dumm vor, konnte es aber jetzt auch nicht ändern. Es ging mir mit der ganzen Beziehungsgeschichte überhaupt nicht gut, und die Gedanken um Luca raubten mir kostbare Energie. Ich war froh, dass meine Tante in dieser Zeit bei meinen Eltern wohnte und sie viel bei mir war. Sie versuchte, mich zu trösten, und sagte, dass alles sicher wieder in Ordnung kommen würde.

«Er muss die Nachricht erst mal verdauen, er wird sich sicher wieder melden.» Sein Verhalten fand sie aber wenig angebracht in meiner schweren Situation, und eigentlich hoffte sie, dass ich auch mal eine Zeit alleine sein konnte.

Und was dachte Gott wirklich darüber? Ich wusste es nicht. War eine Zukunft mit Luca nur *mein* Wunsch? Hieß Gottes Reden, dass Luca ja nicht mein Ehemann war, dass ich ihn gleich ganz lassen müsste? Wenn es so war, warum konnte mir Jesus nicht einfach diese Liebesgefühle wegnehmen? Ich hatte nicht die Kraft, nun auch noch wegen Luca zu leiden, und wollte diese Beziehung beenden, wenn sie nicht Gottes Willen entsprechen würde.

Ich hoffte sehr auf eine Antwort von oben, doch es geschah nichts. Immer wieder versuchte ich, Luca anzurufen, aber er nahm einfach nicht ab. Warum war ich nicht stark genug, um es ein für alle Mal bleiben zu lassen?

Ich wollte meinen Bruder nicht mit meinen Liebesgeschichten belasten und erzählte ihm nichts davon, auch wenn ich von ihm gerne einen christlichen Ratschlag gehabt hätte.

Nachdem ich mich an einem Abend über den Verlust dieser neuen Liebe lange ausgeheult hatte, kam endlich eine SMS von Luca. Es war eine Woche seit dem letzten Anruf vergangen.

«Wie geht es dir?»

Ich rief ihn gleich an und dachte, dass er sicher über seine erste Reaktion nachgedacht hätte und nun netter sein würde. Tatsächlich entschuldigte er sich, sagte mir auch, dass er mich vermisse, aber diese Sache jetzt einfach nicht mit mir durchstehen könne; das schaffe er nicht.

Ich bedankte mich für seine Ehrlichkeit und sagte ihm mutig, dass ich mir auch viele Gedanken über unsere Beziehung gemacht hätte und ich mir nun als Christ ein weiteres Zusammenleben in diesem Stil eh nicht mehr vorstellen könne.

Er reagierte wütend: «Sag mal, spinnst du, was ist mit dir nur los?!»

«Luca, du hast mir selber gesagt, dass du eine Pause willst ... Statt nun viele Worte zu machen, schicke ich dir ein Buch. Wenn du mich wirklich liebst, dann bitte ich dich, es zu lesen. Nur so kannst du mich verstehen, und ich hoffe sehr, dass du Gott auch wieder dein Herz öffnen kannst.»

«Nein! Schicke mir ja kein Buch, das will ich nicht!» An dieser Stelle begann er zu fluchen.

Ich hatte ihn noch nie fluchen gehört, und ich war entsetzt.

Dann sagte er: «Jetzt hör mal gut zu, entweder du entscheidest dich für mich oder du entscheidest dich für deinen Jesus. Beides geht nicht. Und denk daran, wenn du dich für den anderen entscheidest, dann ist dir wirklich nicht mehr zu helfen. Du hast Zeit zum Überlegen. Ciao!»

Ich zitterte am ganzen Körper. Solch furchtbare Worte hätte ich nie von ihm erwartet. Er hatte mich zu allem überredet, was sich gegen Gott stellte, und ich konnte ihn zu gar nichts bringen, was sich *für* Gott aussprach? Ich hätte beinahe alles für diesen Mann aufgegeben, der jetzt nicht einmal bereit war, mir diesen einen kleinen Gefallen zu tun? Er wäre immer noch frei gewesen, mir nach der Lektüre zu sagen, dass er nicht daran interessiert wäre – aber seine gemeine Reaktion enttäuschte mich.

Der Mann hasste Gott mit seiner ganzen Kraft, und ich liebte Gott nun von ganzem Herzen. Das passte unmöglich mehr zusammen. Wir hatten zwei komplett entgegengesetzte Herren, und ich blieb definitiv sehr gerne auf der Seite von meinem: Nicht ein Mensch hatte mich gerettet, sondern Gottes Sohn höchstpersönlich. Und Luca hatte recht, wenn er sagte, dass beides nicht geht, denn auch Jesus sagte: «Wer nicht für mich ist, der ist gegen mich.»

Luca war sich nach seinem krassen Ultimatum bestimmt sicher, dass ich wieder schwach werden und mich selbstverständlich für ihn entscheiden würde. Aber meine Liebe zu Jesus war nun stärker als die zu irgendeiner anderen Person. Dennoch weinte ich bittere Abschiedstränen: Mit Luca war nun endgültig Schluss, und das schmerzte tief. Ich musste etwas loslassen, was für mich, trotz aller Liebe zu Jesus, gefühlsmäßig noch schwierig war.

Ich betete: «Jesus, ich habe dir versprochen, dir nie wieder den Rücken zuzukehren. Du siehst, dass ich mich für dich entscheide, deshalb bitte ich dich, erlöse mich von diesen zerstörerischen Gefühlen. Ich weiß nicht, wie meine Zukunft alleine aussehen wird, aber ich habe dir die Führung meines Lebens anvertraut und weiß, dass du nur die besten Pläne für mich hast. Ich bitte dich, erfülle mich wieder mit deiner Freude!»

Irgendwann bin ich dann, Gott sei Dank, eingeschlafen, und am nächsten Morgen, als ich aufwachte, begann es mir wieder weh zu tun im Herzen. Ich warf einen Blick auf meine Bibel und betete:

«Jesus, es geht mir immer noch nicht besser, was soll das bedeuten? Heißt das, dass ich Luca noch nicht aufgeben soll? Soll ich mit ihm Geduld haben und ihn zu dir führen? Bitte hilf mir, das Richtige zu tun. Nur du kannst mir eine Antwort zu diesem Mann geben. Ich werde jetzt die Bibel einfach an einer Stelle aufschlagen, und das, was ich lese, wird deine Antwort sein!»

Voll Vertrauen, doch zitternd und mit geschlossenen Augen, machte ich dieses dicke Buch auf und las dann:

«Lebt nicht länger wie Menschen, die Gott nicht kennen! Ihr Denken ist verkehrt und führt ins Leere, ihr Verstand ist verdunkelt. ... Ihr Gewissen ist abgestumpft, deshalb leben sie ihre Leidenschaften aus. ... Folgt nicht mehr euren Leidenschaften, die euch in die Irre führen und euch zerstören. Gottes Geist will euch durch und durch erneuern. Zieht das neue Leben an, wie ihr neue Kleider anzieht. Ihr seid neue Menschen geworden, die Gott selbst nach seinem Bild geschaffen hat.»

Und weiter las ich: «Ihr gehört zu Gott. Da passt es selbstverständlich nicht mehr, sexuell zügellos zu leben, über die Stränge zu schlagen oder alles haben zu wollen. ... Denn eins ist klar: Wer ein ausschweifendes, schamloses Leben führt, für den ist kein Platz in der neuen Welt, in der Gott und Christus herrschen werden. ... Lasst euch von niemandem verführen, der euch durch sein leeres Geschwätz einreden will, dass dies alles harmlos sei. Gottes Zorn wird alle treffen, die ihm nicht gehorchen. Darum meidet solche Leute!»

Von den ganzen 1496 Seiten hatte ich genau diese eine Seite aufgeschlagen, und die darin enthaltene klare Antwort von Jesus: «Meide ihn!», empfangen. In diesem Moment floss sein

Liebesstrom wieder spürbar durch meinen ganzen Körper, und ich merkte, wie in mir diese Bindung gebrochen wurde.

Ich war überwältigt, wie ich auf einen Schlag keine Gefühle mehr für Luca empfand. Stattdessen bekam ich eine unglaubliche Freude, für die ich nur weinend auf den Knien meinem Gott danken konnte. Wieder hatte Jesus ganz klar in meine Situation eingegriffen und mich von zerstörerischen Gefühlen befreit.

Mein Bruder sagte mir später, dass es nicht wirklich sinnvoll ist, die Bibel aufzuschlagen und das Gelesene gerade in dem Moment auf das eigene Leben zu projizieren. Aber bei mir war es eine klare Führung nach einer großen Bitte gewesen. Seit dem Tag war ich von Luca gelöst und hatte verstanden, dass Gott niemals hinter dieser Beziehung gestanden hätte. Er hätte sie nicht gesegnet, und ich hätte am Schluss vor einem noch größeren Scherbenhaufen gestanden.

Gott hat den Überblick über alles und sieht auch das, was Menschen im Verborgenen machen. Ich war sein Kind, und er hat mich als liebevoller, allwissender Vater mächtig beschützt. Ich hätte auch ein widerspenstiges Kind sein und sein Reden ignorieren können, aber es wäre definitiv auf Kosten meines Lebensglücks gegangen. Gott hatte nämlich für mich einen viel besseren – ich würde meinen: einen überwältigenden – Plan, den ich mir zu diesem Zeitpunkt niemals hätte erträumen können.

Nun konnte ich mich wirklich mit ungeteiltem Herzen auf mein neues Leben als Christ freuen. Nach diesem fabelhaften Erlebnis mit der Bibel begann ich, intensiv im Neuen Testament zu lesen, und staunte, wie verständlich und aktuell das

Wort Gottes auf einmal war. Ich erkannte auch, dass mein Ehebruch schon mit meinen begehrlichen Blicken angefangen hatte und dass auch eine ledige Person, die sich mit einer verheirateten Person abgibt, vor Gott Ehebruch begeht.

Luca rief mich eine Woche nach seinem Ultimatum an, und ich erklärte ihm ganz ruhig meine Entscheidung.

«Für mich ist die Sache klar: Ich entscheide mich für Jesus, denn er ist das Beste, was mir passieren konnte, und ich werde diese neue Freiheit nie wieder hergeben. Ich wünsche dir, dass du dies einmal verstehen wirst. Gott ist eine Realität. Du kannst ihn jederzeit und an jedem Ort selber suchen, wenn du willst. Er lässt sich finden, denn er liebt auch dich.»

Er blieb still, und ich merkte, dass es ihm am anderen Ende nicht gut ging.

«Luca, ich wünsche dir wirklich alles Gute im Leben, aber ich habe einen wichtigen Ratschlag für dich: Lass bitte die Finger von verheirateten Frauen, mische dich nie wieder in eine Ehe ein, auch wenn es scheinbar die schrecklichste ist. Die Ehe ist heilig, und nicht nur die Frauen machen sich sehr schuldig vor Gott, sondern auch du ... Singles gibt es ja genug auf der ganzen weiten Welt.»

Er sagte kein Wort, und ich beendete das Telefonat.

Mir ging es erstaunlich gut, doch Luca hoffte noch lange, dass ich meine Meinung ändern würde. Er rief mich selber nicht mehr an, ließ mich aber von anderen gemeinsamen Bekannten anrufen, die jedoch mehr auf meiner Seite standen. Ich erfuhr so ungewollt, dass er krankhaft untreu und ein Unruhestifter in sehr vielen Ehen war. Auch hatte er mich mit Lügen über sein Studium und seine Familie überhäuft. Das alles war für mich aber keine Enttäuschung mehr; ich war nun frei und konnte meinem Gott, der dieser Beziehung ein klares Ende gesetzt hat, immer nur ein Wort sagen: «Danke!»

Fast ein Jahr später schrieb mir Luca eine SMS und entschuldigte sich darin für alle Lügen und allen Schmerz, den er mir zugefügt hatte. Es war mir wichtig, ihm zurückzuschreiben, dass ich ihm vergeben hatte, und dem ist wirklich so: Ich habe keinerlei bittere Gedanken mehr gegen ihn, aber ich musste die Story jetzt so niederschreiben, wie sie war. Wir haben uns nie wieder gesehen oder gehört.

Mein Liebesleben an Gott abzugeben und mich nur auf seine Führung zu verlassen, war überhaupt nicht einfach, aber es war das Allerbeste, was ich tun konnte.

Amore – Amore – Amore, welche Frau will das nicht? Wir wollen geliebt, umarmt, beschmust und begehrt werden. Wir wollen uns auf Dauer als Prinzessin fühlen und merken irgendwann mal enttäuscht, dass unser Partner kein Prinz ist. Noch enttäuschter sind wir dann, wenn der Nächste auch keiner ist und der Übernächste auch nicht. Irgendwann mal stürzt unser Luftschloss mit all unseren Träumen zusammen ... Ach, Beziehungen – so eine schwierige Angelegenheit!

Kapitel
Ihr macht Witze, oder?

«Jesus ist jetzt dein neuer Spleen, aha. In zwei Monaten ist es wieder etwas ganz anderes. Monica, in deinem Leben war doch noch nie etwas beständig! Dir wird alles schnell langweilig, du kannst nicht an einem Ort still sitzen bleiben, und bald wird dir die nächste Leidenschaft über den Weg laufen ... Glaub mir, Frau, dein extremer Glaube ist nur eine Einbildung, das wird sich schnell wieder legen!»

Dies waren die Worte einer Freundin. Und sie war nicht die Einzige, die solche Gedanken über mich hatte. Auch im Geschäft schauten mich die Leute komisch an, wenn ich ihnen von meinen Erlebnissen mit Gott erzählen wollte. Dass ich plötzlich so «heilig» geworden war, kauften sie mir nicht ab und dachten, dass mich nur das momentane Leid in der Familie so religiös machte.

«Nein, bitte, komm mir ja nicht mit Jesus! Pass auf, dass du nicht auch so eine komische, fanatische Sektenanhängerin wirst!»

Das tat mir weh, und ich verstand nun auch, was mein Bruder früher die ganze Zeit für unschöne Bemerkungen einstecken musste. Gut, er hatte diesen Weg in unserer Familie bereits vorgebahnt, denn meine Eltern freuten sich über meinen Glauben; sie hatten bei meinem Bruder durch die Jahre gesehen, dass er nur positive Auswirkungen auf ihn hatte. Und sie waren auch froh, dass ich mich entschieden hatte, in der Schweiz zu bleiben. Und dass ich endlich auch alleine, ganz ohne Mann, glücklich war.

Dass meine Freunde und Bekannten am Anfang meinen Glauben ablehnten, machte mir aber doch große Mühe. Zugegeben: Ich war nicht wirklich unschuldig, denn ich wollte alle bekehren und war eine echte Nervensäge! Ich wollte die Leute überzeugen, obwohl sie gar nichts von Gott wissen wollten und scheinbar nicht bedürftig waren. Ich wollte Antworten geben auf Fragen, die sie offensichtlich gar nicht hatten. Außerdem wusste ich selber noch nicht viel über den christlichen Glauben, den ich nun in mein Leben und Handeln umsetzen wollte. Ich wäre damals in vielen Situationen besser still geblieben, aber ich war ein Emotionsmensch mit einer großen Klappe, der noch viel von seinem Meister lernen musste. Vor allem die Liebe und die Geduld für meine Mitmenschen, so wie Jesus sie für mich gehabt hatte und immer noch hat.

Dafür verstand ich mich mit Giusi nun wunderbar: Während der ersten Chemo fühlte er sich nicht so schwach, und wir konnten in seinem Spitalzimmer immer wieder kurze, aber wertvolle Gespräche führen. Die Nachricht, dass ich die geeignete Spenderin für ihn war, stärkte unsere Bindung zusätzlich und ließ uns alle hoffen.

Sein Weg zu dieser Stammzellentransplantation, die im November 2003 stattfand, wurde aber sehr hart, und auch die Wochen danach waren ein furchtbares Leiden für ihn. Für unsere Familie war es eine lange, intensive Zeit des miteinander Hoffens, Bangens und Betens, aber wir fühlten uns nie allein:

Seine ganze Kirchengemeinde stand auch betend und helfend hinter ihm und seiner Familie. Die ehrliche Anteilnahme und die Liebe dieser vielen Menschen zu spüren, berührte uns alle sehr.

So entschied ich mich bald nach meiner Bekehrung, die gleiche Kirche wie mein Bruder zu besuchen, und dies wurde der Ort, wo ich mich liebevoll angenommen und hundertprozentig verstanden fühlte. Die Sonntage wurden meine Lieblingstage, und ich war erstaunt, wie ich freiwillig und mit Freude aus den Federn sprang, um dort wundervolle Predigten zu hören, die das Herz tief berührten, und die Gemeinschaft mit anderen Christen zu genießen. Als freiheitsliebende Person, die ich heute noch bin, wäre ich die Erste gewesen, die von dort geflüchtet wäre, wenn es eine Sekte gewesen wäre.

Vieles dort bestätigte mein neues Leben und Fühlen, und ich begann so auch immer mehr die Bibel und die Liebe Gottes zu uns Menschen zu verstehen. Oft war ich zu Tränen gerührt über diesen wunderbaren himmlischen Vater, der ständig mit offenen Armen auf seine verlorenen Söhne und Töchter in dieser Welt wartet. *Wenn das doch nur allen Menschen klar wäre!*, dachte ich immer wieder.

Gott war in dieser Gemeinde für alle eine Realität, und ich konnte stressfrei meine Erlebnisse mit ihnen teilen, ohne dass mich jemand schräg anschaute. Ich war nicht die Einzige, die ihre eigene Geschichte mit Gott erlebt hatte, nein, eigentlich hatten dort die meisten Jesus persönlich erfahren. Bei den einen hatte sich, wie bei mir, das Leben schlagartig verändert. Bei den anderen, vor allem bei Männern, geschah die Sache ohne große Emotionen; nachdem sie ihr Leben Jesus übergeben hatten, änderten sie sich eben schrittweise. Das lernte ich auch: dass Gott mit jedem anders unterwegs ist und dass der Glaube kein Gefühl, sondern eine Entscheidung ist. Jesus lebt in einem wiedergeborenen Christen, ob er es gerade fühlt oder nicht; er ist immer bei ihm.

Am ersten Sonntag, am Schluss der Predigt, kam eine sehr hübsche Frau zu mir: «Hallo, ich bin Tania!», und sie umarmte mich gleich herzlich. Sie schaute mich mit Tränen in den Augen an und sagte mir, nicht besonders leise: «Ich weiß, was du durchgemacht hast; ich habe in meiner ersten Ehe auch Ehebruch begangen und habe unheimlich darunter gelitten. Jesus hat mich genauso wie dich befreit!»

Zuerst dachte ich: *Mann, ist Ehebruch, dieses veraltete, furchtbare Wort auf meiner Stirn geschrieben?*, und es war mir sofort sehr peinlich, denn wer weiß, wer das sonst noch wusste oder jetzt gerade gehört hatte. Aber irgendwie hatten dort die Leute nur herzliche Blicke für mich. Ich fragte sie, woher sie meine Geschichte kannte, und sie erklärte mir, dass Giusi gerade die Renovierung an ihrem Haus geplant hatte, als er ins Krankenhaus musste. Er hatte ihr viel von mir erzählt und wünschte sich, dass sie mal mit mir von Frau zu Frau reden könne, um mich mit ihrem Erlebten zu ermutigen.

Dazu kam es nicht, aber Tania hatte sehr viel für mich gebetet, bevor sie mich an diesem Sonntag überhaupt erst kennen lernte. Ich war so bewegt, dass ich weinen musste. Von diesem Tag an begann eine wunderbare Freundschaft zwischen uns.

Jesus wusste, dass ich eine Freundin wie sie brauchte. Alles war in seinem Plan. Tania ist eine gereifte, humorvolle Südländerin, die eine sehr ähnliche Vergangenheit hat wie ich. Sie ist für mich die Schwester, die ich nie gehabt habe: Sie hat trotz Ehemann und vier Kindern immer ein offenes Ohr für mich und hat mich in all den Jahren in ganz vielen Situationen getröstet, ermutigt und aufgemuntert. Ihr unerschütterlicher Glaube, auch in sehr schweren Zeiten, hat Vorbildcharakter für mich.

So eine treue Freundin wünsche ich jeder Frau, und das Großartigste ist, dass mir Jesus in den letzten zwölf Jahren immer mehr solcher wunderbaren Frauen zur Seite gestellt hat. An meinen Geburtstagen ist mein Haus voll mit so einzigartigen und bezaubernden Wesen, die sich mittlerweile untereinander auch alle kennen und schätzen. Alles ohne Tratsch, Neid und hinterlistiges Denken. Es herrscht immer eine wunderbar warmherzige Atmosphäre voller Liebe, und ich fühle mich wirklich reich beschenkt und geborgen in diesem Kreis.

Ein paar Tage nach meiner Bekehrung rief ich auch meine Psychologin an, die mich seit meiner Scheidung therapierte, um ihr mitzuteilen, dass ich keine Sitzung mehr brauche. Bei ihr hatte ich mir erhofft, das in meiner kurzen Ehe Geschehene verarbeiten zu können. Ich sah es irgendwann auch rational ein, dass es rein aus charakterlichen Gründen mit Stefan niemals hätte funktionieren können, aber ich heulte, heulte und heulte immer nur, wenn ich bei ihr war.

Ich sah nur immer meine Fehler und hatte furchtbare Schuldgefühle. Mir tat es unendlich leid, dass ich dem Menschen, den ich über alles liebte, das Leben ruiniert hatte, wie er das mir gegenüber ein paar Mal formuliert hatte. Es half mir kein bisschen, wenn mir die Leute aufzeigten, wie viele Fehler auch auf sein Konto gingen. Mein großes Problem war mein schlechtes Gewissen, und das konnte mir auch kein Psychologe der Welt wegnehmen.

Am Telefon erzählte ich der Therapeutin kurz, was ich mit Gott erlebt hatte und dass ich mich dank Jesus nicht mehr schuldig fühle. Ich weiß nicht, ob sie mich wirklich verstehen konnte, aber sie sagte, dass sie sich für mich freue, und wünschte mir alles Gute.

Auch hatte ich nicht mehr das Bedürfnis, mit allen möglichen Menschen über meine vergangenen Probleme zu reden. Meine einzige Sorge galt nun der Erkrankung meines Bruders, ansonsten war ich wunschlos glücklich. Ich hatte wirklich gar keine Lust mehr auf einen Mann und genoss die Beziehung zu Jesus, die sich für mich wie eine neue, reine, echte Liebe in der Kennenlernphase anfühlte.

Wenn es für mich irgendwann einmal einen neuen Mann geben würde, dann wirklich nur einen, der einen felsenfesten Glauben hatte und nach biblischen Prinzipien lebte. Und von denen gab es plötzlich genug; mir ging sowieso auf einmal eine große, bis dahin unbekannte christliche Welt auf, und ich begann mich zu fragen, wo die früher eigentlich alle waren. Ab und zu ging ich am Sonntagabend nach Zürich in eine große Kirche mit vielen jungen Menschen und staunte über die modernen gleichaltrigen Typen, die von Jesus genauso begeistert waren wie ich. Die äußerliche Erscheinung war mir gar nicht mehr wichtig bei einem Mann; wichtig war, dass seine Herzenshaltung stimmte. Aber eben, für mich war eine neue Liebe in dieser Zeit überhaupt kein Thema.

In dieser Kirche erinnerte ich mich auch an Paul von der

Modelagentur, dem ich unbedingt mitteilen musste, dass ich auch Christ geworden war. Es waren aber immer mehr als 2000 Menschen dort, und so traf ich ihn nie. So rief ich ihn später einfach mal an, und er freute sich riesig für mich. Ich bedankte mich nochmals für sein wirksames Gebet im Auto und wünschte ihm Gottes Segen für seine wiederhergestellte Familie: ein Wunder, das ich erst jetzt wirklich begreifen konnte.

Ich fühlte mich als eine total andere Person. Mein Denken war komplett revolutioniert, auch in Bezug auf etwas, das mit den Jahren ein richtiger Zwang geworden war: Aberglaube. Auf einmal ließ ich alle schwarzen Katzen locker vor mir die Straße überqueren, leitete keinen einzigen Kettenbrief mehr weiter, fasste nicht mehr Holz an, wenn ich kein Unglück wollte, tat keinen Glücksbringer mehr in die Tasche und, und, und …

Als Italienerin waren mir solche Widersprüche fast angeboren, obwohl ich an Gott glaubte. Ich war sehr froh, dass ich mich von diesem ganzen abergläubischen Klimbim komplett befreien konnte. Ich hatte nun einen Glauben – wofür hätte ich noch einen Aberglauben brauchen sollen?

Meinen neu gefundenen Frieden bemerkte auch Stefan. Bevor wir uns an einem Morgen in der Aarauer Altstadt wieder trafen, ging er ein paar Mal meinen Bruder besuchen. Es waren etwa drei Wochen seit der Diagnose vergangen, und wir hatten zwischendurch nur kurzen telefonischen Kontakt gehabt.

Als ich ihn sah, umarmte ich ihn herzlich, wie einen sehr guten Freund, und wir setzten uns in eine gemütliche Ecke eines Cafés. Es freute mich riesig, ihn zu sehen, und ich erzählte ihm beinahe jedes Detail, das ich erlebt hatte.

Er hörte mir sehr gerne und mit großer Aufmerksamkeit zu und schien davon positiv überrascht zu sein: «Das hört sich alles so real an, was du erzählst, und ich spüre, dass du irgendwie ganz anders bist. Dein Bruder ist so unglaublich ruhig, und du strahlst die gleiche Ruhe auch aus. Kannst du mir mal dieses Buch ausleihen?»

Ich hatte es nicht dabei, aber ich versprach, es ihm zu geben.

Bei dieser Verabredung war mir aber noch sehr wichtig, ihm etwas anderes zu sagen. Ich machte es mit ungefähr diesen Worten:

«Stefan, ich habe sehr viele Fehler gemacht, und es tut mir unendlich leid. Ich bitte dich jetzt von ganzem Herzen um Vergebung für alles und hoffe, dass du mir eines Tages verzeihen kannst. Ich habe dir erzählt, dass ich all mein Versagen Jesus abgegeben habe, und weiß, dass er mir vergeben hat. Ich fühle mich nicht mehr schuldig für meine Sünden, obwohl mir die Konsequenzen, vor allem die, dass wir nun geschieden sind, sehr leid tun. Wir sind aber auch vom Charakter her so verschieden, dass es mit uns beiden eh schwierig geworden wäre und wir uns nur noch sehr stark weh getan hätten.

Stefan, ich vergebe dir auch alles, und ich gebe dir nicht mehr die Schuld für meine eigenen Fehler; die habe ich alle selber begangen. Wir können vor Gott nie einen Sündenbock nennen, wir sind einzig selber verantwortlich für unsere Taten. Ich hätte in allem mehr Geduld haben sollen, mich für das Gute entscheiden können und nicht so viele Fehler begehen sollen, aber ich war schwach und ließ mich zu sehr beeinflussen. Jetzt, wo ich Jesus im Herzen habe, will ich automatisch nach seinen Geboten leben und verstehe nun auch, was diese christliche Eheberaterin meinte, als sie mir sagte, sie verstehe mich als Mensch, aber nicht als Christin. Menschlich sah unsere Ehe furchtbar aus; hätten wir aber Jesus bereits an unserer Seite gehabt, hätten wir uns in vielen Sachen anders entschieden.

Stefan, ich lasse dich los. Ich habe nichts mehr gegen dich, im Gegenteil, ich hab dich sehr lieb. Mach dir auch wirklich keine Gedanken mehr um mich, mir geht es wirklich sehr gut. Wir haben beide vieles falsch gemacht, und ich habe dir vergeben, wie auch mir selber. Ich wünsche mir, dass du eines Tages auch denselben Frieden im Herzen finden kannst wie ich.»

Stefan schaute mich ein paar Sekunden still an. Seine Augen waren feucht, und ich hatte das Gefühl, dass ihm mein kleiner Monolog richtig eingefahren war.

«Ich danke dir für deine Worte, sie tun mir sehr gut», sagte er schließlich und schaute mich diesmal mit einem Lächeln an. «Wie sieht es überhaupt mit deinem neuen Partner aus?», fragte er dann.

Ich erzählte ihm, wie Gott auch da eingegriffen hatte, und ich merkte, dass Stefan sehr erstaunt war über das, was er alles hörte. Er hat selbst nichts über unsere Ehe gesagt und sich auch nicht entschuldigt, aber das erwartete ich auch nicht mehr. Ich hatte diesen Mann nun gern und nahm ihn so an, wie er war, auch ohne seine Einsicht. Zudem sah ich ihn als fehlbaren Menschen an, so wie mich selbst: Wir Menschen machen nun einmal alle Fehler.

Dieses Treffen war ein wunderschönes Zusammensein

ohne jegliche Erwartungen, Beschuldigungen oder Vorwürfe. Stefan zu vergeben, war eine große Befreiung für mein Herz, und dies war alles ohne jeden Krampf möglich geworden, weil ich selber Vergebung erfahren hatte. Wenn Gott mir, einer problembeladenen Frau, vergeben hatte, wer war ich Mensch, dass ich nicht einem anderen Menschen vergeben konnte? Das war das erste Mal, dass ich keine Entschuldigung erwartete; und das erste Mal, dass ich über unsere Ehe mit ihm reden konnte, ohne zu streiten. Friede pur, ein wahres Wunder.

Meine Tage verbrachte ich nun zwischen Büro, Krankenhaus, Familie und Kirche. Mein Teamleiterjob war mir nicht mehr wichtig, und so übergab ich ihn Tony und reduzierte mein Arbeitspensum, um mehr Zeit für meine Familie zu haben und auch die Rolle der Tante wahrzunehmen.

Stefan sah ich vielleicht alle vierzehn Tage einmal. Ich wusste nicht, wie sein Privatleben aussah, und es interessierte mich auch nicht. Ich war nicht mehr eifersüchtig, denn ich war von all meinen vergangenen schlechten Emotionen geheilt. Es gab nun nur einen tiefen Wunsch, dessen Erfüllung ich mir sehnlichst erhoffte: dass mein Bruder geheilt würde!

Die Stammzellentransplantation war durch, und alles war Gott sei Dank gutgegangen. Doch die Situation war immer noch heikel. Für mich war es kein großer Eingriff gewesen, aber ich machte mir sehr viele Sorgen um Giusi. Ich hatte Angst, dass er stirbt, und diese tiefe Sorge konnte ich leider auch als Christ nicht dämpfen. Wie gut, dass Jesus hier auf der Erde auch ganz Mensch gewesen ist und meine Angstgefühle sicher verstehen konnte. Ich betete mit Christen, wann immer

194

sich die Gelegenheit dazu bot: Auch in der Firma entdeckte ich zu meiner immensen Überraschung ein paar davon, und wir bildeten ab und zu eine Gebetsgruppe.

Als Giusi sich ein wenig erholt hatte, aber immer noch schwach war, sagte er mir selber, dass Gott keine Fehler mache und dass sein Wille geschehen müsse:

«Solange wir hier auf dieser Erde sind, werden wir immer Fragen haben, auf die wir keine Antwort kriegen. Das müssen wir einfach so stehen lassen. Eines Tages wird Gott uns alle Tränen abwischen, und es wird kein Leid mehr geben.»

Mit zitterndem Finger zeigte er mir die betreffende Bibelstelle.

«Erst dann werden wir alles verstehen.»

Er fing an zu weinen. Ich sah ihm an, dass er den Wunsch hatte, hierzubleiben, bei seiner Frau und bei seinen Kindern. Dieser Anblick zerriss mir das Herz. Ich wollte meinen Bruder nicht verlieren.

Das Buch, das mir geholfen hatte, Gott kennen zu lernen, hatte ich mehr als einen Monat zuvor auch Stefan gegeben. Ab und zu trafen wir uns vor der katholischen Kirche, um für Giusi dort in der Stille zu beten. In meinem Leid stand mir mein Ex-Mann wirklich vorbildlich bei, und dabei redeten wir nie über unsere Vergangenheit.

Irgendwann einmal fragte er mich am Telefon, ob er mich zu einem Gottesdienst in meine neue Kirche begleiten dürfe. Er hatte das erste Kapitel des Buches gelesen und fand es eindrücklich. Mehr sagte er nicht, und ich fragte ihn diesbezüglich auch nicht weiter. Ich freute mich aber sehr, dass er Gott einen

Schritt näherkommen wollte. So nahm ich ihn ganz gelassen als einen guten Freund zum nächsten Gottesdienst mit.

Es gab dort einige Leute, die meinen Mann noch vom Fitnesscenter her kannten und ihn herzlich begrüßten.

Tania kam gleich zu mir und sagte: «Ist das dein Ex-Mann? Das ist doch Stefan, mein ehemaliger Fitnesstrainer! So ein professioneller und anständiger Mann!»

Das wusste ich, er hat seine Arbeit wirklich immer gut gemacht, und auch als Versicherungsberater hinterließ er nun denselben Eindruck.

Stefan war von dieser ersten Predigt sehr bewegt und sagte: «Es ist alles anders hier. Diese Worte gehen ins Herz, und die Liebe dieser Menschen fühlt sich echt an, sie wirkt nicht geheuchelt.»

«Stefan, du kannst hierherkommen, wann du willst, fühl dich völlig frei. Du musst dich nicht extra dazu mit mir verabreden», antwortete ich ihm.

Und so war es auch, vor Weihnachten kam er ein paar Mal in den Gottesdienst.

Während der Festtage sah ich meinen Ex-Mann öfters. Er kam ein paar Mal zu mir, und wir redeten zusammen wie zwei sehr gute Freunde über unser Leben und über Gott. Er hatte *Jesus, unser Schicksal* noch nicht fertig gelesen, und offenbar hatte es bei ihm nicht den gleichen sofortigen Effekt wie bei mir. Das ließ ich so stehen. Wir kochten, spielten Karten, tranken heißen Punsch und schauten ein paar gute Filme zusammen.

Zwischen uns gab es kein Fünkchen mehr als nur eine schöne Freundschaft von zwei Menschen, die sich wirklich in-

und auswendig kannten. Über unsere Verlobungszeit, unsere Hochzeit und unsere Ehe verloren wir während all der Zeit kein Wort.

Meine Eltern machten sich Sorgen, dass zwischen uns wieder etwas im Gang war, aber ich beruhigte sie. Sie konnten es nicht verstehen, dass wir nach all dem, was zwischen uns an Unschönem vorgefallen war, so gut miteinander auskamen.

An einem Abend, Anfang Januar 2004, kam nach einem Vortrag in der Kirche eine Frau zu mir und sagte: «Du kommst mit deinem Ex-Mann ja gut aus ... Was meinst du, dürfen wir beten, dass ihr wieder zusammenkommt?»

Ach, du meine Güte, nein!, war mein erster Gedanke. Ich wusste, wie viel Macht Gebete haben, und wollte dieses Risiko auf keinen Fall eingehen. Ich schaute in ihre hoffnungsvollen, herzlichen Augen und sagte ihr:

«Wir passen als Paar wirklich nicht zusammen. Wir würden uns nur den ganzen Tag fertigmachen. Jetzt kommen wir nur gut aus, weil wir nicht streiten. Aber wenn wir wieder zusammenleben müssten, hätten wir schon bei der ersten Meinungsverschiedenheit Krieg! Ich habe jetzt Frieden über unserer Situation, dass ich nicht einmal daran denken will, wieder was Neues reinzubringen. Nein, es ist wirklich gut so, wie's ist.»

Mit einem Lächeln sagte sie dann: «Gott kann Menschen aber verändern!»

Stimmt, Gott kann Menschen verändern, aber nicht so einen sturen Walliser Kopf, dachte ich.

Da ich die Frau nicht kränken wollte, sagte ich ihr schlussendlich: «Okay, dann bete eben dafür.» Doch es ließ mir keine Ruhe, alles bebte in mir, und ich ging schnurstracks nach Hause, um mit Jesus ganz klar zu reden, bevor es die andere Frau tat.

«Jesus, ich verstehe das alles nicht. Wieso will diese Christin für so etwas Unmögliches beten? Du weißt alles, du kennst mich, und du siehst in mein Herz. Endlich herrscht Frieden! Wenn Stefan und ich wieder ein Paar würden, fingen die Sorgen wieder von vorne an, und er würde mich wieder wahnsinnig machen! Du hast viel Freude in mein Leben gebracht, deine Liebe genügt mir völlig. Und schließlich kann ich doch nicht etwas nur aus Pflichtbewusstsein machen. Von meinem Gefühl her sage ich also: Nein, ich will das nicht! Da ich dir aber die Regie meines Lebensfilms übergeben habe, entscheidest du für mich und nicht ich. Zeige du mir bitte, was du wirklich darüber denkst.»

Ich kann mir vorstellen, dass es Jesus gefiel, dass ich so ehrlich mit ihm redete, denn er nahm mich immer sehr schnell beim Wort … Am nächsten Tag ging ich nämlich nach der Arbeit in eine christliche Buchhandlung, wo ich nun freudige Stammkundin geworden war. Ich habe nicht weiter an mein Gebet gedacht, es war alles bei Gott deponiert, auch meine unangenehmen Gefühle. Bevor ich mit neuer Literatur wieder den Laden verlassen wollte, stach mir ein Büchlein in die Augen, und der mir nun bekannte, wunderschöne, göttliche Liebeshauch durchströmte mich wieder einmal. Und das bedeutete, dass ich das Büchlein nehmen und lesen musste.

Der Titel war: «Trennung, Scheidung, Wiederheirat». *Okay, ich merke, du willst mir etwas dazu sagen … ich nehme es,* redete ich in Gedanken zu meinem Herrn.

Am selben Abend fing ich mit der Lektüre an. Sie war nicht

so ganz einfach, denn sie enthielt alle Bibelverse, die sich auf die Themen des Titels bezogen, und erklärte deren Sinn auch anhand des griechischen Urtextes. Das Buch war auch nicht für «normale» Leser, sondern für Eheseelsorger bestimmt. Trotzdem suchte ich ein paar Verse in meiner Bibel und begriff bald, wie heilig die Ehe für Gott ist und wie sehr Jesus sie hier auf der Erde verteidigte; Scheidungen entsprechen nicht seinem Liebesgebot. Die Ehe ist immer ein göttlicher, unauflöslicher Bund, bis einer der beiden Ehepartner stirbt. Jesu Worte sind diesbezüglich sehr klar und eindeutig.

«Oh, *mamma mia,* Jesus, das tut mir alles so leid. Bitte vergib mir meine Scheidung! Wie soll ich aber nun als Geschiedene weiterleben, wenn Stefan vor dir und deinem Vater noch mein Mann ist? Das ist mega krass, Jesus, meinst du das wirklich ernst? Das stresst mich! Ich mag gar nicht weiterlesen. Das ist zu schwierig für mich, aber bitte gib mir trotzdem bald eine klare Antwort darüber.»

Ich nahm meine Bibel, denn ich wollte dort weiterlesen, wo ich aufgehört hatte. Ich schlug sie auf, zwar nicht gleich beim Kapitel, das ich hätte aufschlagen sollen, aber meine Augen wanderten direkt auf einen Vers auf dieser Seite:

«Keine Frau darf sich von ihrem Mann scheiden lassen. Hat sie sich aber doch von ihm getrennt, soll sie unverheiratet bleiben oder sich wieder mit ihrem Mann versöhnen. Dasselbe gilt für den Mann.»

Hätte ich nicht gewusst, dass mich Jesus unendlich liebt und nur mein Bestes will, hätte ich in diesem Moment aus Verzweiflung losgeheult, und dies sicher ein paar Tage lang. Aber nein, ich weinte vor Dankbarkeit, denn für mich gab es nichts

Schöneres als Gottes klares Reden in meinem Leben. Ich war ihm so wichtig, und er antwortete als reales Gegenüber auf meine Fragen. Ich hatte noch keine Vorstellung, wie das mit Stefan wieder zustande kommen könnte, doch für Jesus war offenbar nichts unmöglich, also vertraute ich ihm.

Trotzdem musste ich wieder ein ehrliches Gespräch mit ihm führen: «Jesus, okay, es ist dein Wille, dass ich wieder mit meinem Mann zusammenkomme. Ich sage ‹Ja› zu deinem Willen, aber das musst du wirklich alles selber in die Hand nehmen. Ich rühre echt keinen Finger! Auch sage ich Stefan überhaupt nichts davon. Alles muss von dir aus geschehen, denn wenn ich etwas selber unternehme und das dann schiefgeht, will ich nicht mit Zweifeln leben, dass ich falsch gehört und selber gewurstelt habe.

Ich überlasse es dir zu 100 %, und ja, ich habe noch eine ganz wichtige Bedingung, weil sonst geht bei mir gar nichts, und das weißt du: Du musst mir wieder die wunderschönsten Liebesgefühle für diesen Mann geben. Ich will wieder so verliebt sein wie am ersten Tag, sogar noch mehr! Erst wenn ich die richtigen Gefühle von dir bekomme, mache ich aktiv weiter, denn dann weiß ich, dass du ganz klar hinter uns stehst und uns helfen wirst. Danke! … Und ja, falls ich diese Gefühle nicht bekomme, dann will ich dir unverheiratet in Afrika unter armen Kindern dienen.»

Heute sagen mir manche Christen: «Wow, ein gewagtes Gebet!»

Ja, ich weiß, aber es waren immer ehrliche Gebete in meinem noch sehr jungen Glauben. Ich habe Jesus Fragen gestellt, von ihm Bestätigungen gewünscht und ihm diese große Bedingung gestellt, aber alles, was ich wollte, schien im Einklang mit seinem Willen zu sein ...

Mittlerweile schien es so, als würde sich mein Bruder erholen, und wir atmeten alle auf. Wir waren sehr dankbar, dass unsere Gebete erhört worden waren, und hofften, dass er bald wieder der Alte werden würde. Nach diesen schweren Monaten begann ich, wieder an Ferien zu denken.

In dieser Zeit hatte ich auch wieder guten Kontakt zu meiner ehemaligen Freundin Nina, die ich noch vom Gymnasium in Zürich kannte. Sie lebte in Basel und war Teamleiterin einer Bank.

Sie rief mich im Büro an und fragte: «Hey, könnten wir zwei nicht dieser Kälte entfliehen und eine Woche an einem traumhaften Strand Stress abbauen?»

Uiihh, das klang gut ...

«Sicher! Bin dabei! Wo willst du denn hin?», fragte ich sie.

«Du hast mir doch von dieser wunderschönen Insel auf den Malediven erzählt, ich würde gerne dorthin fliegen», war ihre Antwort.

«Ja, ich würde auch sofort wieder dahin aufbrechen, muss aber zuerst ganz sicher sein, dass Luca nicht auf der Insel ist. Die Geschichte ist passé, aber ich will ihm nicht noch mal begegnen.»

«Okay, dann klär das mal ab und gib mir bald Bescheid.»

Ich hatte auf der Insel meine guten Kontakte und schrieb gleich eine Mail an den General Manager. Obwohl ich bereits von anderen wusste, dass Luca die Insel nicht mehr im Fokus hatte, war mir eine doppelte Absicherung wichtig. Als nichts dem Kurztrip im Wege stand, buchte ich für uns eine Woche für Mitte Februar und freute mich riesig auf die Wärme und die Erholung, die ich so nötig hatte.

An einem Sonntagnachmittag, zwei Wochen vor meinem Abflug, klingelte es an meiner Tür. Ich war sehr überrascht, als Stefan ganz aufgewühlt vor mir stand. Ich erschrak zuerst, denn ich dachte, es sei etwas Schlimmes passiert. Er umarmte mich sehr fest und weinte wie ein kleines Kind. Er sah noch verzweifelter aus als am Unfalltag seines Bruders.

«Stefan, was ist denn los?»

Er deckte sich ständig das Gesicht mit den Händen zu und sagte: «Ich schäme mich so sehr! Was habe ich dir angetan?! Ich habe alles falsch gemacht, ich habe das Wertvollste, was Gott mir gegeben hatte, einfach weggeschmissen! Vergib mir, Monica! Bitte vergib mir!», und er setzte sich laut schluchzend, wie ein Häufchen Elend, mitten im Flur auf den Boden.

«Ich habe das Buch fertig gelesen, und es ist mir auf einmal ganz bewusst geworden, was ich für ein Sünder bin. Ich hatte gar kein Recht, dich so zu behandeln! Ich habe nur an mich gedacht, hatte Hass in mir, konnte nicht vergeben und habe alles zerstört. Ich war so gemein zu dir und habe dich kaputt gemacht mit meinem furchtbaren Verhalten. Ich vergebe dir jetzt auch alles.»

Ich hatte die ganze Zeit vor ihm gestanden und blickte zu ihm hinunter. Ich war wie blockiert und konnte fast nicht glauben, was da gerade passierte. Ich hatte gemischte Gefühle: Freude, weil er endlich auch seine Fehler erkannt hatte und mir vergab, und Mitgefühl, weil er mir leidtat. Wie viele Male hatte ich mir diese Worte in unserer Ehe gewünscht! Jeden Tag, fast zwei Jahre lang!

Ich blieb in diesem Moment erstaunlich kühl und distanziert, sagte ihm aber: «Stefan, ich finde es toll, dass du das für dich erkannt hast, und ich danke dir, dass du mir vergibst. Ich habe dir aber wirklich auch schon alles vergeben, mach dir da keine Sorgen mehr.»

«Ich danke dir von Herzen dafür, aber es ist noch etwas anderes ... Jetzt würde ich alles, wirklich alles dafür geben, um eine zweite Chance von dir zu bekommen! Ich weiß nicht, wie das gekommen ist, aber ich ging gestern Abend in meinem Zimmer auf die Knie, habe um Vergebung und um eine zweite Chance bei Jesus gebetet – und plötzlich bekam ich auf einen Schlag wieder die schönsten Verliebtheitsgefühle für dich. Ich bin in dich sogar noch viel verliebter als am ersten Tag!»

Als er dies sagte, war ich baff und schaute ihn mit großen Augen an, denn mir kam mein Gebet vierzehn Tage zuvor in den Sinn ... *Habe nicht ich für genau diese Gefühle gebetet? Jetzt bekommt er sie? So plötzlich auf einen Schlag?* Aber ich hatte diese Gefühle nicht, und ich wusste, was ich mit Jesus abgemacht hatte. Das hieß für mich, dass ich noch gar nichts unternehmen musste.

Ich half Stefan, wieder aufzustehen, und sagte zu ihm: «Ich fühle nicht genauso wie du, und es wäre falsch von mir, nur aus Mitleid wieder mit dir zusammenzukommen. Ich habe dich lieb und freue mich für dich, wenn du mit Jesus leben willst, denn es gibt nichts Schöneres auf dieser Erde. Aber ich kann deine Gefühle wirklich nicht erwidern. Es ist besser, du gehst jetzt.»

Ich sagte Stefan kein Wort von meinem Gebet und blieb ungewöhnlich kühl, denn ich wollte ihm keine Hoffnungen machen.

Die nächsten Tage wurden hart für meinen Ex-Mann. Er war so verliebt, und ich konnte ihm nicht helfen. Als ich ihm in einer SMS schrieb, dass ich mit Nina eine Woche in den Urlaub fahren würde, rief er mich gleich an und fragte: «Kann ich dich zum Flughafen fahren?»

Ich dachte für mich: *Wenn er sich das antun will ... Aber ja, ist für mich praktisch.*

«In Ordnung, aber Nina ist auch dabei, denn sie kommt zuerst zu mir.»

«Kein Problem», war seine Antwort.

Am Abreisetag, am Flughafen angekommen, umarmte mich Stefan fest, als er mich verabschiedete. Er tat mir echt leid, aber ich gab ihm dann einfach drei Freundschaftsküsse und sagte ihm, er solle sich bitte nicht um mich sorgen.

Meine Freundin fragte mich dann, was eigentlich wirklich zwischen uns ist, und ich erklärte ihr, dass Stefan sich ein Comeback wünsche, dass er aber für mich nur noch ein guter Freund sei.

«Aus euch wird aber auch keiner schlau! Ist das kompliziert! ... Wir nehmen uns, wir trennen uns, wir nehmen uns wieder, wir scheiden doch, wir sind nur gute Freunde, jetzt wollen wir wieder ...»

Sie war schon immer eine sehr humorvolle Neapolitanerin, und ich musste über ihre lauten Überlegungen lachen, während wir unsere Koffer zum Check-in zogen. Das Gespräch war aber gleich wieder beendet, und ich freute mich auf die sicher lustige Woche mit ihr. Aber als Erstes konnte ich es kaum erwarten, wieder in einem Flugzeug zu sitzen und Richtung Wärme zu reisen; was für ein gutes Gefühl!

Als knapp zwei Stunden später das Flugzeug der «Edelweiss Air» abhob und ich freudig aus dem Fenster auf den Zürcher Flughafen hinunterschaute, passierte das Wunder, das ich so niemals erwartet hätte: Es war, als wenn innerhalb einer Sekunde Millionen von Schmetterlingen in meinen Bauch geflogen wären! ... Ich fühlte mich im Nu wie die verliebteste Frau der Welt und bekam urplötzlich eine schreckliche Sehnsucht nach Stefan. Ich begann, vor Freude zu weinen, und konnte es nicht fassen. Ich wusste, dass dies ein riesiges Geschenk von Gott war, und war so dankbar für dieses Wunder!

«Was ist mit dir los?», fragte meine Freundin.

Ich schaute sie an und dachte: *Nina, du Liebe, was mache ich bloß mit dir eine ganze Woche auf den Malediven? Jesus, wieso gerade jetzt? Jetzt, wo ich nicht mehr zurückkann und dieses Flugzeug weit wegfliegt!* Aber ich war glücklich und strahlte wie ein Marienkäfer. «Du wirst es mir nicht glauben, aber ich bin wieder in meinen Mann verliebt! Jetzt weiß ich, dass wir zusammengehören, aber jetzt ist er da unten, und ich bin hier oben.»

Sie schaute mich mit einem merkwürdigen Blick an und sagte: «Wie denn, einfach so plötzlich? Und das wusstest du vor einer halben Stunde noch nicht?»

Ich erzählte ihr von meiner Abmachung mit Gott, aber irgendwann merkte ich, dass ihre Zeitschrift sie besser unterhielt, und redete nicht mehr darüber. Nun hatte ich sehr viele lange Stunden Zeit, um mir auf einer kleinen Insel Gedanken über die Gestaltung unserer möglichen neuen Ehe zu machen.

Diesmal würde sie einen großen Vorteil haben: Sie hatte Gott als Dritten und als sehr realen Helfer im Bund. Jesus hätte mir nicht klarer zeigen können, dass er hinter uns steht.

In dieser Woche genoss ich die tropischen Temperaturen, das wunderschöne Meer und meine Bibel, die ich sogar am Strand unter der Palme las. Damals hatte ich noch keine Ahnung von Christenverfolgung und redete offen über Jesus, auch mit Einheimischen. Ich war eine Touristin, und alle waren sehr freundlich zu mir, aber es gab auch zwei Personen, eine Frau und einen Mann, die vor mir richtiggehend flüchteten und nicht mehr in meine Nähe kommen wollten. Ja, ich musste immer noch vieles lernen; ich war, wie's die Bibel sagt, erst ein Säugling im Glauben, oder umgangssprachlich eben ein «Baby-Christ». – Heute weiß ich, dort würde mir eine Gefängnisstrafe drohen, wenn ich so offensiv meinen Glauben vor Einheimischen bekenne und auslebe!

Mit Nina hatte ich es sehr gut: Wir schnorchelten mit süßen Anemonenfischen und Wasserschildkröten, lagen manchmal wie Faultiere unter der prallen Sonne und ließen uns im Spa verwöhnen. Wir schlossen auch Freundschaft mit den italienischen Reiseleitern, die nun dort an meiner und Lucas Stelle arbeiteten. Die beiden waren überglücklich, auf den Malediven zu sein, und ich mochte es ihnen gönnen, denn ich empfand kein bisschen Reue mehr, dass ich auf dieses irdische Paradies verzichtet hatte. Auch hatte ich dort keinen einzigen nostalgischen Flashback: Mein Leben und mein Herz waren in der Schweiz, und ich freute mich auf das neue große Abenteuer, das bei meiner Rückkehr auf mich wartete.

Der Urlaub war cool, aber jeder Tag schien mir so lang wie

eine Ewigkeit, und der Blick auf die vielen verliebten Pärchen in ihren Flitterwochen war eine Tortur. So viel Sehnsucht nach meinem Mann hatte ich noch nie zuvor gehabt. Nach drei Tagen, als ich ganz sicher war, dass meine wundervollen Liebesgefühle wirklich anhielten und sogar noch stärker wurden, rief ich Stefan an und teilte ihm mit vielen Emotionen die in diesem Moment schönste Nachricht der Welt mit.

Am anderen Ende des Telefons jauchzte einer vor unendlicher Freude und sagte mir zutiefst berührt: «Liebling, wir werden alles besser machen. Wir wissen jetzt, wer hinter uns steht. Das haben wir nicht selber gemacht, er schenkt uns alles zurück, was wir verbockt haben. Das ist einfach mega! Gewaltig! Ich hoffe, es ist kein Traum, ich liebe dich so sehr!»

Während ich das hier schreibe, weine ich vor Freude, denn meine Dankbarkeit ist unendlich groß, und ich erlebe wieder die gleichen Gefühle wie damals; es sind unbeschreiblich glückliche Momente, die ich jedem Ehepaar nur wünschen kann. Gott steht hinter jeder Ehe, und er will uns Gelingen schenken.

Heute würde ich bei der Frage: «Willst du, Monica, Stefan in guten wie in schlechten Zeiten lieben, achten, respektieren und ihm treu sein, bis dass der Tod euch scheidet?» mit einem «Ja, ich will, mit Gottes Hilfe» antworten, denn ohne seine Hilfe, nur mit eigener Kraft, ist es sehr, sehr schwierig.

Ich will damit nicht sagen, dass nur christliche Ehen gelingen, denn wir bewundern heute ein paar Ehen in unserem Umfeld, in denen Gott kein Thema ist und die viel besser funktionieren als manche christliche Ehe. Meistens sind es aber Pärchen, die neben einem bestehenden Fundament der Liebe und intakten Wertvorstellungen noch genug weitere Gemeinsamkeiten haben. In den meisten Fällen bringen sie keine großen seelischen Verletzungen mit in die Ehe und haben bedingungslose Liebe empfangen von Eltern, die noch zusammen sind und ihnen eine tragfähige Ehe mit ihren Höhen und Tiefen vorgelebt haben … Aber auch das liebe Geld hält viele Ehen zusammen … Ob diese dann innen auch so glänzen wie außen, ist natürlich eine ganz andere Frage.

Diese getrennte Woche – er in Europa und ich in Asien – hat uns beiden jede Menge Zeit gegeben, um über uns nachzudenken. Ich machte endlich meine Hausaufgaben aus den Tagen der Eheberatung und ließ alle schönen Momente unserer Verlobungszeit nochmals Revue passieren und erkannte, dass ich Stefan damals stets die Anerkennung gab, die er brauchte; so hat er sich von mir immer geliebt und wertgeschätzt gefühlt, und auch er gab mir seine Liebe mit allen Zärtlichkeiten, die ich brauchte. Unsere Liebestanks waren stets bis zum obersten Rand gefüllt, ohne dass es Gewicht bekommen hat, dass wir so verschieden waren.

Stefan hat immer das Herz am richtigen Fleck gehabt, aber «Liebe geben» konnte er nach meinen Nörgeleien plötzlich gar nicht mehr. Womöglich ließen seine Liebesgefühle in all den Stressmonaten vor unserer Hochzeit bereits nach, ohne dass ich es gemerkt hatte. Ich kümmerte mich in dieser Zeit zu wenig um die Seele meines Verlobten und hatte nur ein Ziel: die perfekte Hochzeit in Venedig.

Schade auch, dass wir uns damals keine Flitterwochen auf den Malediven leisten konnten und mit so viel Stress und Druck weiterfunktionieren mussten. Aber ich bin sicher, es

Stefan und ich heute (Foto: TannerArt)

Meine Taufe – mit meinen Eltern

5 Monate alt, auf den Armen meiner Mama

Meine Eltern und Geschwister, 1976

Mit Giusi (l.) und Claudio (r.) an meinem zweiten Geburtstag

Teenagertage in Jesolo

Als Sechzehnjährige in Parma

Mit 19 in Jesolo, am geliebten Strand im Herbst

Vor einer Saab 340 als frischgebackene Hostess, 1995

Freudig vor einem weiteren Einsatz

Im Cockpit einer Saab – wie eine Pilotin!

Eine Saab 2000 der Crossair, 1995

Auf einem Flug nach Mailand, 1998

Werbe-Shooting in einem Privatjet, 2014

Stefan und ich: Unser erstes Foto, Juli 1998

Vor der «Fontana di Trevi» in Rom

Unsere Flitterwochen in Sizilien, 2004

Mit meiner Tante Lina in «unserem» Jesolo, 2014

Im «Palazzo Ducale» vor unserer Zeremonie in Venedig

Frisch verheiratet am Ausgang der Kirche «San Giacomo dall'Orio» in Venedig

Überglücklich während unserem Hochzeits-Shooting

Startbereit für die wunderschöne Gondelfahrt durch den Canal Grande

Mit meinem stolzen Dad

Was passt für eine Hochzeit besser als …

… die Piazza San Marco in Venedig?!?

An einem der tausend idyllischen Orte Venedigs – ich fühle mich hier wie zu Hause

Ich habe auch gern als Model gearbeitet …   … wie hier bei einem Foto-Shooting

Auf der Insel San Giorgio (Foto: Pietro Volpato)

Mit Stefan auf einer Hochzeit im Jahr 2000

Unser zweites «Ja» am 28. Mai 2004

Generationen: Oma, Mama, ich und Aline

Unser Töchterchen Aline ist 2 Wochen jung

Unsere kleine Family im Sommer 2008 in Jesolo

Yanis und Aline: Einfach süß, die zwei!

Stefan mit unserem 4 Monate alten Yanis

aline glücklich auf Papas Armen

Der kleine Yanis wird geknuddelt!

An Weihnachten 2011

Dankbar und happy im November 2015
(Foto: TannerArt)

In unserer schönen Aarauer Altstadt, 2015

hätte auch mit Phasen der Erholung und des Abschaltens irgendwann einmal einen Knall gegeben, denn eine Ehe ohne Reibereien gibt es nicht, und wir konnten angesichts unserer leeren Liebestanks nicht mehr kommunizieren. Wir holten unseren egoistischen, ich-bezogenen Menschen wieder hervor, konzentrierten uns nur auf unsere eigenen Bedürfnisse, wurden fordernd und schauten nicht mehr auf das Wohl des anderen.

Mein Mann hat grobe Fehler gemacht, Fehler, die er eingesehen hat und die ihren Ursprung in seinen tiefen seelischen Verletzungen aus der Kindheit haben. Mein forderndes Verhalten, meine Ungeduld und meine ständigen kritischen Einwände warfen zusätzlich Salz in seine nie geschlossenen Wunden. Ich hatte damals keine Ahnung davon, verstand seine unlogischen Reaktionen nicht und wusste auch nicht, wie mit solchen Situationen weise umzugehen war. Ich bekam ja immer mehr eigene Verletzungen, die ich zu versorgen hatte, und konzentrierte mich nur noch auf meine Schmerzen.

Stefans «innere Blutungen» hatte er mir nie mitgeteilt. Er wollte immer stark bleiben und mich, die in seinen Augen Schuldige, für sein wiedergekehrtes inneres Leid selbst auch leiden sehen. Also ein großes seelisches Problem im Hintergrund, das er sicher besser hätte definieren können, wenn er psychologische oder seelsorgerliche Hilfe in Anspruch genommen hätte. Aber auch da war er stur. Nebst diesem Grundunverständnis, unseren Verschiedenheiten, meinem Ehebruch und dann zusätzlich noch seinem, waren auch unsere beiden Charaktere im Streit schlicht unmöglich miteinander zu vereinen. Wir waren auf diese Weise inkompatibel.

Unsere Ehe lief also katastrophal auf der ganzen Linie, und was echte Versöhnung hieß, wussten wir schon gar nicht, bis wir Jesus kennen lernten, der für all unseren Mist sogar sein Leben gegeben hat. Die Erkenntnis, dass er, der Sündlose, aus unendlicher, göttlicher Liebe heraus für unser Versagen an unserer Stelle starb, damit wir unbefleckten Zugang zu seinem Vater haben, hat uns gerettet und unsere Seelen geheilt.

Vergebung gibt es bei unserem großen, gnädigen Gott vollkommen gratis, und wir können so schmutzig vor ihn hintreten, wie wir sind, egal, was wir angestellt haben; wir müssen nicht zuerst sauber werden und müssen schon gar nichts leisten. Was gibt es für eine größere Liebe? Und wir Menschen können nicht einmal eine Kritik, eine Ablehnung oder ein Fehlverhalten vergeben? Sind wir besser als Gott? Nein, natürlich nicht! Von seiner Liebe wollten wir nun lernen.

Unbewusst hatte ich Stefan in unserer Ehe oft auch vor meiner Familie gedemütigt, weil er sich manchmal nicht so verhielt, wie ich das gerade haben wollte. Und später schimpfte ich viel über ihn, um bei meinen Eltern Verständnis zu finden. Das war falsch von mir, und so etwas wollte ich ebenfalls nie mehr tun. Ich wollte hinter meinem Mann stehen und kein negatives Wort mehr über ihn fallen lassen, auch nicht bei meinen Freunden. In der Bibel verlangt Gott von mir, dass ich Respekt für meinen Mann haben soll. So wollte ich auch keine negativen Äußerungen mehr über Stefan und unsere Ehe von anderen hören.

Nein, in meine Ehe sollte sich keiner mehr einmischen außer Gott, und wenn wir wieder Probleme bekommen würden, wusste ich, dass ich nur noch zu Menschen gehen wollte, die *für* die Ehe waren und uns mit Gottes Wort weiterhelfen konnten. Es geschieht doch so schnell: Man hat einen schlechten Tag mit dem Partner, und die Negativ-Gedanken-Spirale beginnt, einen nach unten zu ziehen.

Nähren wir uns mit guten Gedanken, kommen wir aus der Spirale wieder heraus, und der Tag kann gut, sogar hervorragend werden. Lassen wir es jedoch zu, dass sich ein negativer Gedanke auf den anderen häuft und dass Menschen rundherum noch ihren schlechten Senf dazugeben, zieht uns der Strudel immer weiter nach unten, bis wir nur noch schwarz sehen. Ich wollte also nur noch positiv über die Ehe und meinen Ehemann denken.

Auf den Malediven erhielt ich ganz viele wertvolle Lektionen von Gott. Selbst die tiefe, fast unerträgliche Sehnsucht war nicht ohne: Dadurch schenkte er mir das Verständnis von Einssein und gab mir ein neues Zugehörigkeitsgefühl zu meinem Mann. Ich wollte mich nie wieder von ihm trennen; echt nie, nie wieder, auch nicht für eine Woche.

Ich muss heute über diese tropische Schule Gottes echt schmunzeln; mein himmlischer Daddy hat ein sehr gutes Timing und auch viel Humor, das erlebe ich immer wieder ...

Endlich kam der Tag unserer Rückreise, und ich betete, dass das Flugzeug nicht abstürzen würde, denn das wäre jetzt echt schade gewesen, nicht? ... Als ich gesund in Zürich landete, war ich aufgeregt wie noch nie. Da wartete mein wunderbarer Mann mit roten Rosen, mit einem überglücklichen Strahlen im Gesicht und mit weit offenen Armen auf mich. Wir umarmten uns wie Menschen, die sich über alles lieben, aber sich fünfzig

Jahre nicht mehr gesehen haben. Wir küssten uns lange und schauten uns mit Freudentränen und verliebten Blicken an.

Irgendwann hörte ich eine Stimme von rechts: «Ich glaube, ich nehme den Zug und fahre direkt nach Basel.» Es war Nina, die unseren ganzen verrückten «Turnaround» nicht wirklich einordnen konnte. Ich gab ihr nur mit meiner Hand ein Zeichen, dass sie ruhig gehen konnte, und klebte weiter an meinem Geliebten.

Mit Nina sind wir heute noch sehr gut befreundet. Sie ist verheiratet, hat zwei Kinder und lebt immer noch in Basel.

«Und jetzt heiraten wir ganz schnell wieder», klang es bezaubernd in meinen Ohren, «und ich möchte auch sehr bald ein Baby mit dir», fuhr Stefan fort. Seine Worte freuten mich riesig, denn seine furchtbare Angst vor der Verantwortung, Vater zu werden, vor allem mit der falschen Frau, schien endgültig verschwunden zu sein!

Aber zuerst mussten wir viele Flittermonate nachholen und wollten gleich damit beginnen, als mir ein Gedanke kam:

«Stefan, dürfen wir eigentlich wieder zusammenleben, ohne auf dem Papier wieder verheiratet zu sein?»

Nachdem wir Gott so klar erlebt hatten und nun wussten, dass seine Gebote und Regeln auch im 21. Jahrhundert noch genau dieselben waren, wollten wir ja nichts Falsches machen. Da wir eh noch vorhatten, unsere schöne Nachricht meinem Bruder zu erzählen, fuhren wir zuerst zu ihm nach Hause.

Seine Freude war unbeschreiblich groß, denn seine Gebete und die seiner ganzen Familie hatten endlich Erhörung gefunden. Seine älteste Tochter sagte mir mehr als ein Jahr später, dass sie immer als ganze Familie für unsere Wiederheirat gebetet hatten und es für sie das erste Wunder war, das sie persönlich live erlebte.

Bei diesem Treffen fragten wir Giusi sehr scheu, wie wir das Ganze mit unserer Sexualität handhaben sollten und ob wir bereits wieder zusammenziehen konnten oder nicht.

Er meinte: «Vor Gott seid ihr immer noch Mann und Frau, an dem hat sich nichts verändert. Aber es ist sicher gut, wenn ihr das Ganze auch rechtlich bald wieder in Ordnung bringt.»

Ich denke, wir waren noch nie so schnell zu Hause wie an diesem Tag.

Stefan lebte wieder bei mir, was meinen Eltern gar nicht passte. Sie, meine Großmutter und meine Tante bekamen auch fast die Krise, als ich ihnen mitteilte, dass wir im Mai, also drei Monate später, wieder heiraten wollten. Sie dachten wahrscheinlich an eine «Neverending Story» à la Liz Taylor und Richard Burton, und ich konnte sie durchaus verstehen. Sie hatten für mich genug gelitten und hatten noch die Sorge um meinen Bruder; sie hatten echt keine Kraft mehr für weitere Katastrophen.

Auch für Stefans Familie und für unser gesamtes Umfeld klang das alles verrückt. Niemand, aber auch wirklich niemand von ihnen wollte mehr einen Rappen auf dieses zweite Ja setzen.

Außer für unsere neuen christlichen Freunde waren wir für alle die größten Spinner.

Meine Tante sagte mir aber einmal: «Eigentlich bewundere ich dich, dass du trotz solchen Widerstands auf niemanden hörst als nur auf Gott und jetzt so klar hinter deinem Mann stehst.» Sie und meine Großmutter kamen ein Jahr später auch zum Glauben an Jesus Christus.

Als wir am 28. Mai 2004 das Standesamt von Aarau betraten, kamen wir uns ein wenig dumm vor …

«Hallöchen, da sind wir wieder!»

Etwa so hätten wir die Leute dort begrüßen können. Aber irgendwie machten die gar keine Anstalten und zeigten uns weder ein irritiertes Lächeln noch sonstige Signale von Unverständnis, Zweifel oder Überraschung. Es schien so, als sei eine zweite Ehe mit demselben Partner nichts ungewöhnlich Neues für sie. Das bestätigte mir ein paar Monate später eine Angestellte, die sagte, dass dies ab und zu mal vorkomme.

Wir hatten nur zwei Trauzeugen dabei, meinen Bruder Giusi und seine Frau. Als alles reibungslos durch war und wir auch rechtlich endlich wieder Mann und Frau waren, warteten unser Pastor Jonathan mit seiner Frau Regula und unsere Freunde Annina und Bernhard draußen auf uns. Sie hatten eine festliche Flasche und ein paar Gläser dabei, um mit uns freudig und ganz unkompliziert zu feiern. Eine tolle Überraschung! Jonathan war es wichtig, uns Gottes Segen zuzusprechen, und das schätzten wir enorm. Wir sind heute diesen Menschen sehr dankbar für alles Zuhören, Motivieren, Stärken und Beten in unserer chaotisch-wilden Anfangszeit!

Kapitel 11
In guten wie in schlechten
Zeiten ...

«Die Liebe ist langmütig, die Liebe ist gütig; sie neidet
nicht; die Liebe tut nicht groß, sie bläht sich nicht auf, sie
benimmt sich nicht unanständig, sie sucht nicht das Ihre,
sie lässt sich nicht erbittern, sie rechnet Böses nicht zu, sie
freut sich nicht über die Ungerechtigkeit, sondern sie freut
sich mit der Wahrheit, sie erträgt alles, sie glaubt alles, sie
hofft alles, sie erduldet alles» *(1. Korinther 13,4–7)*.

Herbst 2015

Wir: Stefan, ich und unsere neun- und siebenjährigen Kinder,
Yanis und Aline, sitzen an einem Tisch mit einer größeren
Gruppe von Personen, die wir erst seit ein paar Stunden kennen und die in dieser Zeit unsere Familie beobachtet haben.
Wir befinden uns in den schönen Graubündner Bergen; unsere
Kinder haben sich den ganzen Tag wohlgefühlt, sind während
ihres Spiels in der freien Natur immer wieder zu uns gekommen, um uns zu umarmen, und Stefan und ich haben zeitweise
wie Turteltauben rumgehangen.

«Es ist schön, euch zuzusehen! Ihr seid eine sehr herzliche Familie. Irgendwie spürt man eine Zusammengehörig-
keit und einen Frieden in euch, wie man das heutzutage

215

nicht mehr viel sieht», sagt ein Mann, der sehr aufgeschlossen wirkt.

Dieses Kompliment hören wir natürlich sehr gerne, denn wir betrachten es als absolut nicht selbstverständlich, dass wir mittlerweile echte Ehe-Fans geworden sind und nach all unseren Troubles sogar noch mit zwei wunderbaren Kindern beschenkt worden sind. Ehrlicherweise müssen wir aber auch zugeben, dass wir keinen «Master» in Eheführung besitzen und, wie jede andere Familie, ab und zu auch ganz anders ticken können ... Unser Ehe- und Familienalltag ist nicht immer so stressfrei wie an diesem Wochenende!

Ein Seniorenehepaar schaut uns lächelnd an, und die Frau fragt: «Wie lange seid ihr schon verheiratet?»

Lustigerweise antworten Stefan und ich gleichzeitig. Er sagt vierzehn Jahre – und ich sage elf Jahre.

Sie schauen uns ein wenig skeptisch an, vor allem Stefan, und ich weiß, was sie nun denken: *Typisch Mann, der weiß nicht einmal, wie lange er verheiratet ist.*

Unsere Kids, die über unser früheres Desaster mit Happy End Bescheid wissen, haben verstanden, wie wir's meinten, und schmunzeln.

So erkläre ich kurz: «Ja, es ist beides richtig. Vor vierzehn Jahren haben wir das erste Mal geheiratet und vor elf Jahren das zweite Mal, dazwischen haben wir uns einmal scheiden lassen.»

Die Gesichter vor uns sind nun etwas baff, und es herrscht ein paar Sekunden Stille, in denen wir merken, wie unsere nicht alltägliche Nachricht verdaut und verarbeitet wird.

Eine Frau, um die fünfzig, die ich Miriam nenne, fragt uns

dann erstaunt: «Also, ihr redet von euch zwei? Wart ihr einmal geschieden ohne Kinder, und dann habt ihr wieder geheiratet?»

«Genau so», antwortet mein Mann.

Die Omi strahlt.

«Und wie ist das so gekommen?», fragen nun fast alle unisono weiter.

«Das erste Mal wussten wir echt nicht, was Ehe und Liebe leben wirklich bedeutet. So haben wir praktisch alles falsch gemacht, was man falsch machen kann, und haben uns regelrecht zerstört.»

Während mich Stefan zärtlich anschaut, erzählt er in ein paar wenigen Sätzen, wie und vor allem dank wem wir uns wieder gefunden haben.

Nun hat Miriam Tränen in den Augen, und die anderen staunen auch. Ganz offensichtlich sind alle berührt.

Ein anderer Mann fragt: «Also, seid ihr wirklich sicher, dass ihr von euch beiden redet?»

«Ja, ganz ehrlich!», antworte ich. Heute denken die meisten, die uns erst seit kurzem kennen, dass wir uns einen Scherz erlauben, wenn wir erzählen, dass wir einmal voneinander geschieden waren. Vor elf Jahren war es noch das Gegenteil: Da mussten wir unser kopfschüttelndes Umfeld regelrecht überzeugen, dass wir wieder geheiratet hatten!

«Eure Ehekrise wird bestimmt nicht so schlimm gewesen sein, sonst wärt ihr ja über eure Vergangenheit nicht wieder zur Ruhe gekommen, oder?», fragt Miriam dann.

Das ist auch etwas, was viele meinen: dass wir wegen ein paar Bagatellen auseinandergegangen sind, denn so ausführ-

217

lich wie in diesem Buch erzählen wir ja unsere «True Story» normalerweise nicht. Und glauben Sie mir, es war furchtbar schwierig für mich, die dunkelsten Seiten unserer ersten Ehe, auf die wir beide logischerweise nicht stolz sind, hier niederzuschreiben.

«Unsere erste Ehe war furchtbar, und so viel Kummer und Verletzungen wünsche ich niemandem, auch wenn es leider auf der Welt noch viel schlimmere Ehen gibt», antworte ich Miriam. «Nein, vergessen ist nichts, das erlebe ich jetzt, wo ich ein Buch über diesen verrückten Abschnitt unseres Lebens schreibe und ich jedes traurige Gefühl dieser Zeit in meinen Erinnerungen nochmals durchlebe und durchheule, um es auch so ehrlich wie möglich zu vermitteln.

Aber das Entscheidendste ist, dass alles, aber auch wirklich alles vergeben ist! Es ist, als wenn Gott unseren alten Rucksack mit all unserem Schlamassel irgendwo ins tiefste Meer geworfen hätte. Er denkt nicht mehr darüber nach, und wir machen es genauso. Wir haben uns unsere vergangenen Fehler nie wieder an den Kopf geworfen, und unsere Seelen sind ganz geheilt worden.

Und das ist das, was wir auch anderen Paaren in ähnlicher Situation von Herzen wünschen … Auch wenn man bereits geschieden ist und es kein Zurück mehr geben kann, ist ein Neuanfang im Herzen bei jedem Einzelnen möglich. Dem Ex-Partner zu vergeben, ihn als Mensch und als Mutter oder Vater zu respektieren, auch wenn er oder sie es menschlich nicht verdient, ist für sich heilsam und ein großes Vorbild für Kinder, die sonst im Dauerkonflikt zwischen ihren Eltern leben und darunter leiden müssen.»

Unsere Zuhörer nicken und sind beeindruckt von unserer positiv endenden Geschichte. So werden unsere Gespräche am Tisch sehr tief und in diesen offenen Momenten, wie wir sie auch sonst immer wieder mit den verschiedensten Leuten haben dürfen, merken wir, wie sich jeder Mensch, egal, ob er an Gott glaubt oder nicht, und egal, wie emanzipiert er ist, nach Werten wie wahrer Liebe, Treue, Geborgenheit und Frieden sehnt.

Es ist wirklich das tiefste Grundbedürfnis unserer Seele, zu lieben und geliebt zu werden. Wenn wir das Glück haben, die großgeschriebene Liebe in einem Partner zu finden, dann wünschen wir uns, dass diese für immer und ewig anhalten und mit uns bleiben möge. Die Liebe ist die schönste Emotion der Welt und das wunderbarste Geschenk an die Menschheit überhaupt.

Doch kann ein Mensch das Liebesbedürfnis eines anderen Menschen vollkommen und dauerhaft stillen? Wenn dies so wäre, gäbe es keine Scheidungen mehr, wir hätten nur konstant glückliche Kinder und unsere Erde hätte die Form eines Herzens. Spaß beiseite, hier der paradoxe Ernst: Diese unrealistische Erwartung haben viele Menschen, insbesondere von dem Tag an, an dem ihre Liebe für immer besiegelt werden soll, ihrem Hochzeitstag. Sie drücken auf «Wohlfühlprogramm» und delegieren die Verantwortung für ihr Lebensglück ganz an den Partner, der ab sofort in der Lage sein muss, jeden Herzenswunsch sogleich entziffern zu können.

Man redet nicht viel davon, aber offenbar ist es gar kein seltenes Phänomen, dass vor allem Frauen nach dem großen Tag, den sie ein halbes Leben lang herbeigesehnt und monatelang fast bis zur Perfektion geplant haben, plötzlich in ein Loch fallen. Sobald der Alltag einkehrt, merken sie, dass der Schlusssatz ihres persönlichen Hochzeitsmärchens: «... und so lebten sie glücklich bis an ihr Lebensende», nichts mit dem realen Leben zu tun hat.

Selbst Menschen, die bereits vor ihrer Hochzeit mit ihrem Partner zusammengelebt haben, entwickeln unbewusst hohe Erwartungen an die Ehe, die dann enttäuscht werden. In der heutigen Zeit wird man dann sehr bald vom Gedanken der Verbindlichkeit der Ehe erdrückt, alles endet leicht in Frustration: *Wie lange muss ich mit der falschen Person zusammenleben? Jahrzehntelang? Wieso habe ich überhaupt geheiratet?*

Alle Unterschiede, die man in der lieblichen Hochgefühlsphase vor der Hochzeit konsequent ignoriert hat, kommen zum Vorschein, und man sucht sie wieder ... die Ausgangstür, die Freiheit ... Denn da draußen wird es sicher einen Menschen geben, der mich mehr liebt! Der mich besser versteht! Der noch besser zu mir passt! Der mich auf Händen trägt! Doch wenn man nicht von den seelischen Verletzungen einer gescheiterten Beziehung geheilt ist, wenn man aus den eigenen Fehlern nichts gelernt hat und immer noch nicht weiß, was wirkliche Liebe bedeutet – wie lange wird man dann mit einem neuen Partner glücklich bleiben können?

Die Liebe kann wunderbare Gefühle schenken, aber wahre Liebe ist kein Gefühl ... Und wenn sie für mich nur ein Gefühl geblieben wäre, würden Sie, liebe Leserin und lieber Leser, dieses Buch nicht in den Händen halten. Ich hätte bestimmt ein paar Mal wieder das Handtuch geschmissen ...

Rückblickend denke ich, dass ich genau von so einem Tief,

einem Hochzeitsblues, oder wie es amerikanische Psychologen bezeichnen, einer «post-bridal depression» – betroffen war. Mein Traumprinz, der bereits in Venedig mein Märchen unbewusst viel zu abrupt beendete und nach ein paar Stunden vom Beziehungskiller Nummer eins, dem Stress, völlig überrollt wurde, war nicht fähig, meine übermäßig große Enttäuschung zu verstehen und meine plötzliche immense Liebesleere zu füllen.

Ich konnte meinen damaligen Zustand nicht definieren und dachte, dass meine Erwartungen, auch wenn mein Mann körperlich und psychisch erschöpft war, sehr nachvollziehbar und rundum berechtigt wären. Ich sah nur mein eigenes Elend. Er sah dann wiederum nur seins. So wurde aus einer wunderbaren, von Verständnis geprägten und von keinerlei Geheimnissen belasteten Kommunikation vor der Ehe eine völlig verständnislose, fordernde, brüllende, giftige, verletzende und teils auch gar nicht mehr existierende.

Doch wieso tut eigentlich eine Scheidung, selbst nach einer Blitzehe ohne Kinder, so weh? Ich kenne mittlerweile viele Menschen, die eine ähnliche Ehe hatten wie wir und auch so unheimlich gelitten haben. «Sei doch froh, dass du keine Kinder hast … Du wirst sehen, nach der Scheidung von diesem schrecklichen Menschen wirst du dich wieder frei und glücklich fühlen!», lauten dann die pseudo-ermutigenden Sätze, die man in einer solchen Situation zu hören bekommt.

Nach unseren heutigen Erkenntnissen ist eine Ehe – ob christlich oder nicht, ob kurz oder lang – bildlich gesprochen wie die Vereinigung zweier Papierblätter, die mit Ultrastrong-Leim ganz fest zusammengeklebt wurden. Es heißt: «Die zwei werden ein Fleisch sein», was von Gott her als ein wunderbares Geschenk gemeint ist. Doch was passiert, wenn man diese fest zusammengeklebten Blätter auseinanderzureißen versucht?

Als wir wieder geheiratet haben, fühlten wir uns, um im Bild zu bleiben, wie ganz neue, weiße Blätter. Wir hatten die unfassbare Chance gekriegt, alles noch mal von vorne beginnen zu dürfen, und wir waren überglücklich, als wir unsere zweite Ehe auf eine stressfreiere Weise mit drei Flitterwochen auf Sizilien starten durften. Wir hatten die Liebe neu gefunden, wir hatten Gott als Dritten im Bunde und waren uns sicher, diese Ehe nun problemlos zu meistern.

Und hier die Wahrheit: Wir sind nicht von einem Tag auf den anderen so artig und vernünftig geworden. Das Schmetterlingswunder, das uns urplötzlich die schönsten Verliebtheitsgefühle geschenkt hatte, hat leider nicht auch noch auf unsere Charaktere eingewirkt, und die guten Vorsätze zur harmonischen Gestaltung unserer wieder geschenkten Ehe waren zur Hälfte vergessen, sobald erneut der Alltag einkehrte. Das Know-how, was Liebe ist und wie man Liebe lebt, ist uns also nicht gleich in den Schoß gefallen: Wir mussten viel lernen und sind heute immer noch am Üben.

Es ist, wie wenn man Musik machen will, aber noch keine Ahnung von Noten hat. Beginnt man dann aber das Instrument zu spielen, kann man sich ein Leben lang, auch wenn man bereits gut spielt, immer noch verbessern. Um ein erfolgreicher Musiker zu werden, braucht es vorab die Entscheidung, sich dieser Kunst mit Liebe ein Leben lang widmen zu wollen. Zusätzlich braucht es, nebst etlichem anderen, viel Leidenschaft,

Professionalität und Zeit. Es bedeutet wirklich harte Arbeit im Alltag, aber jede Mühe lohnt sich, denn eine Ehe kann wirklich wunderschön sein, eben: wie Musik! Während es aber für jede Form wirklicher Kunst ein besonderes Talent braucht, ist die Gabe, zu lieben, in jedem von uns von Natur aus angelegt und will gehegt und gepflegt und entwickelt werden.

Unser erstes Ehejahr war also nicht immer Friede, Freude, Eierkuchen. Ich weiß noch, wie wir damals etwa alle drei Tage – zwar nicht jede Stunde wie früher, aber eben doch – ziemlich aneinandergeraten sind. Vieles lief zwar bereits besser: Stefan flüchtete nicht mehr vor Konflikten wie früher und wir gaben uns alle Mühe, Meinungsverschiedenheiten auszudiskutieren, auch wenn diese schlussendlich meistens noch laut und mit viel Unmut endeten, weil wir selten auf einen grünen Zweig kamen. Aber wir konnten uns jetzt wenigstens beide wieder entschuldigen.

Generell achteten wir mehr auf die Bedürfnisse des anderen, verreisten wieder öfter zusammen, auch mit dem Flugzeug(!), und nahmen uns bewusst mehr Zeit zum Reden, statt abends vor dem TV zu sitzen. Stefan ist ein Sportliebhaber geblieben, aber er hatte nun nicht mehr das unbedingte Verlangen, jede Sportübertragung zu sehen.

Durch unseren neu entdeckten Glauben gingen wir gerne in die Kirche und verbrachten Zeit mit Menschen, die uns gute Ehen und ein schönes Familienleben vorlebten. Sie waren für uns eine Motivation, es auch so hinkriegen zu wollen, aber wir fragten uns oft, wie das gehen sollte, denn in unseren eigenen vier Wänden waren wir, selbst als Christen, in vielerlei Hinsicht unmöglich.

Stefans Charakter war immer noch schwer kompatibel mit meinem, und dies kam bei mir oft noch in Verbalangriffen zum Ausdruck. Ich war die temperamentvolle Gefühlsfrau par excellence, er der bodenständige, rationale, kopflastige und starrköpfige Mann. So brach bei mir wieder die typisch weibliche Krankheit aus, meinen Stefan mit anderen – diesmal mit herzlichen, scheinbar immer «Ja und Amen» sagenden christlichen Männern – zu vergleichen. Natürlich vertrug das mein Mann gar nicht.

Ich hatte immer noch viel vom stolzen Charakter meiner sizilianischen Nonna, die meinen lieben Großvater manchmal regelrecht kleinmachen konnte. Als sie Christin wurde, bereute sie dies sehr, konnte es ihm aber nicht mehr sagen. Ich war, wie sie, viel zu dominant ... Und zu alledem dachte ich, ein besserer Mensch zu sein als Stefan. Wenn ich so zurückdenke, war es ein großes Wunder, dass er so viel Geduld mit mir hatte und, wenn auch deutlich sauer, dennoch mit mir immer wieder das Gespräch suchte! Natürlich wollte ich, dass er mich ein paar Minuten später, wenn ich mich wieder beruhigt und entschuldigt hatte, gleich in die Arme nehmen würde, was ihm aber sehr schwerfiel und mich wiederum ungeliebt fühlen ließ.

Unser Schutz in dieser Zeit war die Gewissheit, dass Jesus hinter unserer Ehe stand und sie wollte. Nur, wo lag das Geheimnis einer guten Kommunikation? Und wie konnten wir uns konstant mit Liebe begegnen? Das war für uns nach wie vor schwierig!

Mein Gebet war immer das gleiche: «Jesus, genau das meinte ich. Schau, wie schrecklich ich mich verhalte! Es wäre alles einfacher und besser, wenn Stefan anders wäre. Bitte verändere du ihn!»

Das Beste, was wir in dieser Zeit taten, war, dass wir mit unseren christlichen Freunden über unsere Probleme sprachen. Sie redeten positiv über unsere Ehe und machten uns Mut, Geduld zu haben, verbunden mit der Zuversicht, dass es besser würde, und gaben uns gute Tipps: Wir sollten immer viel miteinander reden und unsere Erwartungen wie auch unsere Bedürfnisse dem anderen in Liebe und in ruhigen Momenten mitteilen. Dies sei ganz wichtig, denn der andere könne ja keine Gedanken lesen, auch wenn wir uns das wünschten. So wachse man immer mehr zusammen und es würde im Laufe der Zeit einfacher ...

Trotz gutem Austausch mit diesen Ehepaaren begann sich bei mir nach ein paar Monaten unserer zweiten Ehe doch noch der Gedanke einzuschleichen, dass ich einen Fehler gemacht hätte, zum zweiten Mal denselben Mann zu heiraten. Ich hatte in diesem Moment alle Wunder vergessen und war einfach nur entmutigt: Ich konnte mir nicht vorstellen, dass Gott tatsächlich einen Plan hatte mit unserer Ehe.

Auf Empfehlung einer Freundin ging ich in dieser Zeit zu einem bekannten christlichen Seelsorger, der zugleich auch Theologieprofessor und Pfarrer ist, Dr. Armin Mauerhofer. Dieser wurde später für mich wie ein geistlicher Vater; seine Vorträge über die Ehe und seine wertvollen Kindererziehungs-Seminare haben uns enorm geholfen. Er ist auch derjenige, der mich als Erster ermutigt hat, dieses Buch zu schreiben. Aber ich weiß noch, wie ich damals in seinem Studierzimmer im Untergeschoss seines Hauses alles Unerträgliche an meinen Mann bei ihm abladen wollte, damit ich von ihm, einem Spezialisten, für meinen Stefan ein Wunderheilmittel verabreicht bekäme.

Nicht wirklich für mich, nein, denn ich war ja eine Superchristin, dachte ich, und wenn ich mich über meinen Mann ärgerte, dann war dies doch verständlich und eine unvermeidbare Reaktion auf sein Fehlverhalten.

Inmitten meiner Anklageflut sagte Armin Mauerhofer zu mir: «Jetzt hören Sie mal auf, über Ihren Mann zu lästern, denn der ist nicht da, und wir reden hier nicht über Leute, die nicht da sind, schon gar nicht schlecht. Jetzt reden wir mal über Sie.»

«Ups ... okay», und ich merkte, wie ich auf meinem Stuhl immer kleiner wurde.

«Sie dürfen an Ihrer zweiten Ehe nicht mehr zweifeln, an dieser ist nämlich nichts mehr zu rütteln ... An eine Scheidung dürfen Sie auch nicht mehr denken.»

Puh, das war hart, aber ich wusste, wie stark ich zuvor gelitten hatte, und wollte dies nicht noch einmal erleben.

«Wissen Sie», fuhr er fort, «Ihre Ehe ist menschlich gesehen nicht möglich, Sie beide sind zu verschieden. Sie brauchen Jesus. Sie können es nur mit Gott schaffen.»

Das leuchtete mir ein, denn diese zweite Ehe war, trotz aller Probleme, nicht mit der ersten zu vergleichen ... Und doch war die Situation für mich sehr unbefriedigend. Was fehlte uns?

Seine nächsten Worte machten mir Mut: «Jetzt wollen wir mal sehen, wie Sie in Ihrer Ehe gut leben können.» Mit väterlicher Liebe zeigte er mir anhand der Bibel, dass Gott uns Frauen aufträgt, unsere Männer zu achten und respektvoll mit ihnen umzugehen.

Definitiv das Gegenteil von dem, was ich in Wirklichkeit tat. Diese Lehre hatte ich eigentlich schon auf den Malediven erhalten, wieso vergaß ich sie wieder? Hatte ich das Recht, mich als etwas Besseres zu fühlen als mein Mann und mit ihm so umzugehen?

Ich erkannte, dass nicht mehr Jesus und sein Gebot der Liebe im Mittelpunkt stand, sondern ich. «Du sollst deinen Nächsten lieben wie dich selbst», nun ja, das missachtete ich komplett. Wir denken dabei meist an die armen Menschen auf der Straße oder auf einem anderen Kontinent, versuchen, für sie Mitgefühl zu haben, und strengen uns an, sie wenigstens in Gedanken zu lieben ... Aber der eigentliche Nächste ist vor allen anderen doch unser Ehepartner! – wenn wir einen haben. Wenn man sich selbst über alles liebt, dann liebt man den anderen automatisch weniger. Aber es steht, dass wir ihn genauso lieben sollen.

Ich musste vom hohen Ross heruntersteigen, von meinem Stolz wegkommen, um der Seele meines wunderbaren Mannes, dessen Veränderung ja auch schon sichtbar wurde, Sorge zu tragen.

Herr Mauerhofer gab mir in dieser einmaligen Seelsorge Ratschläge, die unser Eheleben zum Besten veränderten: «Wenn Sie sich in einem Streit mit Ihrem Mann befinden, dann bitten Sie in dem Moment Gott, dass er Ihnen seine göttliche Liebe für Ihren Mann gibt. Gott liebt Ihren Stefan genauso unendlich, wie er Sie liebt.»

Wir sind wirklich nur begrenzte Menschen und haben nur eine begrenzte Liebe. Doch Gottes Liebe für unseren Ehepartner, für unsere Kinder und für andere Menschen zu erbitten, bringt Wunder, das kann ich heute bezeugen.

«Und weiter», fuhr Herr Mauerhofer fort, «fragen Sie Jesus während solcher Auseinandersetzungen, wo Ihr Teil in dem Ganzen liegt und was er Sie in dem Moment lehren will. Denn, wissen Sie, Sie müssen Ihren Mann als den Schleifstein betrachten, mit dem Gott an Ihrem Charakter arbeiten will.»

Das war also der Grund, wieso Gott meine Gebete betreffend Stefan nicht erhörte: Sein in meinen Augen noch «unmöglicher Charakter» sollte mir helfen, meinen eigenen schwierigen Charakter mit all seinen Schlagseiten wahrzunehmen, um diesen zuerst verändern zu lassen. Ich musste mir also auch selber einen Kick geben …

«Und ganz wichtig: Vergeben Sie einander immer wieder, so wie Gott Ihnen vergibt. Das kommt alles gut, Frau Masi, machen Sie sich keine Sorgen!» Herr Mauerhofer verabschiedete mich ganz herzlich. Sein letzter Satz motivierte mich sehr. Ich verließ sein Haus mit dankbarem Herzen und hatte nur eine Sehnsucht: Stefan ganz fest zu umarmen und mich bei ihm für die schon wieder furchtbar vielen Fehler in unserer noch jungen zweiten Ehe zu entschuldigen.

Er war sehr dankbar dafür, entschuldigte sich ebenfalls, und dann fingen wir nochmals neu an. Zum dritten Mal, sozusagen. Dies war ein sehr heilsamer Abend für unsere Ehe.

Danach begann ich, mehr um meine eigene Veränderung zu beten, statt um die meines Mannes, und hörte auf, solchen Druck auf ihn auszuüben. Den Partner verändern zu wollen ist wirklich ein von vornherein verlorener Kampf, und selbst ständig in Erwartungshaltung zu sein, bringt nur Frust. Das

Geheimnis liegt in der eigenen Haltungsänderung, so meine Erfahrung, und die lohnt sich, um der Liebe und um des Eheglücks willen.

So habe ich mich darin geübt, die erhaltenen Ratschläge zu befolgen. Vor allem musste ich lernen, mit meinem italienischen Temperament keine verletzenden Worte mehr zu sagen: Worte können Wunder in einem Menschen bewirken, aber sie können auch Wunden reißen und die Seele, auch die eines starken Mannes, komplett zerstören. Stattdessen begann ich nun positiv über meinen Mann zu denken und ihn, wie früher in unserer schönen Freundschaftszeit vor unserer Hochzeit in Venedig, in allem zu unterstützen, zu motivieren und zu loben.

Ich entschied mich, Liebe zu geben, statt sie zu erwarten. Ich entschied mich auch, meinen Mann so anzunehmen, wie er war, und mich nicht mehr auf das zu konzentrieren, was er nicht war und was er nicht machte. Die Frauen der scheinbar immer «Ja und Amen» sagenden Männer trösteten mich auch, indem sie, ohne ihre besten zweiten Hälften zu kritisieren, mir sagten, dass diese natürlich auch ein paar Mängel hätten, die sie akzeptieren, tragen und ertragen mussten – und wollten.

Meinen Stefan und seinen Charakter überließ ich also ganz Gott und stellte mich nie wieder dazwischen. All diese Entscheidungen bewirkten Wunder: Unsere Ehe begann so zu blühen, und ich Glückliche hatte keinen inneren Stress mehr.

Gott ist der Erfinder der Ehe, und er ist auch der Urheber der Liebe. Er weiß am besten, wie beides funktioniert und wie jede Art von menschlicher Beziehung auf dieser Erde klappt. Ihn bewusst als gemeinsamen Mittelpunkt in unserer Ehe zu haben, ist für uns etwas unverzichtbar Schönes. Wir versuchen täglich, einmal gemeinsam zu beten, und merken, wie er uns beisteht und hilft, auch in einem Sturm die Wogen wieder zu glätten und uns wieder die richtigen Gefühle füreinander zu geben. Unsere wichtigste Eheregel lautet: «Wir gehen nie schlafen, bevor nicht alles zwischen uns bereinigt ist. Wir tragen keine schlechten Gefühle in den nächsten Tag.» Mit ein paar wenigen Ausnahmen, die unseren nächsten Tag dann prompt schon von frühmorgens an verdorben haben, hat dies immer geklappt.

Nebst der Bibel begannen Stefan und ich auch gemeinsam gute Ehebücher zu lesen, was uns auch mehr zusammenschweißte. Eines, das uns viele Aha-Erlebnisse brachte und uns sehr geholfen hat, ist: «Die fünf Sprachen der Liebe für Eheleute. Wie die Kommunikation in der Ehe gelingt» von Gary Chapman. Dieser Bestseller ist Balsam in vielen Ehen, und wir empfehlen ihn immer gerne weiter. Die Ehepartner erkennen durch das Lesen dieses Buches die Liebessprache des anderen. Chapman schreibt, dass es davon fünf gibt: Lob und Anerkennung – Zweisamkeit – sich beschenken – Hilfsbereitschaft – Zärtlichkeit. Wenn man die Liebessprache des Partners erlernt und mit ihm spricht, dann füllt man seinen Liebestank. Mit einem gefüllten Liebestank fühlt sich unser Ehepartner geliebt und gibt automatisch Liebe zurück.

Durch dieses Buch erkannten wir, dass Stefan, wie sehr viele Männer, mehrheitlich die Liebessprache «Lob und Anerkennung» spricht und ich, wie viele andere Frauen, die der «Zärtlichkeit». Wir haben uns also in der ersten Ehe eben gerade das nicht gegeben, was wir so dringend gebraucht hätten.

Kein Wunder also, dass wir uns beide so derart ungeliebt fühlten und uns fertigmachten! Mittlerweile sprechen wir die Sprache des anderen immer besser und wissen, was wir voneinander brauchen, um uns geliebt zu fühlen.

Es ist für Stefan ein Warnsignal, wenn ich mal wieder zickig drauf bin und mich zu Hause alles nervt. Dasselbe gilt auch für mich, wenn er schlecht gelaunt ist und es bei fast allem «Nein» heißt. Nicht immer schaffen wir es, nebst allen Anforderungen unseres Alltages, unsere Liebestanks stets gefüllt zu halten, und es kommt auch vor, dass wir nicht automatisch merken, dass der Tank beim anderen wieder nachgefüllt werden sollte. Deshalb ist es ganz wichtig, dass wir Zeit zum Gespräch und zum Austausch finden, denn wir können natürlich immer noch keine Gedanken lesen!

Wir sind echt froh, dass unsere Kinder erst dann auf die Welt gekommen sind, als sich die Situation in unserer Ehe beruhigt hatte. Die Baby- und Kleinkinderzeit war für uns teilweise so stressig, dass wir sehr wenig Zeit hatten, unsere Ehe zu pflegen, ohne die Kinder dauernd in unserer Mitte zu haben. Yanis war ein Schreibaby und hat die ersten fünf Monate sehr viel geweint, vor allem nachts. Er wollte keinen Schnuller und kein Fläschchen, nur Muttermilch direkt aus der Quelle. Ich konnte ihn also für keine zwei Stunden abgeben.

Ich war am Limit, und ich weiß nicht, wie mein Mann dies alles neben seinem herausfordernden Job geschafft hat, ohne ein Burn-out zu kriegen: Er kam nach Hause, und ich übergab ihm völlig erschöpft unseren Sohn, den er dann, um mich schlafen zu lassen, auch nachts liebevoll herumgetragen hat. Nur stillen konnte er ihn nicht; ansonsten hat er mir geholfen, wo er nur konnte, und hat alles für uns getan. Seine Ruhe, seine Geduld und seine Gelassenheit – Qualitäten, die ich nicht hatte und die ich früher oft an ihm kritisiert hatte – kamen uns allen zugute. Doch er war auch ausgelaugt, und es gab in dieser Zeit vor lauter Erschöpfung und Frust öfter mal wieder heftigere Auseinandersetzungen. Wären wir noch die «alten Menschen» gewesen und hätten unsere Freunde nicht gebeten, für uns zu beten, hätten wir in dieser Zeit die größte Ehekrise gehabt.

Mit sechs Monaten wurde unser süßer Yanis das lustigste Baby, und bei uns wurde wieder viel gelacht. Von da an schlief er auch Gott sei Dank die ganze Nacht durch. Doch wir brauchten noch viele Monate, bis wir den Eindruck hatten, uns wieder einigermaßen erholt zu haben.

Dann kam Aline. Sie war ein sehr ruhiges Baby, nur war sie die ersten vier Jahre ihres Lebens oft krank, was uns auch sehr viel Kraft kostete. Es half uns sehr, dass sie beide, wie zwei Engel, bereits um 20.00 Uhr schliefen, so dass wir auf unserem Sofa Arm in Arm meistens nur noch die Decke anschauen und trotzdem unendlich dankbar sein konnten, dass wir diese zwei zuckersüßen Menschlein hatten und wir noch WIR waren.

Nun dürfen wir seit fünf Jahren in einem ländlichen 8000-Seelen-Dorf im Aargau wohnen, und wir genießen hier vollkommen unser Familienleben in einem heimeligen Einfamilienhaus am Waldrand. Wir haben liebe Nachbarn und freuen uns sehr für unsere Kinder, dass sie mit anderen Kids jeden Tag im Freien spielen können. Ich hätte es früher mit meiner Sehnsucht nach Action nie gedacht, dass ich einst auf dem Land würde leben können, und ich staune, wie ich mich verändert habe: Ich genieße sogar den Blick auf die Kühe aus unserem Küchenfenster.

Stefan und ich haben uns in diesen Jahren überhaupt so verändert und sind so zusammengewachsen, dass unsere Auseinandersetzungen mit jedem Jahr weniger geworden sind. Von uns beiden bin ich immer noch die Spontanere und Humorvollere, und er ist immer noch der Geduldigere und der Ruhigere; wir haben aber beide ein wenig voneinander gelernt. Wir können heute meistens alles in Ruhe diskutieren; ich kann Geduld haben, wenn Sachen nicht so schnell erledigt werden, und er kann wieder über meinen Humor lachen und sich auch an meinen spontanen Ideen freuen.

Es wäre aber gelogen, wenn ich sagen würde, dass ich mir nicht ab und zu ein Raumschiff im Garten wünschte, um meine Familie für einen kurzen Moment auf Expedition zu schicken ... Sachen, die mich in einem ungünstigen Augenblick auf die Palme bringen, gibt es immer wieder, und auch das Thema Kindererziehung ist eine große Herausforderung. Ich bin aber froh, dass Stefan viel präsent ist und wir am gleichen Strick ziehen.

Nachdem ich vor ein paar Tagen wieder mal meine lauten italienischen fünf Minuten hatte, sagte Yanis: «Wenigstens können wir uns alle immer wieder entschuldigen und uns dann auch wieder umarmen. Im Schulhof lerne ich immer mehr Kinder kennen, bei denen ihr Papi nicht mehr bei ihnen zu Hause wohnt, weshalb sie sehr traurig sind. Das tut mir so leid, und ich sage ihnen, dass es vielleicht doch wieder gut kommt. Dann sagen sie, dass es unmöglich ist, so wie die streiten ... Und dann sage ich, dass für Gott alles möglich ist:

Meine Eltern waren auch ein ganz schlimmer Fall, und die wollten auch gar nichts mehr voneinander wissen.»

Stefan und ich schauten uns an und mussten schmunzeln. Wir bewundern sein Mitgefühl für andere und auch seinen Glauben. Aline kam in diesem Moment auch zu uns und umarmte uns: «Ja, es ist so schön, dass es euch und uns gibt und wir alle zusammen sein dürfen.» Das sagen unsere beiden Kinder oft, und es berührt uns immer sehr. Ich sagte zu Yanis: «Ich hoffe sehr, dass die Eltern deiner Kameraden wieder die Kurve kriegen, aber wenn zwei Menschen so verletzt sind, müssen zuerst ein paar Wunder in ihren Herzen geschehen.»

«Mami, ab heute werde ich jeden Tag dafür beten. Du sagst ja immer, dass viele Menschen für euch gebetet haben – und auch, dass ihr kein Einzelfall seid.»

Ja, da hat unser Sohn recht. Und es gibt sie wirklich, diese Happy Ends. Mehr, als die Welt davon berichtet. Sie sind ein Lichtschein im Dunkel, der ermutigen soll.

«Nun aber bleiben Glaube, Hoffnung und Liebe, diese drei; aber die Liebe ist die größte unter ihnen.» *(1. Korinther 13,13)*

Und was ist sie nun, die Liebe? Gott hat uns in Jesus Christus selber vorgelebt, dass die Liebe eine Entscheidung ist. Mit dieser Erkenntnis kann man sogar die schlechtesten Tage durchstehen. Manchmal finden wir selber keine Worte, sondern sind einfach nur sehr dankbar und berührt, wenn wir zurückschauen und sehen, wie Gott uns in diesen Jahren, die keine Fünf-Sterne-all-inclusive-Wellnessferien auf einer Trauminsel waren (so wie das Leben es allgemein nicht ist), unsere Ehe beschützt und uns durchgetragen hat. Unsere Liebe ist gerade auch durch alle zusammen gemeisterten

Schwierigkeiten tiefer geworden und wir haben auch nie wieder irgendwelche Fluchtgedanken gehabt.

Wenn Ehe früher trotz unserer Religiosität ein einengender Gedanke war, ist sie heute für uns ein starker Bund, ein Schutz und eine wunderbare, vertraute, geborgene Einheit, in der die Liebe in jeder ihrer Facetten gelebt und genossen werden kann. Stefan ist nicht nur mein Ehemann, er ist auch mein konkurrenzloser Liebhaber und mein allerbester Freund. Wir haben auch bereits wunderbare gemeinsame Ziele für die Zeit, wenn unsere Kinder einmal ausgeflogen sein werden. Ziele zu haben ist immer gut, obwohl wir nicht wissen, was morgen kommt. Doch egal, was morgen sein wird oder wie wir uns verändern werden: Solange wir leben, entscheiden wir uns für die Liebe.

Mein Gebet am 26. Dezember 1997 in der Sankt-Markus-Kirche von Venedig wurde also doch erhört. Stefan ist mein Mr. Right, zwar auf Umwegen, aber er ist es ... Und ich bereue wirklich keinen einzigen Augenblick, dass ich «meinen Ex-Mann» wieder geheiratet habe!

Ich kann aber dieses Buch nicht abschließen, ohne den Menschen zu erwähnen, der mich zu meinem, zu unserem Glück geführt hat und dem ich für immer dankbar sein werde: mein wunderbarer großer Bruder.

Giusi ist leider am 15. Januar 2005, nach einem erneuten Ausbruch seiner Leukämie, gestorben. Ein großer Schmerz und ein unendlicher Verlust für uns alle. Unsere Gebete sind nicht auf die Art erhört worden, wie wir uns dies gewünscht hätten, und ich werde, solange ich lebe, keine Antwort auf seinen für uns alle unverständlichen Tod haben.

Doch Giusi sagte mir selber, als er und ich ein paar Monate zuvor für vier Tage nach Jesolo reisten: «Es kann sein, dass ich sterben werde.»

«Sag das bitte nicht!», erwiderte ich sofort.

«Monica, ich will nur eines, dass du und ihr alle Gott von ganzem Herzen weiter lieben und ihn niemals anklagen werdet. Seine Wege sind nicht unsere.»

Ich habe mir seine berührenden Worte zu Herzen genommen und weiß, dass der Tag, an dem wir uns wieder fest in die Arme schließen werden, kommen wird. Dies ist unser großer Trost.

Nachwort von Stefan Imoberdorf

Ich wünschte, ich wäre nicht der Mann, der dieser wunderbaren Frau, die ich heute wieder an meiner Seite haben darf, so weh getan hat. Monica und ich wissen beide, dass es für Gott so ist, als wäre nie etwas Schlimmes zwischen uns geschehen, aber die schweren Kapitel unserer Ehekrise, die sie in diesem Buch sehr gut beschrieben hat, lassen mich natürlich nicht unberührt.

Heute kann ich meinen damaligen Gefühlen, vor allem meinem irrationalen Verhalten, Worte geben, und ich denke, dass es wirklich ein Wunder ist, dass wir beide heil und glücklich aus dem Ganzen herausgekommen sind. Heute existieren wirklich keine Wunden mehr von gestern, aber der Blick auf diesen zerrissenen Menschen, der ich einmal war, ist trotzdem nicht einfach. So viel Leid hätte ich Monica und auch mir gerne erspart, wenn ich das, was ich heute weiß, schon vor unserer ersten Hochzeit gewusst hätte.

Männer müssen stark sein, Männer dürfen nicht zu sentimental sein, Männer werden komisch angesehen, wenn sie sich Gott anvertrauen und ihn lieben. Aber ich schäme mich nicht zu sagen, dass mich gerade diese unendliche Liebe und die unbegreifliche Gnade Gottes stark machen und mich jeden Tag von Neuem berühren können. Wer wäre ich und was hätte

ich heute, wenn ich Jesus nicht begegnet wäre? Eine unendliche Dankbarkeit für meinen himmlischen Vater ist das Mini-
mum, was ich zurückgeben kann.

Ich war kein Wunschkind. Als man wusste, dass ich unterwegs war, wollte man mich abtreiben lassen. Meine Mutter
war eine billige Arbeitskraft auf dem Bauernhof der Familie
meines Vaters, der sehr brutal zu ihr war. Außer Gott, meiner
Mutter und deren Eltern wollte mich niemand. Meine Mutter
musste vor meinem alkoholsüchtigen Vater mit mir unter dem
Arm mitten in der Nacht flüchten, als ich knapp zwei war. Sie
hat wirklich Furchtbares erlebt, und ich habe noch heute gewisse unschöne Bilder aus dieser Zeit im Kopf.

Die Tatsache, dass mein Vater während weiterer fünf Jahre
nur ein paar hundert Meter von mir entfernt wohnte und sich
nie informierte, wie's mir geht, und mich nie sehen wollte, hat
bereits in der frühen Kindheit begonnen, Wunden zu schlagen;
Wunden, die mit jeder neuen Ablehnung, auch anderer Menschen, tiefer wurden.

In meinem kleinen Dorf im Wallis wurde ich wegen meines
Vaters ständig von anderen Kindern gehänselt, und dennoch
liebte ich meine Bergheimat. Als ich dann weg von meinen
Großeltern zu meiner Mutter und ihrem neuen Ehemann
musste, ging es mir wie der weltberühmten Heidi, als sie ihre
geliebten Berge und ihren Großvater verlassen musste. Mein
Start in der Nordschweiz war schlimm, auch durch die Prüge-
leien in der Schule wegen meines Walliser Dialekts. Ich musste
also schon als Kind sehr viel Kritik und Ablehnung einstecken:
unnötig zu beschreiben, wie es mit meinem Selbstwertgefühl
aussah.

Ich habe nie einen Kinderpsychologen gesehen. Ich musste selber lernen, mit meinen Verletzungen und meiner Traurigkeit klarzukommen, was ich aber nie wirklich schaffte.

Meine Mutter war auch nicht scharf darauf, mit mir über das Vergangene zu reden; sie wollte es ja selber verdrängen. In der Pubertät hatte ich immer mehr das Gefühl, weniger wert zu sein als meine Geschwister, weil ich der Sohn eines schlimmen Mannes war. So schloss ich mich irgendwann mal ganz in mich ein und bildete eine «dicke Schutzmauer» um mich herum, damit mich niemand mehr verletzen konnte. Bei unpassenden Bemerkungen und Kritik blieb ich stumm und hart und ging Konflikten bewusst aus dem Weg.

Es ist eine große Bewahrung, dass ich mit meiner angestauten Wut nicht die Welt zusammengeprügelt habe und nicht in irgendwelche Süchte gefallen bin. Meine lieben Großeltern, mein treuer Schäferhund, meine Hobbys, der Fußball, das Fischen und meine wenigen, aber guten Freunde füllten in meinen Teenagerjahren ein Stück weit meine Defizite auf. Später kamen auch die Frauen dazu. Ich habe mich ein paar Mal verliebt, jedoch konnte ich in keiner das finden, wonach ich mich sehnte: einer herzlichen Frau nämlich, die mich bedingungslos lieben konnte, gute Werte lebte und eine intakte, liebenswürdige Familie im Hintergrund hatte; einer Frau, die mich auch akzeptierte.

Die Freundin, die ich vor Monica hatte, erfüllte diese Voraussetzungen. Aber ihr Vater konnte mich nicht leiden. Für diesen Akademiker war ich ein zu einfacher Mann und nicht gut genug für seine Tochter. Ich hatte bereits einen Vater, für den ich niemand war, und ich fühlte mich durch den Vater dieser Freundin zusätzlich sehr zurückgestoßen und verletzt. Meine Kindheit holte mich ungewollt wieder ein, und ich fühlte mich nicht mehr wohl. Als diese Freundin dann konkret ihren Kinderwunsch äußerte, geriet ich in Panik und begann, mich zu distanzieren. Mein Verhalten war auch in dieser Beziehung nicht korrekt und für andere nicht nachvollziehbar.

Zum Glück hatte ich meine Arbeit, in die ich mich sogar gerne sieben Tage in der Woche investiert hätte. In der Fitnessbranche hatte ich es geschafft, sehr beliebt zu sein. Ich bekam von Jung und Alt, von Männern und Frauen sehr viel Wertschätzung, und meine Professionalität wurde auch von Spitzensportlern gerühmt. Eigentlich identifizierte ich mich quasi nur noch mit meinem Job und definierte mich über meine Stellung.

In dieser Zeit kam Monica in mein Leben. Schon beim ersten Treffen im Fitnesscenter war ich total fasziniert von ihr: ihre natürliche Schönheit, ihr Anstand, ihre Spontaneität und ihre ansteckende Fröhlichkeit verdrehten mir gleich den Kopf. Bei jedem unserer weiteren Gespräche entdeckte ich ihre wunderbaren Werte und ihre Einfachheit, die mich zusammen mit ihrer Attraktivität extrem anzogen. Mir wurde bald klar, dass ich diese Frau gerne für immer an meiner Seite haben wollte.

Als wir das erste Mal miteinander ausgingen, war ich bereits verliebt wie noch nie zuvor in meinem Leben und redete das allererste Mal sogar von eigenen Kindern.

Als wir zusammenkamen, war ich der glücklichste Mann auf dem Planeten, weil sie mich mit Liebe überhäufte und bei allem, was ich unternahm, motivierend unterstützte und mir übermäßige Anerkennung gab. Auch bei ihrer Familie fühlte ich mich sehr wohl und akzeptiert. Monica war das Schönste, was ich je gehabt hatte, und sie wurde wichtiger als alles andere. Deshalb hätte ich niemals gedacht, dass mich meine schwere, unverarbeitete Kindheit im Zusammenleben auch mit ihr wieder einholen würde ...

Es war nicht nur der Stress vor unserer Hochzeit, der mich aus dem Ruder warf, sondern eher ein Gespräch, das sich etwa so anhörte: «Stef, ich denke, dass dein Vater wissen sollte, dass wir heiraten. Vielleicht fühlt er sich dir gegenüber wie ein Versager, hat sich aber schon längst verändert und weiß nicht, wie er heute noch auf dich zukommen kann.» Das passte nun gar nicht in meinen Kram: Was fiel ihr eigentlich ein? Monica hatte immer die Tendenz, das Gute auch in den schlimmsten Menschen zu sehen.

«Nein! Wenn er das gewollt hätte, hätte er genug Möglichkeiten gehabt», antwortete ich.

Sie meinte jedoch: «Er muss wissen, was du für ein wunderbarer Mann geworden bist und dass du glücklich bist. Ich denke, es würde ihn freuen, und ich wünschte mir, dass wir einmal ins Wallis gehen und ihn treffen könnten. Ich finde, dass man im Leben vergeben sollte, und es heißt doch, dass wir unsere Eltern ehren sollen. Du kannst ja dankbar sein, dass es dir heute so gut geht.»

An diesem Gespräch gefiel mir nur die eine Sache, dass er wissen sollte, dass ich ein guter Mensch war und es sicher besser machen würde als er. Doch durch diese Gedanken wurde Salz in meine Wunden gestreut. Meine zukünftige Frau konnte gut reden, sie wurde als Kind ja mit Liebe überschüttet und konnte sich das gar nicht vorstellen, was meine Kindheitserinnerungen bei mir alles auslösten.

Ich sagte Monica, dass ich dafür nicht bereit war, und beendete dieses Gespräch.

Eine Woche vor unserer Hochzeit beichtete sie mir, dass sie meinem Vater einen langen Brief geschrieben habe.

Dies regte mich auf, aber ich ließ es sie nicht spüren. «Was hast du ihm geschrieben?»

«Ich habe ihn informiert, dass wir heiraten und dass ich, als seine zukünftige Schwiegertochter, ihn nicht verurteile, sondern als Vater von meinem zukünftigen Mann respektieren will. Und dann habe ich dich nur gerühmt und geschrieben, dass du ein sehr gutes Herz hast und dass es euch sicher gut tun würde, wenn ihr wieder einmal Kontakt haben könntet. Ich habe leider den Brief nicht kopiert.»

Einerseits berührte es mich. Monica war der erste Mensch, der sich für die Sache mit meinem Vater in dieser liebevollen Weise einsetzte, doch auf der anderen Seite wühlte es mich wieder extrem tief auf. Was ich nicht wusste, war, dass sie ihm in dem Brief noch ihre Handynummer hinterlassen hatte.

Am Abend vor der Hochzeit bekam Monica tatsächlich einen Anruf von meinem Vater. Er sagte ihr sehr bewegt: «Ein wunderschöner Brief, danke vielmals, er hat mich sehr berührt. Ich wünsche euch alles Gute für die Hochzeit und dass ihr es besser macht als ich.»

Dann redete er mit mir. Es war ein kurzes Telefonat, bei dem wir beide sehr nervös waren. Er hatte eine sehr herzliche Stimme. Ich blieb freundlich und bedankte mich für seine Wünsche, sagte ihm aber nichts weiter, denn irgendwie war ich nach so vielen Jahren wie blockiert.

Monica reagierte natürlich emotional: «Siehst du, er hat sich gemeldet! Dieser Mann bereut sicher alles, was er falsch gemacht hat, ich spüre es. Stef, du musst dich mit deinem Vater versöhnen.»

Gut war, dass wir uns mit unseren Gästen in Jesolo in einer Pizzeria verabredet hatten und bereits spät dran waren, so dass wir nun nicht mehr lange darüber reden konnten. Meine Frau hatte alles nur gut gemeint, aber es war der ungünstigste Zeitpunkt, mich so kurz vor der Hochzeit wieder mit meinem schwierigsten Lebensthema zu konfrontieren; einem Thema, das ich abgeschlossen zu haben meinte. Eigentlich sollte nun ein neues, glückliches Kapitel in meinem Leben beginnen …

Unser Fest im bezaubernden Venedig war auch für mich wunderschön und unvergesslich, aber ich freute mich auch, dass wenigstens dieser eine «Stressfaktor» vorbei war. Ich hatte nun nur noch die Umschulung zu bewältigen und zählte sehr auf Monicas Unterstützung. Doch leider enttäuschte ich meine Frau bereits am ersten Tag nach unserem «Ja». Ihre heftige Reaktion gegen diese Autofahrt mit meinen Freunden fand ich übertrieben, und es stresste mich sehr, dass ich von diesem Tag an auch vor ihrer Familie blöd dastand.

Im Nachhinein tat es mir wirklich leid, dass ich unsere Privatsphäre als frisch vermähltes Paar nicht geschützt habe, aber unbewusst hatte ich bereits wieder begonnen, die ersten «Backsteine für meine Schutzmauer» zu setzen.

Monica hatte verständlicherweise Erwartungen, denen ich zu dieser Zeit mit meiner durcheinandergebrachten Gefühlswelt und mit meiner Energielosigkeit nicht mehr gerecht werden konnte. Die Zeit meiner Umschulung im Versicherungswesen war für mich wirklich sehr hart, und ich kam jeweils völlig k. o. nach Hause. In meinem vorherigen Job hatte ich jede Menge Abwechslung und redete viel mit Menschen, die meine Arbeit sehr schätzten. Nun musste ich acht Monate lang die Schulbank drücken, mich auf die für mich nicht leichte Materie konzentrieren und mich richtig anstrengen, um diese neue Chance nicht zu verpassen: Schließlich hing davon auch unsere Zukunft als Familie ab.

Es war mir bewusst, dass ich mich mehr mit meiner Frau hätte auseinandersetzen sollen. Aber ich war komplett ausgelaugt und musste meine Energien in meine Ausbildung investieren. Zudem begannen mich ihr Perfektionismus und ihr Eigensinn aufzuregen: Alles musste immer genau so sein, wie sie es haben wollte. Irgendwie stresste es mich auch, dass sie, im Gegensatz zu mir, immer so gut gelaunt nach Hause kam, erfüllt von ihrem neuen Job, den sie mit Leidenschaft ausübte.

Ich konnte auch jede ihrer fordernden Bemerkungen, die ich gleich als Kritik empfand, und ihre positive Einstellung zu meinem Vater, den sie unbedingt kennen lernen wollte, nicht verstehen. Ich war mit allem überfordert und baute meine Schutzmauer immer höher. Statt mit ihr zu reden, zog ich mich immer mehr von ihr zurück. Ich fühlte mich von ihr nicht verstanden, aber wie hätte sie mich verstehen sollen, wenn ich ihr nicht offen sagte, was wirklich in mir vorging?

Ich machte sie ein Stück weit verantwortlich für meine unzufriedene Situation und verhielt mich ihr gegenüber – gerade dem Menschen gegenüber, den ich am allerliebsten hatte! – genauso furchtbar, wie ich mich früher bei Konflikten verhielt. Groll und Wut hatten sich in mir aufgestaut und wirkten sich in meinen lieblosen Reaktionen aus. Ich wünschte mir in dieser Zeit nur eins: in Ruhe gelassen zu werden. Und ich hoffte, dass Monica mit mir Geduld haben würde, bis ich meine Umschulung abgeschlossen hätte. Nachher hätte ich die Zeit gehabt, um ein Problem nach dem anderen anzugehen. Eine Überlegung, die in einer Ehe nicht funktioniert.

Dass Monica mir untreu werden würde, hätte ich aber nie im Leben erwartet, denn so war sie nicht, meine Frau ... Sie war ja die Treue in Person! Aber ich habe mich wirklich furchtbar verhalten. Das ist keine Entschuldigung für Untreue, aber ich Depp hätte meine Monica mehr als meinen Stolz lieben und sie schützen sollen. Eine so schöne Frau, die von vielen angehimmelt wurde, noch zusätzlich zu provozieren, war nicht gescheit von mir. Was hätten mich diese Umarmungen, die sie sich von mir so sehr wünschte, gekostet? Eben, ich habe es schon erwähnt: meinen schrecklichen Stolz.

Ihr Ehebruch war der größte Schlag für mich; ein Wunder, dass ich meine Ausbildung trotz diesem Leid abschließen konnte. Ich spürte, dass ich meine Frau noch liebte, aber mein Stolz und meine gedemütigte Seele ließen wiederum keine Vergebung zu. Stattdessen hatte ich aus Wut und Enttäuschung nur Rachegefühle ...

Was du kannst, kann ich auch, dachte ich, aber mit meiner heimlichen Beziehung fühlte ich mich auch nicht besser, im Gegenteil. Ich fühlte mich hundeelend, aber trotzdem dachte ich, dass Monica mich viel mehr verletzt hätte als ich sie. Deshalb konnte auch unser hilfloser Versuch, unsere Ehe zu retten, nicht funktionieren. Der andere war in unseren Augen immer schuldiger als wir selbst.

Doch meine Frau fehlte mir nach der Trennung jeden Tag

unwahrscheinlich, obwohl wir es keine fünf Minuten zusammen aushalten konnten. Immer wieder fragte ich mich, wie's ihr ginge und was sie gerade machte. Irgendwie fühlte ich mich immer noch verantwortlich für sie, obwohl ich zuvor ja gar keine Verantwortung für sie getragen hatte.

Was bedeutete Ehe überhaupt? Ich hatte keine Ahnung, zumindest nicht, was dieser Bund für Gott bedeutet. Ich wollte nur meine Monica für immer bei mir haben und mit ihr glücklich sein. Sie war die Einzige, mit der ich mir eine Familie hätte vorstellen können, und ich hatte mir ausgemalt, dass die Hochzeit der beste Start dafür sein würde. An große Probleme zwischen uns hatte ich vorher ehrlich nie gedacht.

Als ich später, gerade durch Monica und durch das Buch von Pfr. Wilhelm Busch, das sie mir gegeben hatte, verstand, wer Jesus war, wie wichtig ich für ihn war und wie ich als Mensch «mit nichts in der Hand» vor dem heiligen Gott stand, war die Reue für mein ganzes Verhalten in der Ehe und für all meine Sünden groß. Ich bat Jesus um Vergebung für alles, fühlte mich aber nicht gleich erlöst und glücklich, denn in diesen Momenten realisierte ich erst recht den Verlust des kostbarsten Geschenks, das mir Gott auf dieser Erde gemacht hatte: meine wunderschöne, liebe, sensible Frau. Ich hatte sie fast zerstört und eigenhändig die Distanz zwischen uns aufgebaut. Der Schmerz zerriss mich schier.

An diesem Abend bat ich Jesus auf Knien verzweifelt um eine zweite Chance mit Monica, obwohl ich sie niemals verdiente. Ich dachte, Monica noch zu lieben, aber diese Liebe schien für Jesus nicht genug zu sein, denn ein paar Minuten nach diesem Gebet überschüttete er mich urplötzlich mit einer

Tonne unbeschreiblicher neuer Verliebtheitsgefühle. Es waren überwältigende Momente, aber auch traumatische, denn ich bekam eine Sehnsucht nach ihr, die kaum zum Aushalten war.

In diesen Tagen habe ich geweint wie noch nie in meinem Leben, denn ich wusste, dass Monica nun ohne mich glücklich war und mich niemals wieder zurückhaben wollte. Diese harte Lektion brauchte ich, um heute zu wissen, was ich an meiner Frau habe. Und ich glaube, dass dies genau das war, was Gott mir beibringen wollte.

Mit dem Telefonanruf von den Malediven und den Worten «Stefan, ich liebe dich auch wieder» ging für mich also der größte Traum in Erfüllung. Die Freude nach diesem Gespräch kann ich nicht in Worte fassen.

Einen Tag, bevor Monica wieder zurückflog, besuchte ich einen Gottesdienst in Zürich. Zu meiner Überraschung ging es in der Predigt um die Ehe und die Aufforderung Gottes an die Männer, ihre Ehefrauen mit vollem Commitment zu lieben. Wenn das nicht eine Führung Gottes war! Überhaupt merkte ich immer mehr, wie Gott das Beste für unsere Ehe wollte und uns leitete.

Aus der Bibel weiß ich, dass es Gottes Wille ist, dass wir Männer unsere Ehefrauen lieben, und dies in guten wie auch in schlechten Tagen ... Mit den schlechten sind höchstwahrscheinlich auch die Tage gemeint, in denen sie furchtbar launisch und zickig drauf sind. Das ist nicht immer einfach, aber die Liebe, wie es Monica schon erwähnt hat, ist eine Entscheidung und kein Gefühl.

In den ersten Konflikten, nachdem wir wieder zusammengekommen waren, funktionierte ihr Respekt mir gegenüber nicht immer so ganz, und ich war oft versucht, in dasselbe Muster zurückzufallen. Aber ich betete immer wieder: «Ich habe mich für sie entschieden, Jesus, ich will sie lieben.» Gott hat diese Entscheidung immer gesegnet und mir die richtigen, stetig wachsenden Gefühle für meine Ehefrau gegeben. Ich machte dafür bei anderen Sachen vieles falsch, und auch heute bin ich nicht perfekt, wie sie auch nicht; aber wir lieben uns unheimlich.

Monica konnte ich ganz und von Herzen vergeben, weil ich sie liebe. Aber bei meinem Vater, den ich nicht gern haben konnte, klappte die Vergebung, selbst als Christ, noch nicht. Meiner Meinung nach verdiente er sie nicht, und das war am Anfang eine häufige Diskussion zwischen Monica und mir. Immer wieder sagte sie zu mir: «Dein Vater braucht Jesus, und du kannst es ihm vorleben, Stef!» Doch ich schaffte es einfach nicht. Mein Vater hatte meiner Mutter und mir zu sehr weh getan.

Ich hatte dort das Wesentliche des christlichen Glaubens noch nicht ganz verstanden. Vieles war in meinem Kopf, aber noch nicht in meinem Herzen angekommen.

Der Tod meines lieben und demütigen Schwagers Giusi, vor allem seine letzten Worte an uns, machten mein Herz weicher. Unsere Zeit hier auf Erden kann so schnell zu Ende sein, und es ist wichtig, dass wir unser Leben mit Gott in Ordnung bringen, Dinge bereinigen und Menschen vergeben, bevor der letzte Vorhang fällt. Dies war mir bewusst, und dennoch konnte ich immer noch keinen Schritt auf meinen Vater zugehen.

Vier Monate später kam ein bekannter Seelsorger in unsere Kirche, um ein Seminar abzuhalten. Bei dieser Veranstaltung ging endlich das Evangelium von Jesus Christus mit der «Halleluja-Rutschbahn», wie dieser sympathische Mann sie nannte, vom Kopf ins Herz. Er selber war mit vier Jahren ein Waisenkind geworden und hatte somit auch keine einfache Kindheit gehabt, doch er fühlte sich schon als Kind von Jesus adoptiert.

Als ich diesem Mann zusah, wie er mit einer riesigen Freude auf seiner Ukulele «Welch ein Freund ist unser Jesus» sang, berührte mich das ganz tief, und ich spürte, wie auch für mich als erwachsener Mann diese Adoption nicht zu spät war. Bis dahin hatte ich Mühe gehabt, Gott als liebenden Vater zu sehen, gerade weil ich keinen solchen hatte, aber nun wollte ich mich bei ihm anlehnen und lernen, die Kontrolle jedes Lebensbereiches meinem Freund Jesus zu übergeben.

Ich hatte in meiner Kindheit sehr gelitten, aber ich konnte es nicht mehr zulassen, dass diese Vergangenheit weiterhin meine Gegenwart beeinflusste. Der Moment, diese abzuschließen, war gekommen, und dieser Seelsorger konnte mir mit sehr viel Mitgefühl dabei helfen. Er erklärte mir wieder das Kreuz Jesu, sein Leiden und seine Liebe auch für meinen leiblichen Vater. Ich entschied mich so, meinem Vater zu vergeben, und ließ, in einem befreienden Gebet, meine ganze Vergangenheit los.

Überhaupt begann ich, mein Leben als ein großes Geschenk zu sehen. Ich hatte genug zu danken, denn ich hatte eine Mutter, die sich trotz viel Gegenwinds für mich entschieden hatte, Großeltern, die mich liebten, und einen Stiefvater, der auch für mich gesorgt hatte, als wäre ich sein Sohn gewesen. Gott hatte schon immer einen Plan mit meinem Leben gehabt und hat mich nie aufgegeben; er war immer bei mir und hat mich beschützt. Ich ging krumme Wege, hatte auch in meiner Ehe total versagt, und trotzdem gab mir Jesus wieder eine neue Chance.

Mein Vater sollte diese Chance auch bekommen.

Ich hatte mir fest vorgenommen, ins Wallis zu fahren, doch es stand noch ein Urlaub in Griechenland bevor, und ich wollte den ersten Schritt zu einem Gespräch mit meinem Vater erst danach angehen. Monica sagte mir aber: «Komm, wir gehen noch vorher, dann hast du's hinter dir und wir fliegen glücklich nach Mykonos.»

«Nein, das hat jetzt schon so viele Jahre gewartet, auf zwei weitere Wochen kommt es nun auch nicht mehr an. Das allererste Wochenende, wenn wir wieder zurück sind, werden wir ganz sicher in meinem Heimatdorf verbringen.»

Wir waren knapp eine Stunde von unserem schönen Urlaub zurück, als mich meine Mutter anrief und mir folgende schreckliche Nachricht mitteilte: «Stefan, es tut mir sehr leid, dein Vater ist heute an einem Herzinfarkt gestorben.»

In mir brach eine Welt zusammen; ich zerbrach fast vor Reue und Schmerz.

Wir fuhren gleich am nächsten Tag ins Wallis, wo wir vor der Beerdigung noch in seine kleine Wohnung durften. Dort fand ich auf seinem Fernseher ein Foto von mir, als ich klein war. Ich war am Boden zerstört, und ich bin so dankbar, dass Monica immer bei mir war und ich in ihren Armen meine Seele ausweinen konnte. Sie riet mir, einen Brief an meinen Vater zu schreiben und ihn in den Sarg zu legen. Ich wusste, dass es zu spät war, aber es tat mir gut, alles, was ich ihm noch hätte sagen wollen, aufzuschreiben.

Ich hatte auch noch so viele Fragen: Warum hatte er sich nie gemeldet? Hatte er Angst, dass ich ihn nicht hätte gern haben können? Wie ging er so durchs Leben? Er hatte nicht mehr geheiratet ...

Diese Fragen blieben jetzt unbeantwortet. An seinem offenen Sarg weinte ich wie ein kleines Kind. Was hätte ich gegeben, um ihn wieder am Leben zu haben und ihm zu sagen: «Vater, ich vergebe dir.» Gott hatte so viele Male durch Monica zu mir gesprochen und wollte, dass ich mich beeile, gerade um mir diese schmerzhaften, traurigen Momente zu ersparen. Dieses «leider zu spät» war nun furchtbar.

Ich blieb noch für eine Weile alleine an einem stillen Ort in der Natur, um mit Jesus zu reden. Ich bat ihn um Vergebung für mein Versäumnis und um Frieden in meinem Herzen.

Ich weiß nicht, ob mein Vater einen Glauben hatte. Laut den Menschen im Dorf ging er ab und zu in die Kirche. Ich vertraue auf Gottes Gnade und bin froh, dass Gott in die Herzen sieht und gerecht ist. Nun war ich auch sehr dankbar für den Brief, den Monica ihm dreieinhalb Jahre zuvor geschrieben hatte, wo es um Vergebung ging, und für das sehr kurze, aber freundliche Telefongespräch vor unserer Hochzeit.

Ich bin froh, dass Jesus meine Seele ganz von meiner Vergangenheit geheilt hat und ich so nie mehr Opfer von schlechten Erinnerungen, Verletzungen und Ängsten bin. Diese neue Freiheit ist das Beste für meine Ehe und auch für unsere wundervollen Kinder, die ich vom ersten Moment an mit freiem und freudigem Herzen lieben konnte. Ich hätte es nie gedacht, dass ich einst so viel Liebe geben kann und auch so viel Liebe zurückerhalten darf.

Vergebung macht wirklich frei, und in ihr liegt ein großer Segen. Die Vergangenheit soll nicht unser Heute bestimmen und zerstören. Es gibt so viele Menschen, die, wie ich, in der Ehe plötzlich von ihrer schlechten Kindheit, aber auch von anderen schlimmen Ereignissen eingeholt werden, weil sie diese nie verarbeitet haben und den Menschen, von denen sie verletzt wurden, nicht vergeben können. Eine Ehe soll unbelastet beginnen, und die Ehepartner sollen sich vor der Heirat bewusst sein, was dieser Bund vor Gott heißt und was echte Liebe ist. Dies ist mein Ratschlag heute.

Ich durfte mein kostbares Geschenk wieder zurückbekommen, halte es nun bewusst ganz fest und trage größte Sorge dazu, solange ich lebe. Ich fühle mich als der glücklichste Mann, wenn ich meine Monica fest in meinen Armen halten kann, bevor wir einschlafen, und ich wissen darf, dass Gott unsere Ehe segnet und uns an jedem Tag beisteht.

Ich möchte mich nun bei meiner wunderbaren Frau, auch im Namen unserer Kinder, für die sie die tollste und beste Mami ist, von Herzen bedanken, dass sie sich auf diese schwierige Reise in die Vergangenheit eingelassen hat. Ich weiß, wie viel Mut, Energie und Zeit es sie gekostet hat, unsere «alten Menschen» auszugraben und all die leidvollen Lebensabschnitte wieder zu durchleben. Sie ist dem klaren Auftrag Jesu gefolgt und hatte beim Schreiben stets nur ein Ziel vor Augen: dass unsere Geschichte zur Ehre Gottes dient und Menschen Hoffnung vermittelt. Denn es gibt sie, diese Hoffnung, egal in welchem Bereich des Lebens, und sei die Situation noch so aussichtslos.

Wir wünschen uns, dass Sie an DEN glauben, der Him-

mel und Erde in seiner Hand hält, der auf diese Erde gekommen ist, nicht um Sie zu verurteilen, sondern um Sie
zu retten, und für den nichts, aber wirklich nichts unmöglich ist.

Gott segne Sie!

Wer nach der Lektüre dieses Buches das Bedürfnis hat,
dem Verlag oder den Autoren ein Feedback oder etwas
Persönliches zu schreiben, darf das sehr gerne unter
folgender Adresse tun:

autor@fontis-verlag.ch

Alle Rückmeldungen werden selbstverständlich den Autoren übermittelt und vertraulich behandelt. Der Verlag.

Danksagungen

Mein größter Dank gilt meinem Erlöser Jesus Christus: Alles, was ich bin, und alles, was ich habe, kommt von Dir, meinem Herrn. Es ist unbeschreiblich schön, Dich immer bei mir zu wissen. Vater im Himmel, Dir sei ewiger Dank.

Stefan, ohne Dich gäbe es diese Lebensgeschichte ja nicht. ☺ Du bist ein wunderbarer Ehemann! Danke für all Deine tatkräftige, seelische und geistige Unterstützung während dieses Projekts und für Dein bewegendes Nachwort.

Yanis und Aline, die Liebe, die Papa und ich für Euch haben, kann nicht in Worte gefasst werden. Wir sind unendlich dankbar für Euch. Eure Gebete für mich, für uns und für die Leser dieses Buches berühren mich sehr. Danke für Eure Liebe!

Ein großer Dank gebührt unseren Familien – speziell meinen Eltern und unserer Tante Lina. Danke für Eure Liebe zu uns und für alles, was Ihr für uns macht!

Claudio, über Dich habe ich im Buch nicht viel geschrieben, obwohl Du ja in dieser Geschichte auch viel mitgelitten hast. Ich habe mich beim Schreiben ganz auf die Ereignisse in meiner eigenen kleinen Family konzentriert. Du weißt aber, dass ich Dich und Deine Familie auch sehr liebe. Danke, dass Du für mich immer da bist. Du bist ein toller Bruder!

Wir danken all unseren Freunden, den nahen und den fernen.

Rahel Berger: Danke für die Vorkorrektur meines Manuskripts! Danke für Deine wunderbare Freundschaft. Deine liebevollen Umarmungen und Ermutigungen, vor allem während des Schreibens der schweren Kapitel, haben mir immer so gut getan!

Ein großer Dank gilt dem Fontis-Verlag:
Dominik Klenk, Dir danken wir für Dein Ja zu diesem Buch und für all Deine weitere Unterstützung.
Christian Meyer, meinem wunderbaren Lektor: Wir danken Dir unendlich für wirklich *alles*. Du warst mein/unser größter Motivator!
Ein großes Dankeschön auch an Silke Funk, Anne Helke und Vera Hahn, unsere Lektorinnen. Danke auch allen, die an der grafischen Gestaltung mitgearbeitet haben.

Wir danken allen lieben Menschen, die für uns gebetet haben, als wir Gott noch nicht kannten, und all denen, die uns später in unserem Glauben und in unserer zweiten Ehe begleitet, gestärkt und ermutigt haben. Auch allen, die mir in Zusammenhang mit diesem Buch zugehört und liebevolle Ratschläge gegeben haben. Wir erwähnen hier bewusst keine Namen, denn Ihr seid so viele!

Wir danken allen, die für dieses Buch gebetet haben und uns weiterhin mit ihren Gebeten unterstützen werden! Gott möge es jedem reichlich vergelten.

Nachdem wir nun gedanklich auf so vielen Seiten in Jesolo
und Venedig waren: Hier das Buch zu diesem Sehnsuchtsort!